KiWi
PAPERBACK
978

Über das Buch:

1989:
Helminger in der Station, der legendären Punk-Kneipe. Er kellnert, säuft, baggert und schreibt seinen ersten Roman. Titel: »Die Ruhe der Schlammkröte«, erschienen 1994, hat sich nicht so gut verkauft. Vor der Theke: Andrack. Hält sich für einen Punk, säuft, hat nicht so wilde Sexgeschichten wie die anderen Jungs zu bieten, tanzt zu Iggy Pop, den Ramones und Sisters of Mercy.

2007:
Die »Station« hat vor 15 Jahren dichtgemacht, Guy Helminger ist gefeierter Suhrkamp-Autor und wurde mit dem 3sat-Preis in Klagenfurt ausgezeichnet. Manuel Andrack, M.A. (Magister Artium), kommt inspiriert von einer Germanisten-Tagung in Tübingen und hat die brillante Idee, den mittlerweile zum Klassiker gewordenen Erstling von Helminger in einer historisch-kritischen Ausgabe herauszugeben. Er versieht diesen Meilenstein der deutschen Belletristik mit rasiermesserscharfen Anmerkungen, die auch die eigenen wilden Zeiten nicht aussparen. Für den Philologen vollkommen uninteressant: die Entwicklungsgeschichte der Station und ihre Stoffgeschichte (Beck's, Budweiser, Bitburger). Doch Andracks Forschungsergebnisse sind spektakulär. Die Essenz der gesamten abendländischen Literatur seit Shakespeare findet sich in Helmingers Schlüsselroman.

Die Ruhe der Schlammkröte

von Guy Helminger

wiederentdeckt, herausgegeben
und mit Anmerkungen versehen

von Manuel Andrack

Mit Fotos von Ute Behrend

Kiepenheuer & Witsch

1. Auflage 2007

Umschlaggestaltung: Barbara Thoben, Köln
Autorenfoto: © Privatbesitz der Autoren
Fotos in »Die Ruhe der Schlammkröte«: © by Ute Behrend, Köln
Gesetzt aus der Minion und Myriad
Satz: grafik & sound, Köln
Druck und Bindearbeiten: Clausen & Bosse, Leck
ISBN: 978-3-462-03784-5

Inhalt

I. Anstelle eines Vorworts eine Dokumentensammlung aus der E-Mail-Korrespondenz zwischen Manuel Andrack und Guy Helminger

Von: Manuel Andrack
Gesendet: Dienstag, 12. Juli 2005 8:37
An: Guy Helminger
Betreff: ???

Lieber Guy,
lebst du?
Manuel

From: Guy Helminger
To: 'Manuel Andrack'
Sent: Tuesday, July 12, 2005 11:12 AM
Subject: AW: ???

Manuel!
Ja, ich glaub schon, also, ja, doch, oder?
Guy

Von: Manuel Andrack
Gesendet: Mittwoch, 13. Juli 2005 10:05
An: Guy Helminger
Betreff: Idee

Lieber Guy,
da wir uns lange nicht mehr gesehen haben, erst einmal einen sehr herzlichen Glückwunsch sehr nachträglich zu deinem sehr furiosen Auftritt beim Ingeborg-Bachmann-Preis in Klagenfurt 2004. Zu Recht wurdest du mit dem 3sat-Preis ausgezeichnet. Ich habe vor dem Schirm mitgezittert, deine Konkurrenten verwünscht und dich lautstark angefeuert.
Es war wie in einem literarischen Stadion. Und das Beste: Der Text, den du gelesen hast, den fand ich richtig klasse.
Schluss jetzt mit der Lobhudelei und zum Grund meiner Mail. Ich habe eine Idee.
Herzliche Grüße, Manuel

From: Guy Helminger
To: 'Manuel Andrack'
Sent: Wednesday, July 13, 2005 8:41 PM
Subject: AW: Idee

Lieber Manuel,
eine Idee ist nichts Schlechtes. Ja, und meinen Text damals, den fand ich auch nicht schlecht. Wo trifft deine Idee denn auf mich?
Dick vor Neugierde, der Guy

Von: Manuel Andrack
Gesendet: Freitag, 15. Juli 2005 14:23
An: Guy Helminger
Betreff: Grüne Reclam-Hefte

Lieber Guy,
die Idee entstand so: Ich ging vor kurzem in meiner Bibliothek umher (ich habe nach dem Umzug in unser neues Haus Wert darauf gelegt, dass das Zimmer mit dem Bücherregal an der Längswand unbedingt »Bibliothek« heißen muss), und wie ich so dahergehe, streifte mein Auge eine Reihe von gelben Reclamheften mit den Klassikern der deutschen Literaturgeschichte. Außerdem fanden sich da auch ein paar grüne Reclam-Hefte. Die mussten auf Geheiß des Deutschlehrers gekauft werden und beschäftigten sich mit Anmerkungen zum Werk, Rezeptions-, Entwicklungs- und Stoffgeschichte von, sagen wir einmal, Wilhelm Tell.
Da dachte ich, der Guy hat doch auch einen Klassiker geschrieben! Dein Erstlingsroman »Die Ruhe der Schlammkröte«. Wer nicht das Glück hatte, eines der raren Exemplare an einem Kölner Tresen zu erwischen, hat bis heute dieses Epos um Liebe und Leidenschaft, Suff und Verzweiflung – kurz: dieses Sittengemälde der späten achtziger Jahre – verpasst ...
Tut mir leid, Doro wartet. Ich muss los.
Herzliche Grüße, Manuel

From: Guy Helminger
To: 'Manuel Andrack'
Sent: Friday, July 15, 2005 3:30 PM
Subject: AW: Grüne Reclam-Hefte

Manuel!
Ich bin von Haus aus ein Nervenbündel. Was du da tust, ist elektrisch an meinen Nervenenden. Her mit der Idee!
der Helminger,
100 Ampère

Von: Manuel Andrack
Gesendet: Freitag, 15. Juli 2005 20:23
An: Guy Helminger
Betreff: Schlammkröte

Lieber Guy,
da bin ich wieder. Die Idee ist folgende: Wir bringen die »Schlammkröte« noch einmal heraus. Da aber der Roman im letzten Jahrhundert spielt, gibt es einen kritisch-germanistisch-andracksubjektiven Anmerkungsapparat. Da die Geschichte in unserer Lieblingsschänke Station spielt, bilden wir ein ideales Doppel. Du hast den Roman aus der Hinter-der-Theke-Sicht geschrieben, ich ergänze das Ganze durch den Blickpunkt vor der Theke.
Was meinst Du?
Herzliche Grüße,
Manuel

From: Guy Helminger
To: 'Manuel Andrack'
Sent: Friday, July 15, 2005 11:18 PM
Subject: AW: Schlammkröte

Andrack!
Das ist gut!
Ich wäre, wenn ich ehrlich bin, nie auf den Gedanken verfallen, die Schlammkröte wiederzubeleben. Aber du hast recht, da steckt eine Menge Postpunk drin, eine Menge achtziger. Vielleicht gibt es Sponsorengelder von diversen Whisky- und Bierherstellern bei dem ganzen Zeug, das wir weggehauen haben?! Darauf gehe ich jetzt erst mal in die Kaschemme hier um die Ecke. Ich sitze zurzeit nämlich – oder habe ich das schon erwähnt – mit meiner Familie in Kroatien und das Bier hier ist auch nicht schlechter als zu Hause.
Lass uns mal treffen, wenn ich wieder in Köln bin.
Bis die Tage, der Guy

Von: Manuel Andrack
Gesendet: Donnerstag, 4. August 2005 18:58
An: Guy Helminger
Betreff: Treffen

Mensch Helminger,
jetzt müsstest du aber endlich aus Kroatien zurück sein. Wir sollten uns unbedingt treffen. Ich weiß nach nochmaliger Lektüre der »Schlammkröte« allerdings nicht, ob ich beleidigt oder erleichtert sein soll, dass ich nicht in dem Buch erwähnt werde. Einerseits hätte ich – finde ich – als Stammgast eine Nennung verdient gehabt, andererseits waren meine damaligen Alkoholexzesse und Aktivitäten

wohl nicht spektakulär genug, um Aufnahme im Buch zu finden.
Etwas beleidigt,
Manuel

From: Guy Helminger
To: 'Manuel Andrack'
Sent: Saturday, August 6, 2005 9:32 AM
Subject: AW: Treffen

Ja, aber hallo, Herr Andrack,
ich wusste schon damals, dass du irgendwann verdammt berühmt sein würdest, und ich dachte, wenn ich schreibe: »Und da war so ein Kerl namens Androwitsch, vielleicht Russe oder so, jedenfalls soff der so viel Ramazotti, dass seine Zunge gegen Mitternacht immer über die Unterlippe hing wie eine fette schleimige Nacktschnecke, während aus seinen Augen die sibirische Nationalhymne schneite«, also ich dachte, wenn ich so was schreibe, dann verklagt dich der Andrack später wegen Rufschädigung. Und bei meinen 8,50 Mark damals, da war das einfach nicht drin. Es tauchen übrigens einige Gestalten nicht auf in der Schlammkröte, und ich weiß beim besten Willen nicht, warum. Aber zu meiner Verteidigung möchte ich anführen: Hast du schon mal mit konstanten drei Promille im Blut einen Roman geschrieben? Da vergisst man schon mal das ein oder andere Inventarstück. Ich bin ganz froh, dass ich damals den Text immer in die Schreibmaschine gehackt und nicht versucht habe, das Papier in den Synthesizer vom Nachbarn zu spannen. Da wäre dann weniger bei rausgekommen. Braungebrannt und die Lungen noch voll Sonnencreme
grüßt der Helminger

Von: Manuel Andrack
Gesendet: Dienstag, 13. September 2005 13:07
An: Guy Helminger
Betreff: Noch mehr Fragen

Lieber Guy,
schön dass wir uns endlich mal wieder getroffen haben, und danke für die erquicklichen Stunden am Brüsseler Platz.
Ich habe noch ein paar Fragen an dich. Die Station hat (wenn mich mein nachlassendes Erinnerungsvermögen nicht im Stich lässt) 1992 den Zapfbetrieb gezwungenermaßen eingestellt, oder? Und wann genau hast du den Roman nochmal geschrieben? Und wann hast du ihn herausgebracht? Fragen über Fragen von
Deinem Neuphilologen
Manuel M.A. Andrack

PS: M.A. steht für Magister Artium – ich habe mein Studium ja 1991 ordnungsgemäß an der Universität zu Köln beendet, bist du eigentlich so'n Studienabbrecher oder hast du auch einen akademischen Titel?

From: Guy Helminger
To: 'Manuel Andrack'
Sent: Wednesday, Septembre 14, 2005 10:01 AM
Subject: AW: Noch mehr Fragen

Lieber Prof. Dr. von und zu Andrack,
ich mag ein extrem schiefes Hirn haben, wie ein Neurologe mir neulich mitteilte, aber mein Studium habe ich bereits 1988 abgeschlossen mit einer Arbeit über »Solipsismus und Ich-Verlust. Das Menschenbild in Canettis Blendung«.
Anschließend habe ich mich erneut eingeschrieben für

meine Promotion, die ich über Mythologie und Erneuerung bei Botho Strauß schreiben wollte. Gleichzeitig habe ich in meiner Stammkneipe, der Station, angefangen, den Barmann zu geben. Tja, das mit der Promotion hat dann weniger geklappt, das mit den Promillewerten etwas besser. Ich war damals 25 und irgendwie war die Zeit für sekundäre Dinge wie Studium und so nicht mehr da. Und weil ich mich immer als Schriftsteller gesehen habe, schon seit ich 18 bin, war klar, dass ich mit akademischen Titeln nichts würde anfangen können. Ich habe studiert, weil ich so Zeit zum Schreiben hatte und gleichzeitig meine Kollegen lesen konnte. Und so stand ich eines Abends und hielt mich am Zapfhahn fest, gab Plastikbecher über die Theke, während Shylo mir die Paddyflasche über den offenen Mund hielt, damit ich bei all der Arbeit nicht austrockne, und hörte, wie so ein Punk rief: »He, Schreiberling, wir haben uns gedacht, mach mal was über uns. Wir sind das reale Leben. Nicht so 'ne gequirlte Scheiße.« Das war im November 1989, und ich habe mich hingesetzt und das Zeug aufgeschrieben, was ich so erlebte. Erst mal einfach nur Anekdoten und so ein Zeug. Dann habe ich das erste Kapitel geschrieben und es herumgehen lassen. Die Leute wollten mehr, also habe ich wieder getippt. Und so ging das Kapitel für Kapitel weiter. Und irgendwie wartete jeder darauf, auch mal darin vorzukommen, glaube ich, aber ich habe mich auf wenige beschränkt, wollte ja kein 800-Seiten-Ding schreiben. Als es fertig war, irgendwann Mitte 1990, machten die Leute Kopien und das Ganze kursierte. Soweit ich weiß, besitzt deine Frau Doro noch so eins, oder? Die war ja auch immer am Bechern. Da kann ich mich noch gut erinnern. Aber lassen wir das. Ich habe das Manuskript dann zwei Jahre später, weil das Feedback immer besser wurde, an Verlage geschickt, aber keiner wollte es machen. Also habe ich 1994 Geldgeber gesucht, damit

ich es selbst herausgeben konnte. Ich brauchte 4000 DM. Barbara Thoben hat mir ein super Cover gemacht, Ute Behrend hat mir Fotos gegeben und ich konnte mit allem zum Drucker. Die Station hatte mittlerweile geschlossen. Ich habe noch eine Notiz ausm Express vom 31.12.1992, die besagt, dass der Laden wegen Ruhestörung dichtgemacht wurde. Aber die Station war noch immer so bekannt, dass alle Szenekneipen das Buch verkauften: Durst, Blue Shell, Stiefel, M20, Six Pack, Low Budget usw. Ich lief also jedes Wochenende von Kneipe zu Kneipe und vertrank, was ich für die Bücher bekam. War lustig. Aber jetzt mal Gegenfrage: Was hast du denn studiert? Und Abschluss erst 1991, das heißt, du hast, nachdem du abends bei uns rumgestanden hattest, morgens deine Bierfahne in die Hörsäle getragen. Kein Wunder, dass um dich herum die Bänke immer leer blieben. Hattest du eigentlich da schon einen PC? Ich habe meine Arbeit noch auf einer Brother-Schreibmaschine getippt und eine Menge Tippex verbraucht.
Habe die Ehre, Herr Doktor phil.
Mit Hochachtung und Verbeugung,
Ihr Tresenlappen

Von: Manuel Andrack
Gesendet: Montag, 19. September 2005 9:13
An: Guy Helminger
Betreff: Noch viel mehr Fragen

Lieber Guy,
ich habe an der Universität zu Köln Theater-, Film- und Fernsehwissenschaft, Germanistik und Kunstgeschichte studiert. An leere Stuhlreihen neben mir kann ich mich nicht erinnern, ich weiß nur noch, dass die meisten Kommi-

litonen (zu ihnen gehörte übrigens auch Flipper-Edgar) am Abend zuvor oft ähnlich wie ich gesumpft hatten. Außerdem bin ich natürlich weder täglich zur Uni noch in die Station gegangen. Beides hat sich aufs Optimalste ergänzt.
Dass ich als Kölner Urgestein irgendwann zum Liebhaber der Station geworden bin, war ja eigentlich nur logisch. Aber hast du, lieber Guy, nicht ab und zu die heimatliche Scholle in Luxemburg vermisst? In deinem Roman erwähnst du zwar einen WG-Mitbewohner aus dem kleinsten Benelux-Staat, aber bei der Hauptfigur Charly denkt man eher, er komme aus Heidelberg. Dabei hast du – so ist mir zu Ohren gekommen – doch schon das Bundesverdienstkreuz des Herzogtums verliehen bekommen? Also wie ist dein Verhältnis zu Luxemburg und wieso hat es dich seit Stations-Zeiten dauerhaft nach Köln verschlagen?
Immer weiterbohrend
Dr. Andrack

From: Guy Helminger
To: 'Manuel Andrack'
Sent: Thursday, Septembre 22, 2005 11:28 PM
Subject: AW: Noch viel mehr Fragen

SIEHSTE! Film und Flimmerwissenschaft!! Schon damals! Und Edgar neben dir. Und du willst mir erzählen, dass sich alle lustig an euren Bierdunst geschmiegt haben, ja. Ich gehe eher davon aus, dass der Hörsaal leer war, sobald ihr saßt, aber ihr das gar nicht bemerkt habt, vor lauter trunkener Glückseligkeit. Womöglich war da auch gar kein Prof., der eine Vorlesung hielt, und womöglich ... Aber lassen wir das. Allerdings, dass du offensichtlich einen Schlachtplan hattest, wie die Uni und die Station in Einklang zu bringen waren, ringt mir Respekt ab. Auf der anderen Seite: von »optimaler

Ergänzung« zu reden heißt dann doch, dem Teufel Engelsflügel aufn Buckel pappen.
Stell dir vor, ich kam tatsächlich aus Heidelberg, weil ich dort zwei Jahre lang studiert hatte, und nicht aus Luxemburg. Ich wollte aber auch aus dieser kleinen deutschen Schlossstadt voller japanischer Touristen und amerikanischem Militär weg und habe damals eine Freundin in einer WG in Köln-Sülz besucht. Einer der Mitbewohner wollte gerade ausziehen und er hat mich mit zum Vermieter genommen und gesagt, ich sei sein Nachmieter. So kam ich zu einem Zimmer in Köln, fuhr zurück nach Heidelberg, habe dort gekündigt und mich an der Uni Köln eingeschrieben. Das war 1985. Erst hing ich viel in der Südstadt herum, im Out, war ein super Laden, dann entdeckte ich die Station und sie wurde schnell mein zweites Zuhause. Im Gegensatz zu Herrn Professor Andrack erinnere ich mich sehr gut an die naserümpfenden Blicke in Vorlesungen, weil ich nach dem Großmarkt-Frühstück direkt was über mittelalterliche Literatur hören wollte. An Luxemburg oder an meine dortige Heimatstadt Esch habe ich wenig gedacht, muss ich zugeben. Ich habe mich schon immer als Nomade gefühlt und damit überall zu Hause. Aber die Ehrungen meiner Geburtsstadt lass ich nicht veräppeln, hörst du. Ich meine, hätte jemand mir damals erzählt, dass Esch-sur-Alzette mir eines Tages den »Prix du mérite culturel« verleihen würde, hätte ich ihn nach Merheim in die Klapse geschickt. Eigentlich hatte ich nie vor, in meine Heimat zurückzukehren. Da ich nur noch Deutsch schrieb, war für mich klar, dass ich auch in Deutschland leben muss. Es ist leichter, an der Sprache dranzubleiben, wenn man sie jeden Tag hört. Tja, und dann habe ich mich wohl verknallt, was auch so ein Anker ist, den man nicht so schnell wieder ausm Boden kriegt. Heute fahre ich regelmäßig zu Besuch nach Esch, sage meinen

Eltern hallo, treffe Freunde, aber nach ein paar Tagen ist mir alles wieder zu klein und ich freue mich auf Köln.
Bis bald,
der Guy culturel

Von: Manuel Andrack
Gesendet: Samstag, 8. Oktober 2005 17:45
An: Guy Helminger
Betreff: Sex

Lieber Guy,
ich bin jetzt schon ein wenig weitergekommen bei meiner Dokumentensammlung zur Schlammkröte. Stevie hat mir extrem geholfen, meine musikalischen Erinnerungslücken zu schließen.
Nun zum Thema Sex. Genau betrachtet steht ja ganz schön viel Schweinkram in deinem Erstling. Wie sieht's denn mit dem Dichtung-und-Wahrheit-Gehalt der Sex-Geschichten aus? Hat sich das in den Roaring 80s tatsächlich alles so zugetragen? Oder ist da mit dir die Phantasie durchgegangen? Ist Simon wirklich von mehreren Frauen vergewaltigt worden, hat Edgar die Frau wirklich auf dem Flipper gebumst und gab es die Nymphomanin im Zug?
Fragen über Fragen, die mich in den immer heißer werdenden Nächten nicht schlafen lassen.
Wie immer lechze ich nach Aufklärung.
Dein Manuelito

From: Guy Helminger
To: 'Manuel Andrack'
Sent: Sunday, Octobre 9, 2005 10:34 PM
Subject: AW: Sex

Na, du kleiner, feuriger Mexikaner!
Dass Sex in meiner »Schlammkröte« vorkommen soll, ist mir neu. Aber jetzt, wo du den Flipper erwähnst, ja, da war was. Aber ich war mit Trinken beschäftigt und nachts stießen die Spieler ja immer so gegen den Flipper. Also da war kein großer Unterschied, nur dass sich da in dieser Nacht jemand draufgelegt hatte und jemand davor stand, der kein Geld in den Apparat geschmissen hatte. Das Gleiche gab es übrigens einige Wochen später noch einmal auf einem Stromkasten Ecke Zülpicher und Moselstraße, aber draußen wollte keiner von uns warten, bis die fertig waren, deshalb weiß ich nicht, wie lange das ging, und so ein Stromkasten ist ja hoch, also ich weiß nicht. Das waren auch zwei andere von uns. Aber ich hatte nie Sex! Die Frau im Zug wollte ja, aber ... Nee, das erzähl ich dir nicht.
Die Frau im Zug existierte wirklich. Als ich nach meinem Abstecher wieder in die Schluckbude kam und die Story erzählte, sagte Angie sofort: »Na, super, tolle Männerphantasie!« Aber die Frau war im Zug und die wollte die schändlichsten Dinge von mir. Ich sag dir, da taten sich Abgründe auf, an die hatte ich vorher nie gedacht, und dann habe ich die Szene mit Simon erfunden. Diese Nummer gab es meines Wissens nicht, aber sicher bin ich mir heute bei nichts mehr. Vielleicht müsste ich die »Schlammkröte« nochmal lesen, nicht dass da so schockierendes Zeug veröffentlicht wird.
Bis demnächst,
dein Mönch

Von: Manuel Andrack
Gesendet: Samstag, 3. Dezember 2005 9:54
An: Guy Helminger
Betreff: Wie geht's?

Lieber Guy,
das war doch eine schöne Kneipentour gestern Abend.
Wie geht es dir denn heute Morgen so? Ich hoffe, dass unser Buchprojekt ein geniales Zeitbild der Endachtziger entwirft und dabei authentischer ist als Achtzigerjahreromane, die rückblickend verfasst wurden. Darf man an dieser Stelle den »Herr Lehmann« erwähnen? Denn du hast ja deinen Roman sozusagen mitten im Kampfgeschehen geschrieben.
Und weißt du, was das Schönste wäre? Wenn der geneigte Leser so in die Welt der »Schlammkröte« einsteigt, dass es ihn nach 50 Seiten nicht mehr im Sessel hält, sondern er sich in seiner Stammkneipe mal wieder richtig schön volllaufen lässt.
Prost, bis bald
Manuel

From: Guy Helminger
To: 'Manuel Andrack'
Sent: Saturday, Decembre 3, 2005 11:50 AM
Subject: AW: Wie geht's?

Guten Morgen Köln!
Boah, fühlst du, was ich fühle, oder bist du etwa jung geblieben? Das wäre ekelhaft!!! Mir laufen permanent Katzen über den Rücken, obwohl ich auf selbigem liege, und die riechen alle nach Bier. Eine war dazwischen, die schmeckte nach Tullamore Dew. Ich weiß das, ich habe reingebissen. In meinem Kopf bauen Termiten ihre erdige Behausung, und

alles ist schwankend und pelzig bis in meinen Rachen. Früher hatte ich nie Kater, aber heute sammelt mein Körper alle Giftstoffe, anstatt sie zu filtern. Jetzt erzähl mir bloß noch, du warst heute Morgen schon joggen.
Wer ist denn Herr Lehmann? War der auch in der Schluckbude? Habe ich den auch vergessen einzubauen? Nee, nee, du, das Denken ist eine Aufgabe, der ich mich morgen stellen werde. Aber etwas weiß ich auch heute schon: Die Schlammkröte hat bislang jeden durstig gemacht. Ab und an sitze ich im Low Budget, meiner Stammkneipe auf der Aachener, und Leute kommen rein, die sagen: »Du bist der Helminger, oder? Wenn ich morgen Kater habe, bist du schuld.« Und dann bestellen die Alkohol, da vergeht dir Hören und Sehen. Na ja, meistens trinke ich ein Tröpfchen mit. So, jetzt geht's mal in die Reanimationskammer, auch Bad genannt.
Mit Gruß und Magensäure,
dein Schlammkrötenfänger

II. Der Roman mit Wort- und Sacherklärungen

Guy Helminger

Die Ruhe der Schlammkröte

Roman

Entstanden 1989/1990

Für Ilona
und die Überlebenden vom Südbahnhof

* Ich schwöre! Ähnlichkeiten mit lebenden Personen
sind rein zufällig und nicht beabsichtigt.

Erstes Kapitel

Ich kam in diese Stadt[1] und war völlig abgebrannt. Die letzte Kohle hatte ich für die Zugfahrt ausgegeben, um endlich aus Heidelberg rauszukommen. Ich stand auf diesem Bahnhof und habe ihn gehaßt, wie ich jeden Bahnhof hasse. Ich habe nie verstanden, warum Menschen sich freuen, wenn sie vor diesen Gleisen stehen, zwischen denen die Ratten leben und die Schlacke nach Pisse stinkt. Sie freuen sich auf die bevorstehende Reise oder auf die Freunde, die wieder zurückkommen, schön und gut, sage ich mir, aber so viel überschwengliche Gefühle für nichts und wieder nichts, für einen Schwachsinn, der eine Stunde später bereits wieder vergessen ist? Ich bin nicht verbittert, aber ich weiß, was nichtig ist; und ich habe bislang nichts gefunden, das der Nichtigkeit widerspräche, schon gar kein Bahnhof.

Jedenfalls machte ich mich auf den Weg, diese stinkende Stahlkonstruktion zu verlassen, trat auf den Vorplatz und

---

[1] Stadt natürlich im Sinne von Köln, philologisch gesprochen die schönste Stadt der Welt. Wir befinden uns in einer Stadt vor allen Zeiten, im Köln Ende der achtziger Jahre. Damals, als die deutsche Bundeshauptstadt noch zwanzig Kilometer den Rhein flussaufwärts gelegen war, das Karnevalsmotto 1988 »Kölle Alaaf, Colonia feiert Feste« hieß und der FC mit Pierre Littbarski als Spieler und Christoph Daum als Trainer um die deutsche Meisterschaft spielte. Sehr, sehr lange ist das alles her. Obwohl, im Jahr 2007 heißt Bonn immer noch Bundesstadt, das Karnevalsmotto ist »Mir all sind Kölle« und Daum wird mit dem FC wieder um die deutsche Meisterschaft spielen. So viel hat sich eigentlich gar nicht geändert.

ließ meinen Blick den Dom[2] hochklettern, ein verrußtes und zerfressenes Tier aus gotischer Vorzeit, das mehr Touristen anlockt als Gläubige. Zu meinem Leiden schlug ich den Weg durch die Fußgängerzone[3] ein, und wer auch immer in seinem Leben einmal an einem verkaufsoffenen Samstag diesen Passionsweg beging, weiß, wovon ich rede. Nicht daß[4] ich aufgefallen wäre zwischen all den Menschen, im Gegenteil, es waren alle viel zu beflissen, ihre Kohle auszugeben, um jemanden zu bemerken, der nicht einmal einem Penner ähnlich sah. Ich hätte stinken müssen wie ein Netz voll faulender Fische, vielleicht hätte man mir dann Platz gemacht; so aber stieß ich jedem zweiten meinen Seesack ins Kreuz und bahnte

---

[2] Aha, da wird der Autor Helminger schon konkreter. Jetzt kann man Köln zweifelsfrei erkennen, denn die Rheinmetropole ist mit Sicherheit die einzige Stadt der Welt, die den Hauptbahnhof zwanzig Meter neben ihren Dom platziert hat.

[3] Gemeint ist die kölsche Fußgängerzonenhölle, beginnend am Dom mit der Hohe Straße. Achtung für alle Ortsfremden und Grammatik-Freaks: Die Hohe Straße wird nicht gebeugt, es gibt keinen Dativ oder Akkusativ wie »Dann ging ich auf der ›hohen Straße‹«! Am Ende der Hohe Straße geht es im rechten Winkel westwärts auf die Schildergasse, bevor man am Neumarkt landet. Für den Köln-Touristen ist diese Fußgängerzone nicht als Entree in die Stadt zu empfehlen, der Kölner an sich hält sich dort eigentlich nie auf. Man kauft lieber im Veedel ein. So findet man in der Fußgängerzonenhölle eigentlich nur Menschen aus dem Bergischen Land, der Eifel und Belgien (was geografisch fast das Gleiche ist).
Als Schüler habe ich mich aber öfter auf der Schildergasse herumgetrieben. Wenn ich kein Geld für Zigaretten hatte, habe ich mir von verschiedenen Passanten so lange Zigaretten geschnorrt oder gedreht, bis ich ungefähr zwanzig Stück zusammenhatte und damit wieder drei Tage zurechtkam.

[4] Stilistisch symptomatisch für diesen Text des letzten Jahrhunderts: Das Esszett. Diese verrückte alte Rechtschreibung.

mir wie das Nilpferd durchs Unterholz einen Weg zum Neumarkt. Von einem Kumpel aus Heidelberg hatte ich eine Adresse; es war eine Kneipe,[5] zu der ich hinwollte, um eventuell für die erste Zeit einen Unterschlupf zu finden. ICH DACHTE NICHT AN ARBEIT! Ich fragte mich durch zum Südbahnhof[6] und erreichte nach kurzer Zeit mein Ziel, das schräg unterhalb des Bahndamms lag. Ich blickte hoch zu den Gleisen, auf denen gerade ein Zug vorbeiratterte, und dachte, wenn das mal gut geht. Ich hasse Bahnhöfe.

---

[5] Eine Kneipe leitet ihre Existenzberechtigung vom Alkoholausschank her. Vor zwanzig Jahren kannte man die heutigen großstädtischen Kneipen-Restaurant-Café-Bistro-Mischformen nicht. In eine Kneipe ging man zum Trinken, Picheln, Schlucken und Saufen, in ein Restaurant zum Essen. Meine »Stammkneipe« Mitte der achtziger Jahre war Papa's Pizzaladen. Dort gab es die erste türkische Pizza auf die Hand, und an den Stehtischen wurde billiges Kölsch aus der Flasche getrunken. Toiletten waren nicht vorhanden. Dort stand ich mit meiner Clique fast jeden Abend. Das war stumpf, aber meistens lustig. Wir hatten auch eine Thekenmannschaft, die hieß TSV Torpedo Papa's. Eigentlich war ich als technisch limitierter Spieler für die Trikotnummer 14 vorgesehen gewesen, da aber damals mein bester Freund Victor Hals über Kopf nach Hamburg zog, bekam ich sein Trikot mit der Mittelfeldstrategennummer 7.

[6] In Köln gibt es neben irrelevanten S-Bahn-Stationen die regionalen Bahnhöfe Ehrenfeld, Mülheim und Deutz, sowie analog zu »Monopoly« den Westbahnhof und den Südbahnhof. Der Südbahnhof ist ein heruntergekommener Bahnhof in Universitätsnähe mit zwei Bahnsteigen und vier Gleisen. Heute fahren dort nur Regionalzüge Richtung Bonn, Koblenz, Euskirchen und weiter in die Eifel. Ende des letzten Jahrhunderts fuhren dort Nahverkehrs- und Eilzüge (klingt viel majestätischer als das heutige »Regionalexpress«). Und einmal am Tag, um 11.30 Uhr, hielt am Südbahnhof auf seiner Fahrt von Emden nach Saarbrücken auch der D-Zug 2136 mit Speisewagen.

Der Laden war leer;[7] kaum drei zugeknallte Alkis, die sich am Tresen festhielten und über ihre Alte zu Hause herzogen, während die Bedienung hinter der Theke, eine Frau mit rotblonden Haaren, die aus ihren strapazierten Nerven keinen Hehl machte, angewidert den Zapfhahn öffnete. Ich bestellte ein Bier und meinte, ich könnte aber nicht zahlen, worauf die Frau kurz und bündig sprach: »Dann verpiß dich, du Arsch.« Ich dachte, fängt ja gut an; das macht der Bahnhof. Ich fragte sie, ob sie Shylo kenne; ich käme aus Heidelberg, und Nikki hätte mir die Adresse hier gegeben, wo ich nach Shylo fragen

---

[7] »Der Laden« wird in dem vorliegenden Klassiker »Die Ruhe der Schlammkröte« auch »Schluckbude« oder »unser Wohnzimmer« genannt. Dabei hieß »der Laden« Station, von Kennern englisch Stäischen ausgesprochen, wegen seiner Nähe zum Südbahnhof. Die Station war eigentlich gleich drei Kneipen in einer.
Kneipe Nummer eins war ein nettes Studentencafé. Strategisch günstig schräg gegenüber der Uni-Mensa gelegen, konnte man sich noch auf einen Kaffee, Cappuccino oder Tee treffen und Gruppenseminararbeiten besprechen. Dieses Studentencafé florierte vor allem an sonnigen Tagen, wenn draußen die Terrasse geöffnet hatte und der Verkehr auf der Zülpicher Straße vorbeirauschte. Die Ratten, die sich über die Gyros-Reste hermachten, trauten sich meistens erst abends aus ihren sicheren Verstecken am Bahndamm, sodass man ungestört das gute Wetter genießen konnte. Ich bin dort oft meinen Studien nachgegangen und habe immer streng nach der Regel gelebt: kein Bier vor vier!
Zu Kneipe Nummer zwei mutierte die Station ab 20 Uhr und wurde zu einer fast normalen deutschen Eckkneipe. Nur die Musik war sehr viel besser. Als Ort der perfekt sinnlos zeitvergeudenden Kneipenkommunikation habe ich die Station geliebt. Irgendwann war ich es nämlich leid gewesen, bei Neonlicht in Papa's Pizzaladen mir Flaschenbier trinkend die Beine in den Bauch zu stehen. Also gingen wir immer öfter auch abends in die Station. Um es klar zu sagen, wir waren die ersten STAMMgäste in der Station überhaupt

sollte. »Scheiße«, sagte sie und griff zum Telephon. Kaum fünfzehn Minuten später stand Shylo vor mir. Über dem nicht unwesentlichen Bauch trug er ein T-Shirt, auf dem »ULTRAMAN« stand.[8] Er reichte mir freundlich die Hand, und die Frau hinter der Theke sagte: »Scheiße.«

»Mach ihm 'n Bier«,[9] sagte Shylo, »der zieht bei uns ein.«

»Danke«, sagte ich.

»Alles klar«, meinte er.

Ich fragte, wer denn das Mädel hinter der Theke sei?

»Is' meine Frau«, sagte Shylo. »Hey, Marie, das ist Charly.«

(siehe Geschichte der Station im Anhang). Darauf lege ich großen Wert und bin noch heute stolz darauf.

In der Zeit von 20 Uhr bis Mitternacht befanden sich nur wenige Gäste im Innern des kleinen Flachbaus. Von den vier Tischen waren maximal zwei besetzt und an der Theke saß eine Handvoll Kerle (okay, manchmal auch Frauen, aber um diese Zeit doch meistens nur Typen), die die Männer und Frauen hinter dem Tresen kannten. In die Station konnte man immer gehen, weil man jeden an und hinter der Theke kannte, und wenn der Gesprächsstoff ausging, wurde eben gewürfelt.

Kneipe Nummer drei war der Absackerschuppen für die Zeit nach Mitternacht. Es waren die achtziger Jahre und es existierte eine Sperrstunde. (Liebe Berliner und Hamburger, bitte nicht lachen!) Die umliegenden Kneipen schlossen also um 1 Uhr, und wer sich dann noch auf den Beinen halten konnte, ging in die Station, die wegen einer Nachtkonzession bis 3 Uhr früh geöffnet hatte. Dann war der Laden nicht mehr leer, sondern an mindestens sechs Tagen in der Woche abartig voll.

[8] Shylo hatte sehr viele T-Shirts mit Aufdruck. Mein liebstes war das mit der Aufschrift: »Deutsches Bier formte diesen Bauch«.

[9] Man könnte den Eindruck gewinnen, Shylo wäre der Chef der Station gewesen oder ihr Besitzer. Falsch. Aber er hielt sich für etwas Gottgleiches und war mit Sicherheit der gefühlte Chef.

»Hi«, murmelte sie und stellte mir 'n pißwarmes Kölsch auf die Theke.[10] Das liegt an diesem verdammten Bahnhof, dachte ich und trank.

Wir gingen rüber zu Shylo. Er wohnte in einem Altbau auf der gegenüberliegenden Straßenseite.[11] Im ersten Stock schloß er die Haustür auf, und ein scheinbar endloser Flur, dessen Breite von hunderten von leeren Flaschen, die rechts an der Wand standen, auf ein Minimum reduziert wurde, lief mit leichtem Linksdrall auf eine undurchsichtige Glastür zu. Linkerhand führten einige Türen in die Schlafzimmer, in die Küche, ins Bad. Shylo öffnete die Glastür, und ich betrat das Wohnzimmer. Zwei Sofas, rechtwinkelig aneinandergereiht, bildeten den Mittelpunkt des Raumes. Daneben: ein Sessel.

---

[10] Das »frisch« »gezapfte« »Kölsch« in der Station war absolut un-ge-nieß-bar! Als Alternative gab es Diebels, Beck's, Bitburger und tschechisches Budweiser aus der Flasche. Und obwohl die Jungs hinter der Theke meistens schon kurz nach Arbeitsbeginn hackenstramm waren, klappte die Versorgung mit Flaschenbier erstaunlich gut. Mit flinken Fingern wurden die Papphülsen um die Sechserpacks herum aufgerissen und der Nachschub von einigen hundert Flaschen in die riesigen Kühlschränke verstaut. Das Flaschenbier war im Gegensatz zum »pisswarmen Kölsch« immer eiskalt. Warum man vom Trinken von viel kaltem Bier dann oft eine rote Sonnenbrandbirne bekommt, ist ein ungeklärtes Phänomen.

[11] Klar, aus künstlerischen Gründen (kennt man ja, Einheit des Ortes, hat schon Aristoteles total drauf gestanden) verlegt Guy Helminger die WG von Marie, Shylo und Tom auf die gegenüberliegende Straßenseite der Zülpicher Straße 41, denn das war die Adresse der Station. Dabei wohnten die drei genau dreihundert Meter weiter jenseits der Bahnunterführung in der Meister-Gerhard-Straße (siehe Karte im Anhang).

An der Wand hing eine alte Autotür,[12] und in der Ecke, direkt neben den beiden Fenstern, türmten sich vier Fernseher[13] übereinander, die, wie mir bald klar wurde, ständig liefen. »Setz dich«, sagte Shylo, »aber auf das blaue Sofa, das andere ist meine Couch.« Ich sollte erst später begreifen, was es mit der Couch auf sich hatte. Sie war sozusagen Shylos Thron. Wenn er nicht gerade in der Kneipe stand und sich an diversen Spirituosen erfreute, lag er auf der Couch und bewegte sich nur im äußersten Notfall. Die Fernsehmacht,[14] diese eckige Apparatur, mit der man spielend die laufenden Programme wechseln konnte, lag immer griffbereit. War dies nicht der Fall, weil irgendein Depp wider besseren Wissens diese Macht ans andere Ende des niedrigen Holztisches, der im rechten Winkel zu Couch und Sofa stand, verlegt hatte,

---

[12] Hing da wirklich eine Autotür? Mal kurz überlegen. Würde aber in eine Zeit passen, in der die Ausstatter der selbstgedrehten Videoclips bei »Formel Eins« immer Autotüren und brennende Ölfässer als Ausdruck eines echt abgefahrenen Lebensgefühls herumstehen hatten. Jetzt hab' ich es wieder, Stichwort »abgefahren«. Beim Rückwärts-Ausparken aus einem Carport hatte Shylo vergessen, die Fahrertür zu schließen. Als Erinnerung an diese Aktion hängte er sich die Tür in die Wohnung.

[13] Kleine literarische Übertreibung. In Shylos Wohnung standen nur drei Fernseher. Der erste war kaputt, der zweite lief Tag und Nacht und der dritte war die Reserve, falls der zweite den Geist aufgeben würde.

[14] Vor 1990 waren ARD und ZDF noch Fernsehmächte. Daher wurden damals verstärkt Videos geschaut. Ich selbst war süchtig nach den ersten Sendungen der privaten Fernsehanbieter. »Der Preis ist heiß« und »Ruck Zuck« mit Werner Schulze-Erdel (das von ihm 1988 bis 1991 bei Tele 5 moderiert wurde) waren um 11.30 Uhr Pflichtprogramm für mich, bevor ich mein Tagwerk an der Uni begann.

so war Shylo imstande – gesetzt, es war außer ihm niemand zu Hause –, irgendeinen Kumpanen anzurufen, der dann vorbeikam, um ihm behilflich zu sein. Ansonsten hätte er sich schrecklich bewegen müssen.[15] Ich konnte ihn voll verstehen. Daraus ergibt sich natürlich folgendes: erstens, das Telephon stand logischerweise genauso griffbereit in Couchnähe wie die Fernsehmacht, und zweitens, Shylo hatte ein immenses, seinen Gewohnheiten geradezu widerstrebendes Opfer für mich gebracht, als er nach Maries Anruf seine Couch verlassen und mich in der Kneipe abgeholt hatte. Ich wußte, was ich ihm schuldig war. Jedenfalls legte sich Shylo gleich wieder nieder, griff nach einer Dose Bier auf dem

---

[15] Im Höhlengleichnis von Platon leben die Menschen in einer langgestreckten Höhle und sind seit ihrer Kindheit ganzkörpergefesselt, sodass sie immer an der gleichen Stelle in der Höhle verharren und immer in die gleiche Richtung schauen müssen. In Blickrichtung wird eine Art Stockpuppenspiel aufgeführt, dessen Schatten die Höhlenmenschen sehen können. Und dieses Puppenschattenspiel ist die einzige Realität, die die Höhlenmenschen wahrnehmen, da sie keine andere kennen. Und Platon führt aus, dass, wenn man diesen Höhlenmenschen das wahrhaftige Leben zeigen würde, sie es für das »falsche« Leben halten würden, da sie das Stockpuppenspiel für einzig real hielten.

Shylos Wohnung war nicht die einzige Höhlenbehausung, die ich in den achtziger Jahren kennengelernt habe. Meist standen an 365 Tagen im Jahr bei heruntergelassenen Rolläden Couch und Sessel an einer festen Position, wurden niemals verrückt oder gesäubert und es gab nur eine mögliche Blickrichtung: zum Fernseher, dem Stockpuppenspiel der Moderne. Und die dortige Realität war mit Sicherheit für die Höhlenwohnungsbewohner »wirklicher« als das, was das wahre Leben zu bieten hatte. Obwohl: Die Station war für Shylo natürlich eine Art Zweithöhle. Unbeweglich hinter der Theke stehend, betrachtete er dieses sogenannte Leben, das die Gäste jenseits der Theke führten. Shylo verkörperte das doppelte Höhlengleichnis.

Tisch und versank in der weichen, einnehmenden Polsterung seiner Sperrmüllgarnitur. Ich erzählte von Nikki, von Heidelberg, trank einige Biere und legte mich aufs Sofa. Als es dann klingelte, war klar, daß ich die Tür öffnen mußte. Ohne ein Wort zu sagen, ja, Shylo sah mich nicht einmal an, stand ich auf das Klingelzeichen hin auf und ging zur Tür. Ich frage mich, was passiert wäre, wenn ich das Gesetz gebrochen hätte und nicht aufgestanden wäre? Aber ich tat es. Ein Typ mit oben kurzen und hinten langen, blonden Haaren stand vor der Tür, bepackt mit allerlei Tüten, sagte: »Hi«, als sei ich ein alter Bekannter, und durchmaß vor mir den Flur.
»Essen«, gurgelte Shylo, »wußte doch, daß der alte Simon mich nicht verhungern läßt. Das ist übrigens Charly, der wird ab nächster Woche drüben bei uns arbeiten.«
ARBEITEN??? Mir brach der kalte Schweiß aus. Davon war nie die Rede gewesen. Dieser verdammte Bahnhof.
Shylo packte ein halbes Hähnchen aus und hatte es auch schon verschlungen. Ich schwöre bei meiner Großmutter, die voll auf Exhibitionisten steht, ich habe noch nie jemanden so schnell ein Hähnchen essen sehen. Aber Shylo hatte schon das zweite vertilgt. Ein Wunder, daß noch Knochen auf dem Holztisch lagen. Wir schauten uns dann »Caligula« auf Video an,[16] und ich dachte an das alte Rom, das keine Gleise kannte ———. Wir zogen uns noch 'n paar Dosen Bier rein, und ich fand, ich hatte mich schnell eingelebt.

Als es erneut klingelte, war Simon an der Reihe. Und es kam jemand, den sie Razor nannten. Keine Ahnung, warum, vielleicht weil er meistens ziemlich scharf war. Er hatte gerade

---

[16] Sehr viele Videos scheint Shylo nicht besessen zu haben, denn ich habe nur einmal bei ihm ein Video geschaut und das war – genau, »Caligula«.

Trouble mit seiner Frau, die mit irgendeinem Stino[17] (so 'n Stinknormaler) rumbumste, und das ging ihm verdammt an die Nerven. Jedenfalls hatte er sein Boxtraining wieder aufgenommen; nicht daß er ihm begegnen wollte, diesem Stino, aber falls das Karnickel doch mal aufkreuzen sollte, na ja. Razor war o.k., wie alle, die ich bislang hier kennengelernt hatte, und ich verstand, daß er Ablenkung brauchte und abends sein Jagdrevier abforsten wollte, um irgendeine Tante zu finden, die Lust hatte, kurz mal auf'n Sprung bei ihm vorbeizuschauen. Ich fand das 'ne gute Idee. Ich mein', man will ja mit Menschen verkehren, wenn man in so 'ne fremde Stadt kommt. Na also!

Kurze Zeit später kam Marie nach Hause. Es mußte also nach acht Uhr sein, denn Punkt acht war drüben im Laden Schichtwechsel.[18] Sie legte ihre Jacke neben die Fernseher, trat vor die Couch und sagte: »Mach mal Platz.« Shylo rührte sich nicht. »Hey, Dicker, du sollst dich bewegen.« Und dann geschah das Undenkbare: Shylo rückte ein Stück zur Seite, und Marie setzte sich neben ihn. Das muß man sich mal vorstellen! Mir war klar, daß Shylo diese Frau verdammt

---

[17] Reinster Achtziger-Sprech, als man noch eine Braut anlaberte, dabei eine Fluppe oder Zichte rauchte und die Schnitte dann total ätzend oder oberaffengeil fand. Überhaupt geil. Der Gebrauch dieses Wortes war damals noch relativ anstößig, mittlerweile ist es in den ganz normalen Sprachgebrauch eingegangen. Die gleiche Entskandalisierungswandelung macht zurzeit im Übrigen das Wort »ficken« durch. Regt irgendwie keinen mehr auf, es in den Mund zu nehmen.

[18] Um 20 Uhr fand nicht nur ein Wechsel vom ausschließlich studentischen hin zum Tresenhockerpublikum statt. Auch die nur von »den Mädels« geschmissene Tagschicht wurde durch die harten Thekenjungs ersetzt. Siehe auch den Crewplan im Anhang.

lieben mußte. Wie sie es allerdings fertigbrachte, daß sie kaum eine Viertelstunde später mehr Platz auf der Couch einnahm als Shylo, weiß ich nicht, denn Caligula hatte gerade sein Staatsbordell eröffnet, und die Ehefrauen der Senatoren massierten vollsteife Schwänze und bliesen, was das Zeug hielt. Ich war einfach viel zu abgelenkt, um den lautlosen Kampf um die Couch zu registrieren. Als das Bier dann alle war, beschlossen wir, rüberzulatschen und an der Theke weiterzusaufen. Marie hatte verständlicherweise keinen Bock mehr und legte sich schlafen. Ich war bereits gut im Rennen, aber noch lange nicht jenseits von Gut und Böse. Außerdem mußte ich meinen Schock überwinden; schließlich sollte ich nächste Woche arbeiten. ARBEITEN!

Auf der kleinen Mauer neben der Kneipe hockten die Punks, zischten ihre Halbliterpullen und sonnten sich im No-Future-Mond.[19] Dazwischen Hunde, die sich besprangen, und eine Menge Glasscherben auf der Straße. Shylo sagte:

[19] Wir unterschieden zwei Sorten von Punks: die Modepunks und die Schimmelpunks. Die Modepunks waren alberne Gecken. Die Schimmelpunks tarnten ihr Pennertum mit Lederjacken, bunten Haaren und Hunden. Das waren moderne Stadtbettler: »Haste mal 'ne Mark?« Ich habe mich auch immer als Punk verstanden, was sich aber vor allem über die Liebe zur Punkmusik definierte. Den Drang wie so mancher Dorf- oder Karnevalspunk, mir die Haare zu färben, zum Irokesen zu schneiden oder mithilfe von Fett stachelig in die Höhe zu schmieren, hatte ich nie. Mein Stil passte sich eher dem der frühen Ramones an: bedruckte T-Shirts, schwarze Lederjacke, enge Jeans mit Turnschuhen und eine schlimme Frisur. Und schon hielt sich der mittzwanzigjährige Andrack für einen Punk. Das Schlimme ist: Er tut es noch heute.

»Die Fraggles[20] auf der Mauer schmeißen die leeren Flaschen gegen die Hausfassaden, ab und zu auch gegen ein vorbeifahrendes Taxi. Ich hab' sie gewarnt, aber wo kein Hirn ist, wächst auch kein Gedanke.« Wo er recht hat, hat er recht, dachte ich.

Drinnen war fast kein Durchkommen. Arg bedrängt verteidigte jeder seine 30 Zentimeter Erde, die er ergattert hatte, und ließ sich vollaufen. Wir schlugen uns zur Theke durch, stellten uns in eine Ecke genau unter die Box, aus der Jello Biafra schrie: »It's a holiday in Cambodia!«;[21] und Shylo bestellte Schnaps. Die Musik war so laut, daß keiner zu reden

---

[20] Die Fraggles waren die abgefahrenen Mitglieder einer Rock-Combo der Muppets-Show. »Fraggle« zu sein war keine Auszeichnung, da es eindeutig abwertend konnotiert war. Obwohl ich vor kurzem einen Typ in Osnabrück kennengelernt habe, der tatsächlich noch heute den Spitznamen Fraggle mit Würde und Begeisterung trägt und erträgt.

[21] Holiday in Cambodia! Punk-Rock! Dead Kennedys! Viel von diesem Zeug lief in der Station, und das war einer der Hauptbeweggründe, dort so viel Zeit zu verbringen. Denn ich war ja Punk. »Für immer Punk möchte ich sein« (Goldene Zitronen), darum ging es. Mein zweiter Vorname war »Pogo«. Das konnte jeder in der Station sehen, denn dort wurde auch getanzt, vor der Theke und hinter der Theke, wenn Iggy Pops »Passenger« lief oder die Ramones, die Undertones (auch wenn wir etwas zu alt für die »Teenage kicks« waren) oder die Ärzte (obwohl die gerade von 1988–1993 eine Kreativpause machten). Und wir hörten UK Subs, Bad Religion, Hüsker Dü, Gang of Four oder Spizenergi, die nicht wussten, wo Captain Kirk war. Und wir tanzten zu der Musik, die uns geprägt hatte. Denn wir hatten nach dem roten Album der Beatles nicht John Travolta, sondern The Clash, die Lurkers, Sham 69 (unsere »Hersham Boys« mit ihren »Questions and Answers«), Devo, Madness, The Specials und die Stranglers gehört. Kein Abend zwischen Januar und Dezember schien ohne diese Musik auszu-

brauchte. Razor stemmte sich auf die Theke und ließ seine Augen die Tränke abgrasen. Er wollte warten, bis sich das Dickicht öffnen und irgendeine Gazelle ihre schmalen Fesseln zur Quelle bewegen würde; dann würde er blitzschnell zuschnappen. Ein gutes Gebiß ist alles. Na ja, ich war mir nicht so sicher ob dieser Strategie, aber nach dem zehnten Schnaps schien sie mir unfehlbar. Hinter der Theke standen Tom[22] und Marc. Tom wohnte auch bei Shylo, das heißt, sie hatten die Wohnung zusammen mit Marie gemietet. Und Marc war derjenige, der im Laden aufhören sollte und für den ich dann einspringen würde, hier im Schatten des Bahn-

---

kommen. Serious Drinking, Tuxedomoon (unübertroffen schöner Krach bei »No tears«), Calamités, und The Jesus and Mary Chain.
Und wenn die Sisters of Mercy »This corrosion« oder »Temple of Love« sangen oder die Beastie Boys »Fight for your right« schrien, flippte der ganze Laden aus. Und später am Abend kamen dann noch die Pixies, die »Gigantic« waren, die Addicts, die Sex Pistols (Malcolm McLarens Kunstprodukt und Boygroup, ja, ja, ich weiß, dabei ist aber richtig geile Musik herausgekommen), The Damned und ZK mit ihrer Forderung nach Dosenbier, natürlich auch die Mimmies und all der andere Punk-Kram.
Man mag jetzt einwenden, dass dies alles zum Ende der achtziger Jahre größtenteils schon Oldie-Musik war, Techno, HipHop und House war die Musik mit Distinktionsgewinn. Aber mich interessierten nicht der neueste Scheiß und die aktuelle spexsche Poptheorie, sondern der unverfälschte Drei-Akkorde-Beat. Manuel was a punk rocker, one, two, three, four.

[22] Tom kenne ich seit 25 Jahren aus meiner katholischen Jugendgruppe. Sein atemloses Lachen, sein roter Kopf, seine Herzlichkeit und seine Sprüche waren schon immer legendär: »Güllepumpe«, »Wattefuß« und vor allem mein Lieblingsspruch: »Extended Feargal Sharkey«. Ich habe nie richtig verstanden, ob die Nennung des Undertones-Sängers etwas Positives oder Negatives bedeuten sollte. Hinter der Theke war Tom – man muss es so sagen – ein Schatz.

damms. Ich muß sagen, Marc war auch nicht gerade geboren worden für diesen Job. Ich mein', man muß sich die Situation mal vorstellen; da stehen hundert Leute[23] in einem Laden, der so klein ist, daß kaum die Hälfte reinpaßt, und alle schreien nach Bier oder sonstwas, und hinter der Theke steht Marc und braucht für jedes Getränk mindestens eine halbe Stunde, weil er vergißt, den Bierhahn zu öffnen, während er das Glas drunterhält oder etwas länger über die Frage sinniert, ob zum Kaffee nun zwei oder drei Tütchen Zucker gehören. Nicht daß ich etwas gegen philosophische Fragen hätte, auch wenn sie einem das Leben nicht gerade erleichtern, aber irgendwie waren Ort und Zeitpunkt unpassend für derlei Höhenflüge. Marc hatte, kurz gesagt, die Schnelligkeit eines Faultieres. Er hing vor den mit Flaschen gefüllten Regalen und blickte in den Urwald vor ihm, ohne zu begreifen, daß alle plötzlich etwas von ihm wollten. Dementsprechend war Tom natürlich am Rödeln. Sein Kopf hatte die Farbe einer gebohnerten, roten Tomate, ein besonderes Merkmal, das an ihm immer wieder zu beobachten war, besonders wenn er ausgiebig ins Lachen kam. Dann konnte es vorkommen, daß sein Kopf auf der nächtlichen Straße leuchtete wie eine

---

Vor der Theke natürlich auch, aber meistens stand er in der Station eben dahinter. Wenn er arbeitete, hatte ich einen verlässlichen Gesprächs- und Würfelpartner. Und wenn ich am Ende des Abends meine Zeche bezahlen wollte, versuchte er leicht angetrunken die Hieroglyphen aus Strichen, Zahlen und Kommas auf meinem Deckel zu entziffern. Er drehte langsam den Kopf hin und her und studierte ungefähr drei Minuten die runde Pappscheibe. Dann kam er immer zu dem gleichen Rechenergebnis: »Gib' mir 'n Heiermann (Fünfmarkstück), stimmt dann.« Wie gesagt, Tom war ein wahrer Schatz.

[23] Meistens waren diese Hundert genau hundert zu viel. Das konnten keine richtigen Stammgäste sein und mit der Ruhe war es

Verkehrsampel, und die Autofahrer stiegen mit zwei Füßen auf die Bremse. Das Chaos war perfekt.
Neben mir spielte Shylo mit seinem Taschenmesser. Er stieß es in die Theke, zog es wieder heraus, um es wieder hineinzubohren. Simon schaute ihm unruhig zu. Ich verstand bald, daß der gute Simon berechtigte Angst um seine Haarpracht hatte, denn war Shylo erst einmal voll genug, sprach nichts mehr dagegen, daß er das Messer aus der Theke ziehen und sich an Simons Mähne vergreifen würde. Ich meine, es war Spaß, nicht böse gemeint, aber Shylo war in diesem Zustand einfach nicht zu trauen. Er amüsierte sich köstlich, aber leider ging dieses Amüsement oft für den ein oder anderen schief aus. Mir wollte er Wochen später einmal einen Verteidigungsschlag in diesem Zustand zeigen, ihn selbstverständlich nur andeuten, gut gemeint, zu meiner eigenen Sicherheit; leider traf er mich dabei voll in die Eier, und ich schnappte nach Luft wie ein Fisch auf dem Trockenen.
»O.k.«, sagte ich, »ich bin müde, will mich hinlegen.«
»Wie, du bist müde?« Shylo kuckte verständnislos in mein schläfriges Gesicht. »Hier wird nicht schlappgemacht. Tom, mach uns vier Slammer,[24] damit der alte Charly wach wird.«

---

vorbei. Wenn man am hinteren Teil der Theke saß oder stand, ging es noch. Ganz schlimm wurde es allerdings an der Thekenfront. Da schob und drängte dann die Hundertschaft von hinten und wollte Getränke ordern. Ich habe mich immer gefragt, ob die das zu Hause auch so machen. Und auch die sanitären Einrichtungen der Station waren nicht für so viele Menschen ausgelegt. Es gab zwei Pissoirs für hundert Extremtrinker, und ein Pissoir war immer entweder außer Betrieb oder vollgekotzt. Daher hat Shylo es auch öfter, wenn der Laden voll war, hinter der Theke laufen lassen.

[24] Der Slammer: Nachdem Ginger Ale, Tequila und der Kaffeelikör Kalua zusammengeschüttet worden waren, tat man einen Bierdeckel auf das Gebräu, schlug es mehrfach hart auf die Theke, bis

Und ich wurde wach, wenn auch im Kopf ramszu. Das Gemisch aus Kaffeelikör, Tequila und Ginger Ale ging runter wie Wasser und wirkte wie 'ne Dosis Aufputschmittel. Also blieb ich. Und wenig später, noch bevor Razor sein Adlerauge beruhigt hatte, stand ich neben 'ner blondgelockten Frau und lallte sie zu. Sie hieß Molly und konnte so herrlich arrogant kucken, daß mir die Kippe aus dem Mund fiel, was mir nun wirklich selten passiert. Das Gespräch verlief etwas zähflüssig, zumal sie dauernd von ihrem Freund erzählte. Ich mein', ich habe nichts gegen Frauen mit Freund, aber warum

---

das Ganze heftig schäumte, und stürzte es dann herunter. Der Slammer hatte eine unglaubliche Hallo-Wach-Wirkung. Die Jungs hinter der Theke mussten aber schon sehr gut drauf sein, um eine Runde zu spendieren. An Einzel-Slammer kann ich mich nicht erinnern. Das Zusammenschütten lohnte sich erst ab fünf Gläsern aufwärts. Der Slammer war eindeutig das Königsgetränk der Station.

Es gab auch eine starke Whiskey-Trinker-Fraktion, zu der Guy gehörte, die unglaubliche Mengen Paddy's vertilgte. Man konnte aber auch unter zwanzig anderen Whisky-Sorten wählen. Whisky war nie so mein Fall gewesen, aber eine Zeitlang habe ich gerne Tequila getrunken, natürlich mit dem vollen Programm, also Salz in die Kuhle der Hand zwischen Daumen und Zeigefinger streuen, dann lecken, den weißen Tequila herunterstürzen und hernach in eine Zitronenscheibe beißen. Nach einigen Abenden mit Tequila war ich der fortgesetzten Filmrisse überdrüssig. Wenn man schon ungefähr sieben Stunden Lebenszeit an einer Theke – meistens mit wichtigen und tiefgründigen Gesprächen – verbringt, will man doch noch ansatzweise am nächsten Morgen wissen, was am Abend zuvor passiert ist.

Nach der Tequila-Phase habe ich am liebsten einen Rama(zotti) getrunken. Nachdem man den Schnaps getrunken hatte (»Nich lang schnacken, Kopp in Nacken«), wurden die Gläser – aus teilweise abenteuerlichen Entfernungen von bis zu drei Metern – ins Spülwasser geworfen. Wenn andere Gäste dabei vollgespritzt wurden, umso besser.

müssen sie immer gleich von ihnen erzählen? Kaum noch erwähnenswert, daß ich 'ne Abfuhr erhielt, als der Laden um drei Uhr dichtmachte und unsere von allen geliebte Schlußhymne »Song of Joy«[25] lief. Also ging ich mit Shylo und Tom rüber, legte mich aufs Sofa und schlief ein.

Ich wachte mittags um zwei Uhr auf, weil Shylo die verdammten Fernseher einschaltete und sich von Marie Frühstück bringen ließ. Ich kriegte so gut wie nichts runter. Das ganze Gesöff vom Vorabend stand mir noch immer bis

---

[25] Der »Song of Joy« war eine ungeheuer klebrige Schnulzpop-Version der »Ode an die Freude« von Beethoven. Dieser Song wurde IMMER am Ende des Abends gespielt, zumindest am offiziellen Ende. Nach dem Freudensong wurden die Rolläden heruntergelassen und die Tür abgeschlossen, und dann konnten einige Stammgäste und die Thekenmannschaft noch ein wenig weitertrinken. Immerhin wurden die Jungs auch bis vier Uhr morgens bezahlt.
So schlimm wie der »Song of Joy« auch im nüchternen Zustand war, um drei Uhr morgens war er phänomenal, und alle Trinker an der Theke hatten das erhebende Gefühl, am richtigen Ort zu sein.
Auch wenn ich vor allem wegen der Punkmusik da war, lief eigentlich sehr viel Musik, die zu diesem Ambiente nicht recht passte oder die man nicht erwartet hätte: Glam Rock von Sweet, Suzy Quatro, T-Rex und den Bay City Rollers, Oldies wie »Seasons in the sun« von Terry Jacks, schlimm-schöner Heavy Metal von Iron Maiden (»Run to the hills«) und natürlich viel Zeug aus den glorreichen Zeiten der Neuen Deutschen Welle. Exemplarisch seien nur »Zehn Bier zuviel« von Nichts und der Song »Eisbär« von Grauzone genannt. Tom legte den Song immer, wirklich immer auf, wenn ich die Gaststätte betrat. Herrlich! Ziemlich albern wurde es allerdings, bei »Wir sind alle süße kleine Fischgesichter« mitzusingen. Man hörte aber auch ganz einfach klassisch schönen Pop der damaligen Zeit von Fischer Z über Adam and the Ants (der charmante Prinz und vor allem »Stand and Deliver«) bis zu Midnight Oil. Die ganze Musik befand sich auf verschiedenen Mixtapes, die die einzelnen

zu den Ohrläppchen. Na ja, Shylo aß sowieso für zwei. Also blieb ich beim Kaffee und schlürfte mir den Kater aus den Knochen. 'Ne Stunde später tauchte Razor auf, und wir beschlossen, in den Zoo zu gehen. Was soll man an so 'nem day after auch sonst machen?! Um es gleich zu sagen, ich habe von all dem Getier so gut wie nichts gesehen. Shylo zog mich, kaum hatten wir eine Eintrittskarte, sofort ins Terrarium vor einen kleinen Glaskasten, in dem nur klumpiger, schwarzer Sud lagerte, und auf dieser stinkenden Brühe lungerte selbstvergessen und voll mit sich zufrieden eine fette Schlammkröte.[26] Ich mein', ich steh' nicht so auf Schlammkröten, aber Shylo beobachtete derart fasziniert ihre Reglosigkeit, daß auch ich mich nach und nach in ihren Bann ziehen ließ. So standen wir dann, während Razor und Marie durch die ganze Anlage hirschten, eine geschlagene Stunde vor diesem tierischen Brocken und ließen uns lähmen von

---

Thekenkräfte, allen voran Oskar, Tom und Shylo, selbst zusammengestellt hatten. Auf zwei Kassettenrekordern wurden die Bänder dann abgespielt, und mit fortgeschrittener Uhrzeit mutierten Tom und Kollegen zu DJs, die wie wild unter ihren Kopfhörern hin- und herspulten, bis der richtige Song bereit war.

[26] Schlammkröten gibt es nicht. Das hat sich der feine Herr Helminger ausgedacht. Natürlich befinden sich Kröten öfters mal im Schlamm. Aber wenn man »Schlammkröte« im Internet sucht, bekommt man nur Hinweise auf das vorliegende Werk und den google-typischen, mitleidigen Hinweis, ob man nicht »schlämmkreide« meine. NEIN, MEINTE ICH NICHT!
Was es allerdings gibt, sind Schlammnestkrähen, Schlammschildkröten, Schlammfliegen, diverse Fische namens Schlammbeißer, Schlammhüpfer und Schlammspringer. Und es gibt sogar Schlammtaucher (pelodytes punctatus), eine Art der Krötenfrösche im westlichen Mittelmeer. Aber die gemeine Schlammkröte ist eine Erfindung.

seinem meditativen Temperament. Es gab an sich nichts zu sehen, aber nach der Stunde fühlte ich mich besser. Einfach so. Ich war plötzlich gut gelaunt, der Kater war weg. Und Shylo sagte anerkennend: »Ein Monstervieh! Den ganzen Tag ungehindert auf einer Schlammcouch liegen.« Und sein Gesicht bekam etwas Melancholisches. Ich wartete nur noch darauf, daß er der Kröte vorschlagen würde zu tauschen, Couch gegen Couch. Irgendwann tauchten Marie und Razor wieder auf und wollten uns zu irgendeinem Bau mitschleppen, Affen oder so, aber Shylo war zu nichts mehr zu bewegen. Er schlug den kürzesten Weg zu seiner Couch ein.

F-14 TOMCAT

Betrifft das zweite Kapitel

Mir ist aufgefallen, daß in den meisten Romanen das zweite Kapitel eine Rückblende ist. Da wird dann irgendetwas erzählt, was vor dem ersten Kapitel geschehen ist, also die Kindheit des Helden etwa oder sonst was, jedenfalls etwas Vergangenes. Das scheint ein »Muß« zu sein in der gehobenen Literatur. Ich habe mir nun überlegt, daß, wenn ich das auch so machen soll, ich von Heidelberg erzählen müßte, und dann kann ich gleich mit dem Schreiben aufhören. Deshalb lasse ich vorsichtshalber das zweite Kapitel einfach weg und fange sofort mit dem dritten an.

Drittes Kapitel

Es waren mittlerweile einige Wochen vergangen. Ich wohnte noch immer bei Shylo, hatte aber bereits eine Menge Leute kennengelernt, nicht zuletzt weil ich drüben in der Schluckbude an bestimmten Tagen hinter der Theke stand. Um es zu wiederholen, Arbeit war noch nie so meine Welt, ganz im Gegenteil; bis ich nach Köln kam, war ich der festen Überzeugung gewesen, daß es zwei schlimme Dinge auf Erden gab, das eine war Krebs, das andere Arbeit. Inzwischen gibt es noch eine Menge anderer schlimmer Dinge, klar doch, zum Beispiel die steigenden Preise für einen Quickie. Na ja, früher mußte man nicht erst zehn Jack Daniels bezahlen, bevor jemand bereit war, kurz mal über den Zaun der nächsten Baustelle zu klettern; da hatten alle einfach weniger moralische Bedenken, und keiner mußte auf seinen coolen Ruf achten; also was ich sagen will, die Zeiten hatten sich geändert, und was das Arbeiten anbelangt, es machte mir tatsächlich Spaß, in der Kneipe zu bedienen. Wir zogen uns abends die Birne zu und gaben einige Plastikbecher[27] voll Bier über die Theke. Die Zeit ging rum wie nix.[28] Ein paar Schlägereien,

---

[27] In den Anfangsjahren wurde noch ganz normal Kölsch in die entsprechenden dünnen Stangen aus Glas gefüllt. Damit war es vorbei, als immer mehr Gläser auf vorbeifahrende Autos regneten. Mit den Plastikbechern, die dann eingeführt wurden, konnte einfach nicht so viel Sachschaden angerichtet werden.

[28] Es existierten für mich zwei prototypische Verläufe eines Abends. Erste Variante: Ich ging zwischen 20 und 22 Uhr für ein Bier und

einige Deppen und Sozialfälle, die ihr Leben zum besten gaben. Rolläden runter und Stille. Außerdem hatte ich zum erstenmal in meinem Leben regelmäßig Kohle in der Tasche, und das war kein übles Gefühl.[29]

---

eine intellektuelle Konversation »kurz« vorbei. Sträflich missachtete ich die elterliche Prämisse, dass man gehen solle, wenn es am schönsten sei (diesen Spruch müssen sich meine eigenen Kindern wieder anhören), und plötzlich war es drei Uhr und der »Song of Joy« lief. Die Station war ein schwarzes Loch der vierten Dimension. Stunden schrumpften zu Minuten, und ehe man sich versah, begrüßte man volltrunken den strahlenden Morgen.
Zweite Variante: Ich verbrachte den Abend in Papa's Pizzaladen (1985, 1986) oder holte meine spätere Frau Doro im Dschungel ab, wo sie kellnerte. Der Dschungel war eine eher dem Rockmusikgeschmack der frühen Siebziger verhaftete Kneipe (1990). Wir gingen dann gemeinsam in die Station und Minuten später hatte einen wieder der Zeitstrudel erfasst.

[29] Guy hatte einige Jobs, ich während meiner Studentenzeit nur einen einzigen. Es hört sich vielleicht blöd an, aber ich hatte es nicht nötig zu arbeiten. Eine mittelreiche Tante aus Kanada hatte mir einen hohen fünfstelligen D-Mark-Betrag hinterlassen. Den habe ich während meiner Studentenzeit aufgezehrt und mir pro Jahr drei Urlaube gegönnt. Es kursierte sogar eine Zeitlang unter Freunden und Bekannten das Gerücht, ich hätte auf der Rennbahn 30.000 Mark verzockt und mich dabei ruiniert. (Hört sich eigentlich besser an als die Wahrheit, hat so was Bukowskihaftes.)
In der Tat war ich damals oft auf der Pferderennbahn, da meine Freundin dort Bier zapfte. Ich hatte freien Eintritt, bekam meistens Kölsch für umsonst, und die Gewinne und Verluste hielten sich die Waage. Die 30.000 Mark hatte ich einem Bekannten gegeben, der in Düsseldorf Mitarbeiter einer Investmentfirma für Termingeschäfte war. Die versprochenen zwanzig Prozent Gewinn pro Jahr wären bestimmt realistisch gewesen, wenn sich die beiden Chefs nicht mit den Millionen, die ich und andere oberschlaue Finanzexperten ihnen überlassen hatten, aus dem Staub gemacht hätten.

Ich arbeitete abwechselnd mit Shylo, Simon und einem Typen namens Oskar zusammen. Oskar kam aus der Eifel und studierte Medizin. Offensichtlich experimentierte er studientechnisch vor allem mit seinem eigenen Körper. Er gab sich meistens derart die Kanne, daß seine Leber vor Freude Pogo tanzte und alle anderen Organe brütend vor sich hin lallten. Ich weiß nicht, ob er eine Doktorarbeit über die Widerstandsfähigkeit der inneren Körperteile schreiben wollte, jedenfalls fielen seine Bemühungen im Eigentest immer erfolgreich aus, und Oskar fuhr wohlgemut mit dem Fahrrad gegen das nächste Verkehrsschild. Er fuhr immer gegen Verkehrsschilder. Keine Ahnung, ob er über dem Lenker einschlief und weiter in die Pedalen trat, bis ein Halteverbot ihn stoppte, oder ob er die Härte seines Schädelbaus testen wollte, jedenfalls traf er nachts immer auf diese Metalldinger, knallte dagegen, stürzte, besann sich und kam gut nach Hause. Bis auf ein einziges Mal habe ich es nie erlebt, daß er sich eine andere Verletzung zugezogen hätte als jene blauen Stellen im Gesicht und am Körper, die seine Radtouren ihm einbrachten; nur eben an diesem einen Wochenende, als draußen vor der Kneipe Unmengen an Glasscherben rumlagen und Oskar sich beim Verlassen seines Studienplatzes sowohl die Handflächen als auch die Knie

---

Aber zurück zu meinem einzigen Ferienjob. Nicht Fließband, nicht Kneipe, nicht Kabelhilfe. Ich war Aushilfspförtner in der Bundesstelle für Außenhandelsinformation in Köln. Zweimal am Tag musste ich die Hauspost austragen, ansonsten saß ich hinter dem Empfangstresen, sagte »Guten Morgen«, »Mahlzeit« und »Auf Wiedersehen« und ließ Besucher Formulare mit dem Aufdruck »Besucherformulare« ausfüllen. Und wenn der Beamte, den sie besucht hatten, vergessen hatte, sein Kürzel auf das »Besucherformular« zu kritzeln, mussten sie noch einmal zurückgehen. Das war so Vorschrift, hatte man mir gesagt.

aufschlitzte. Seine Freundin hieß Tamar, ein wie ich finde biblischer Name, obwohl sie aus dem Norden kam, Hamburg oder Bremen, jedenfalls die Kante da oben. Tamar war meistens dabei, wenn Oskar seine nächtliche Radtour antrat, aber auch sie konnte seine radikale Experimentierfreudigkeit und seinen selbstlosen Körpereinsatz nicht bremsen. Fuhr sie vor ihm, so war es eh nur eine Frage der Zeit, bis Oskar das nächste Schild angepeilt hatte; fuhr sie hinter ihm, mußte sie für zwei aufpassen und gefährdete sich selbst. Zwar war es ihr so möglich, ihr medizinisches Genie zu warnen, tauchte ein Hindernis am Horizont auf, aber unglücklicherweise wendete Oskar auf ihren Zuruf hin meistens den Kopf und fragte: »Wo? Ich seh' nichts.« Und dann war es auch bereits passiert, und Tamar mußte zusehen, daß sie noch rechtzeitig abbremste. Kein einfaches Leben, sage ich mir. Aber als Wirt war Oskar nur schwer zu schlagen. Die Gäste fühlten sich durch seine Lebertests derart animiert, daß der Umsatz an seinen Arbeitstagen um das Doppelte stieg und wir nach Ladenschluß ein ganzes Heer an schnarchenden Leichen auf die Straße tragen mußten. Oskar verstand das nicht. Er fragte sich, warum diese Leute so viel tranken, schwang sich auf sein Fahrrad und kam bis zum nächsten Verkehrsschild.

Egal wie voll die Schluckbude abends war, einer stand jedenfalls immer vor der Theke. Es war 'n Typ mit Jeansjacke und schwarzer, schulterlanger Matte, der Kai hieß.[30] Er gehörte

---

30 Kai war eine Szene-Berühmtheit. Er hatte früher bei der Kölner Punkband »Cotzbrocken« mitgespielt, die schlichten, schönen Krach (»Bullenlied«, »Wir wollen keine Penner sein«, »Südkurvenpogo«) machte. Nach dem Ende der Band verdingte sich Kai als Roadie im Luxor und sah daher die angesagtesten Acts der achtziger. Im Luxor (seit 1998 Prime Club) auf der Luxemburger Straße haben sie alle gespielt. Dort habe ich das erste Konzert der Ärzte auf

zum Laden genau wie die Theke oder die paar Stehtische, die am Boden festgeschraubt waren. Kai wurde nicht allzu gerne beim Trinken gestört, schon gar nicht von Fremden. Er konnte dann leicht die Nerven verlieren und jemanden vor die Tür befördern, noch bevor dieser den Mund aufmachen konnte. Ich mein', er war kein Schlägertyp, aber er wußte, was ihm zustand, und das nahm ihm keiner weg. Als Shylo mich ihm vorstellte, so zwischen Schnaps und nochmals Schnaps, sah er mich kurz an, und ich schwöre bei meiner Großmutter, die astreine Frikadellen macht, daß jedes Glas in der Umgegend bei diesem Blick zersprang; er sah mich an und sagte: »Ich bin heute gut gelaunt, du darfst niederknien.«

Ich trank schnell noch 'n Schnäpsgen.

Aber Kai grinste in sich hinein und fragte sich, wie jemand so 'n Satz ernst nehmen konnte. Aber genau das war der Punkt: Seine Provokationen wirkten derart echt, daß nur diejenigen, die ihn kannten, wußten, wie damit umgehen. All die Besoffenen ringsum verpißten sich entweder schnellstens oder

---

Kölner Boden im Februar 1983 erlebt, ich sah die Toten Hosen, die Bangles, die Pogues, die Addicts. BAP, die Bläck Fööss und die Höhner sah ich nie.

Ich wunderte mich immer, warum Kai auch im tiefsten Winter eine getönte Brille trug. In der schummrigen Station konnte er wahrscheinlich nichts erkennen außer seinem Bier und den schärfsten Bräuten. Kai war immer auf der Pirsch und hielt sich für unwiderstehlich. Auch wenn ich es ungern zugebe, selbst meine Ex-Freundin erlag für einen Stations-Abend seinem Charme. Die Geschichte habe ich Kai sehr übel genommen. Und ihr natürlich auch.

Kais Markenzeichen war seine bis auf die Schultern reichende Lockenpracht. Alle zwei Minuten warf er den Kopf in den Nacken, schüttelte sein Haupt, und die Frisur saß wieder. Und dann konnte er auch wieder die nächste weibliche Beute ausspähen. Bis zum nächsten Mähnenwurf. Kai war der König der Stations-Löwen.

fingen Zoff an. Und gerade diese Übergangsphase von Sommer zu Herbst, in der ich zu arbeiten anfing, war 'ne herbe Zeit. Da schienen alle irgendwie auszuklinken. Die schleichende Kälte machte die Gehirne mürbe, und jeder wollte zeigen, wieviel Matsch seine Birne enthielt. Kai hatte in diesen Tagen 'ne Menge Unannehmlichkeiten. Er suchte sie nicht direkt, aber er fand sie immer. Oft genügte dieser knallharte Blick, mit dem er die Flaschen öffnete. Zwei Typen, auf jeder Hautstelle Tattoos,[31] sahen ihm mal dabei zu. Der eine bestellte zwei Bier und meinte: »Und noch 'n Kamillentee für Schweinchen Dick.« Damit war Kai gemeint. Scheiße, dachte ich, jetzt ist die Kacke am Dampfen. Kai sagte: »Meinste mich?«, und seine Stimme hatte die Schärfe einer Rasierklinge. Komischerweise lenkte der andere ein und sagte: »War 'n Witz, Mann.« »Dann is' ja gut«, schnauzte Kai, und die Sache war vergessen. Jedenfalls für mich.

Als Kai wenig später den Laden verließ, war ich schon mit ganz anderem beschäftigt, denn Molly stand vor der Theke, und ich hatte inzwischen etwas Fuß bei ihr gefaßt und wollte nicht mehr locker lassen. Na ja, und als dann die Tattoos auch noch abzogen, war der Abend wie jeder andere auch. Nur daß Kai zwei Stunden später wieder auftauchte. Er kam frisch aus dem Krankenhaus, wo er unterm rechten Auge genäht worden war. Die Tätos hatten ihn verfolgt und ihm 'ne Kopfnuß verpaßt. Tja, so spielt das Leben. Was Molly anbelangt, so traf

---

[31] Wenn einen vor zwanzig Jahren jemand mit Tattoos ansprach, fragte man den oder die nicht als Erstes: »Was hast du dir denn da für ein interessantes Symbol tätowieren lassen?« oder »Dein Arschgeweih sieht ehrlich sexy aus, was hast du heute Abend noch vor?« – Nein, man hatte eigentlich nur Angst. Nur die total harten Burschen trugen damals Tattoos, und sie umwehte der Hauch von Gefängnis, Tod und Schlimmerem.

ich sie öfters in letzter Zeit. Wir zogen dann durch Kneipen bis in die Morgenstunden, und ich fühlte mich gut. Zwar erzählte sie noch immer von Edgar, ihrem Freund, aber das störte mich nicht mehr, zumal sie oft mehr Stunden mit mir unterwegs war als mit ihm. Irgendwann vögelten wir dann auch mal zusammen. Ich mein', ich weiß nicht, wie es ihr gefiel, aber ich habe ganz schön gezwitschert; und für Molly war klar, daß ich jetzt endlich Edgar kennenlernen mußte. Sie meinte, ich würde bestimmt mit ihm klarkommen. Ich hatte nichts dagegen, solange der Typ nicht mit dem Messer auf mich losgehen würde. Aber es dauerte noch eine Zeitlang, bis ich Edgar dann tatsächlich kennenlernte.
Inzwischen verlebte ich so manchen trunkenen Abend in der Schluckbude, saß neben dem liegenden Shylo auf dem Sofa oder verbrachte die Nacht mit Molly. Oskar fuhr weiter gegen Verkehrsschilder, und Simon brachte die halben Hähnchen für Ultraman. Schließlich lernte ich auch meinen Chef kennen, einen Typen mit blonden, längeren Haaren und einem Vollbart, den Shylo »Riesenhippie« nannte.[32] Der Typ war ganz in Ordnung, tauchte immer nur mittags auf, um die Kohle vom Vorabend abzuholen, und ließ uns ansonsten freie Hand. Als ich ihn kennenlernte, geschah dies allerdings

[32] Den Chef des Ladens habe ich nie kennengelernt. Er hatte die Kneipe für eine Handvoll Mark von der Bundesbahn gepachtet, sorgte immer liebevoll für Alkoholnachschub und dafür, dass bloß nichts in den Schuppen investiert wurde, vor allem nicht in die sanitären Anlagen, damit die Station auch ihrem Ruf als abgewrackteste Kaschemme der Stadt gerecht wurde. Aber auf die Idee, dort ein Getränk zu sich zu nehmen, kam der Chef nie, und Gerüchten, er hätte ab und zu ein Fass belgisches Billigbier als Kölsch verkauft, habe ich nie Glauben geschenkt. Ich trank, wie gesagt, sowieso nur Flaschenbier.

nicht gerade zufällig. Na ja, was soll ich sagen; ich hatte mit Oskar gearbeitet, und alle Tests waren glänzend ausgefallen. Jedenfalls waren Oskar und ich so ramsvoll, daß wir sogar den Flipper für eine willige Frau hielten. Als die Leute den Laden dann endlich verlassen hatten – nur Kai stand noch an der Tränke –, kam Oskar plötzlich mit drei Kartons voll Eiern aus der Küche, verteilte die Dinger und ab ging die Post. Jeder gegen jeden und Gott gegen alle. Wir schrien und warfen wie die Bescheuerten: »Ajatollah!!!«[33] Und als das letzte Ei seine Innereien auskotzte, sahen wir aus wie 'n schleimiges Butterbrot; alles halb so wild, aber den Laden erkannte niemand wieder. An den Wänden, in den Regalen, über den Flaschen, an der Tür, überall klebte Dottergelb, verzierten Schlieren das Kachelmuster. Oskar, das Genie, griff sich dann 'ne Flasche »Lemon Heart«, goß den hochprozentigen Fusel über die aufgeschlagenen Eier auf der Theke und zündete das Ganze an. Na ja, er wollte sich Spiegeleier machen. Aber die Theke begann plötzlich zu brennen, und wir schlugen wie die Idioten mit unseren Jacken auf die Flammen, bis alles im Qualm erstickte. Schließlich bestellten wir ein Taxi und torkelten gutgelaunt aus dem Laden. Natürlich nahm der Taxifahrer uns nicht mit, das Aas, und auch in die BumBum-Bude,[34] so nannten wir 'ne Disco oben am Ring, ließen sie

---

[33] Achtung, Achtung, damit keine Missverständnisse entstehen: Meines Wissens hat kein religiöser Führer des Iran oder der restlichen Welt je mit Eiern um sich geschmissen. Mit Sicherheit nicht.

[34] Bei der von Guy Helminger liebevoll als BumBumBude bezeichneten Lokalität handelt es sich um die Disko »42« am Zülpicher Platz. Ich bin dort nie gewesen. Als Après-Station-Gaudi bevorzugte ich eher einen Besuch auf dem Kölner Großmarkt an der Bonner Straße. Den Gang durch die wuseligen Gänge der Großmarkthalle und der intensive Obst- und Gemüsegeruch machten mich wach.

uns nicht rein. Die ganze Stadt schien sich gegen uns verschworen zu haben; die hatten alle Angst um ihre Frauen; kein Wunder bei unserem Überschuß an Eiweiß. Und dann klingelte mich morgens in aller Frühe der Chef aus dem Bett. Der Putzmann hatte ihn über die katastrophalen Zustände in der Schluckbude informiert und sich geweigert, die ganze Scheiße wegzukratzen; und der Riesenhippie begab sich höchstpersönlich aufs Schlachtfeld, um die Lage zu prüfen. Also ich konnte schon verstehen, daß er 'n paar Worte mit uns wechseln wollte. Aber viel passierte nicht. Oskar versprach, in Zukunft die Eier für seine Großmutter immer direkt, nachdem er sie gekauft hatte, bei ihr abzuliefern und keine Munition mehr im Laden zu bunkern; und auch ich versprach, keine Schlachten mehr zu führen, und damit war die Sache gegessen. Shylo sagte: »Der Riesenhippie is' o.k.«, und das war er. Wir arbeiteten also weiter, ließen die Eier Eier sein und stiegen um aufs Würfeln.[35] Jeden Abend standen wir nun zu viert oder fünft in der Ecke an der Theke und ließen die Würfel fallen, obschon es eigentlich blödsinnig war, denn Shylo gewann immer.[36] Er hatte ein derartiges Glück im

---

Und in der Gaststätte des Großmarkts auf der Empore mit einem phantastischen Blick über die Stände gab es dann ein Bauernfrühstück und ein Kölsch, bevor man in den grellen Morgen hinaustorkelte.

[35] Würfeln in der Station: nicht Mensch ärger dich nicht oder Kniffel, sondern Schocken. Dieses Kneipenspiel kennt natürlich jeder. Ach, nicht? Nun gut, die Regularien finden sich im Anhang.

[36] So standfest war Shylos Glück im Übrigen nicht. Als wir einmal genug vom Würfeln hatten, gingen wir zum Geldscheinpokern über. Wir zückten unsere Zehnmarkscheine und verglichen die Nummernfolge. Wer nach den Pokerregeln die besseren Ziffern hatte, gewann den Zehner. Shylo verlor einen Zehner nach dem

Spiel, daß er sich irgendwann für Gott hielt. Dafür verlor Gagi immer. Gagi war 'n dürrer Kerl, der glatte schulterlange Haare hatte und beim Gehen die Arme herunterbaumeln ließ, als ob nur die Beine bei ihm funktionierten. Er war der geborene Pechvogel, und wenn es ihm einmal gelang, einen »Schock 6« zu würfeln und er freudestrahlend Shylo ansah, konnte man sicher sein, daß Shylo ein »Aus« warf. »Das Leben ist ungerecht«, sagte Shylo, »ich liebe es!«
Eine neue Runde begann, zu der auch Käpt'n[37] Barracuda gehörte. Der Käpt'n hatte irgendwo 'ne Imbißbude stehen, in der er sich tagsüber rumplagte. Deshalb bestrafte er abends hemmungslos seine Leber, und das meistens so lange, bis sich ihm alle Sinne verweigerten, und dann machte er irgendeine Scheiße. Ein alter Strohhut, geformt wie ein gewöhnlicher Stoffhut, war sein Markenzeichen; dazu trug er immer ein Jackett, ein kariertes Hemd mit Krawatte und eine Flanellhose. Hatte der Käpt'n den Arsch voll, übernachtete er in einem Hotel, das gleich gegenüber seiner eigenen Wohnung

---

anderen und änderte die Regel. Dafür lieh er sich einen Haufen Zehner aus der Kasse. Ich musste dann raten, ob die letzte Zahl auf dem Schein gerade oder ungerade war. Wenn ich richtig lag, bekam ich den Schein, im anderen Falle musste ich einen zahlen. Am nächsten Morgen wachte ich auf und fand in meiner Hosentasche (ich hatte damals kein Portemonnaie, sondern bewahrte Papier- und Münzgeld immer in der Hosentasche auf) 37 zerknitterte und teilweise noch nasse Zehnmarkscheine. Shylo gewann nicht immer!

[37] Der Käpt'n ist immer noch der Käpt'n. Das Prinzip der Helminger'schen Namensgebungen ist klar. Für Echtnamen erfindet er Pseudonyme (aus J. wird Shylo, aus S. wird Tom), aber wenn Stammkunden der Station eh schon ein Pseudonym trugen, beließ er es einfach dabei. Und so heißt der Käpt'n auch im 21. Jahrhundert noch Käpt'n, ist Künstler und Galerist und wahrscheinlich – wie wir alle – etwas ruhiger geworden. Na ja, so richtig nicht.

lag. Nicht daß er sich das hätte leisten können, aber es war einfach geil, sich in der Rezeption als Engländer auszugeben, in gebrochenem Deutsch das beste Zimmer zu verlangen, das Personal durch die Gänge zu jagen und dann von der Königssuite aus nachts um drei die eigene Freundin anzurufen, ihr ein Taxi vorbeizuschicken, um anschließend im Himmelbett die Sau rauszulassen. Na ja, was soll ich sagen, er war halt einer von uns. Er und Gagi wollten irgendwann mal 'ne Kneipe aufmachen, aber das zog sich hin. Vielleicht war's auch nur so 'ne Idee, was weiß ich, jedenfalls wurde nichts draus, und so würfelten sie weiter, und Gagi verlor. Was ich meine, ist, wir waren alle irgendwie wie 'ne große Familie, die Mädels, die mittags den Laden schmissen, einige Stammgäste und die Abendcrew; und die Schluckbude war so was wie 'n Wohnzimmer, in dem wir die Füße auf den Tisch legten und Musik hörten. Klar, nachts kam 'ne Menge fremder Leute in unser Wohnzimmer, aber erstens bezahlten die schließlich dafür und zweitens brachte das Abwechslung. Ich mein', in 'nem leeren Laden Bier zu zapfen, is' wie Sex mit 'ner Gummipuppe, das bringt's einfach nicht. Aber wenn sich vor dir ordentlich was bewegt, dann wächste zu ungeahnter Größe hoch, is' doch klar. Wir hampelten also hinter der Theke, als hätten alle zehn Ladungen Koks gezogen, und Tom Waits[38] sang: »There's a world going on UNDERGROUND, UNDERGROUND«, und nur Shylo stand erhoben auf seinem

---

[38] Charlys (= Guys) Musikvorlieben unterschieden sich von denen der meisten anderen, eher punkaffinen Thekenkräfte. Er grölte bei AC/DC mit, lauschte Tom Waits und huldigte der irischen Volksmusik. Daher ist in der »Schlammkröte« auch mehr von Waits und Co. die Rede. Die Wirklichkeit (meine Wirklichkeit!) sah allerdings anders aus. Mehrheitlich wurde schönes Punk-Zeug gespielt.

Posten, die Arme vor der Brust verschränkt und sagte: »Ich liebe mich.«
Es passierte nichts, aber wir amüsierten uns nicht schlecht dabei. Ich wollte immer schon mal so leben wie die Jungs in Jarmuschs »Stranger than Paradise«[39] und dann 'n Buch drüber schreiben. Ich habe nie verstanden, warum alle Leute immer Ordnung in ihre Dinge bringen wollen, warum sie alles organisieren, sogar ihren Tod? Sie vergessen über den ganzen Vorbereitungen fürs Leben das Leben selbst, einfach weil sie ihre eigene Person viel zu wichtig nehmen. Wie die Hamster, die überall Körner bunkern und sich die Backentaschen vollstopfen. Aber irgendwann hat man sich wohl dran gewöhnt, an die Scheißarbeit, an die Kollegen, die alles noch unerträglicher machen, an die Langeweile. Und dann steigt man geistesabwesend auf seine Alte, rammelt sie durch, und die Alte läßt es sich gefallen, weil auch sie sich daran gewöhnt hat, trocken zu bleiben und nicht zu kommen. Dafür gibt's dann irgendwann Nachwuchs, den man in die eigenen Fußstapfen setzt; so quiekende Yuppie-Ratten, die alle fünf Minuten an ihren Achselhöhlen schnuppern, ob sie nicht nach Schweiß riechen. Kann schon sein, daß ich keine sechzig werde, aber ich habe gelebt, ich habe geschrieben, ich habe getrunken und bin so gut wie ledig, also offen für viele. Und vor allem soll niemand mir etwas von Moral oder höheren Werten erzählen, weil diese Lügen mich zum Kotzen bringen. Ich bin nicht blind, ich brauch' mich nur umzusehen – und das tue ich seit etlichen Jahren –, und was ich erblickt habe, ist Gefräßigkeit und Geld. Ich mein', ich hab' nichts gegen ein halbes Hähnchen, und ich habe nichts gegen 'nen Heiermann, aber ich sülze auch nicht über Moral.

[39] Kultfilm. Nie gesehen. Schade eigentlich. USA/Deutschland 1984. FSK ab 12 Jahre.

Und dann kam so ’ne Nacht, in der ich wieder einmal daran dachte, daß ich Bahnhöfe hasse und unser Wohnzimmer genau unter einem lag. Es war ein Freitag, noch ziemlich früh am Abend, und ein Dutzend Leute stand verstreut im Laden, und sie süffelten ihr Bier. Die Musik war noch nicht laut; Oskar, Shylo und ich kaum angetrunken, und alles sah nach einem freundlichen, schönen Abend aus. Sogar der stockbesoffene Penner an der Theke grummelte nur stumm vor sich hin und ließ uns zufrieden. Da schlug die Tür auf, und zehn von diesen stahlharten Oberasis schneiten herein. Innerhalb von Sekunden schwappte eine Welle drohender Aggressionen durch den Raum, ein Eisteppich, auf dem jeder fürchtete auszurutschen. Und gerade darauf warteten die Jungs. Sie waren alle gut angesoffen, zogen ihre Totschläger an und rammten sie in die Mauer. Ich dachte, wenn das gut ausgeht, solltest du dir wirklich überlegen, ob du nicht doch vielleicht gläubig wirst. Einer von ihnen spielte mit einem Dolch und bearbeitete die Tische, dazu grunzendes Gelächter und Sprüche wie: »Na, wen von den Jungs sollen wir denn heute im Rollstuhl hier rausfahren, hahaha?« Ich fand das sehr witzig, und die Gäste offensichtlich auch, denn sie verpißten sich alle. Nur der Penner war zu voll, um die Situation einschätzen zu können, und grummelte weiter vor sich hin. Als der erste Spiegel zu Bruch ging, kippte Oskar einen Whiskey, atmete einmal tief durch und machte sich auf den Weg, den Typen, der inmitten der Glasscherben stand, zur Rede zu stellen. Aber das war offensichtlich ein Fehler, denn der Typ hatte es nicht so mit dem Reden, knallte Oskar eine und machte sich an den zweiten Spiegel. Oskar insistierte dann auch nicht und zog sich zurück. Wir waren einfach gefangen und mußten abwarten, denn das Telephon war defekt, und nach dem Typen zu urteilen, der sich an die Tür gepflanzt hatte, war es nicht möglich, den Laden zu verlassen.

Zwar hatten wir im Regal Gummiknüppel[40] liegen, die wir uns hinten in die Hosen steckten, um uns selbst wenigstens verteidigen zu können, falls es losgehen sollte, aber mehr war auch nicht zu machen. Vier von den Asis standen vor der Theke und brüllten uns an, versuchten uns zu provozieren, aber wir blieben stoisch, sahen zu, wie sie den Laden auseinandernahmen, und ärgerten uns, daß wir nicht so voll waren wie der Penner an der Theke, der das Ganze offensichtlich für alltäglich hielt, denn er sah sich nicht einmal um, wenn ein Spiegel scheppernd zu Bruch ging. Meine Nerven zirpten wie gerissene Banjosaiten, und auch Shylo schien kurz davor, zum Monster zu werden.

»Selbst King Kong haben sie erledigt«, sagte ich zu Shylo, »bleib auf'm Boden.« Und er verstand offensichtlich, denn er goß uns dreien einen Jack Daniel's ins Glas, und wir tranken, scheinbar unberührt vom Klamauk der torkelnden Gorillas, die ihren Käfig so herrichteten, wie wir es eigentlich nicht haben wollten. Und tatsächlich schien unsere Ruhe ihnen die Freude an der Arbeit zu nehmen, denn sie ließen plötzlich ab vom Inventar, sahen sich etwas unbeholfen an und verließen schweigend den Laden. Nur einer blieb noch kurz, stellte sich hinter den Penner an der Theke, öffnete die eigene Hose, nahm seinen Schwanz raus und pißte dem Grummelnden gegen die Beine. Im Gegensatz zu den zerbrochenen Spiegeln schien dies nun aber die Aufmerksamkeit des Besoffenen zu erregen; jedenfalls drehte er sich um und schlug mit einer

[40] Als Pazifist bin ich völlig schockiert, dass die Thekenmannschaft der Station bewaffnet war! Ich konnte noch nie gut Blut sehen und habe nie eine Waffe getragen, noch nicht einmal ein Schweizer Messer. Dafür hatte und habe ich ganz fürchterliche Gewaltphantasien. Die habe ich aber noch nicht mal meinem Therapeuten anvertraut. Sonst könnte der Arme vermutlich nicht mehr ruhig schlafen.

derartigen Wucht zu, daß der Pinkelheini mit blutender Fresse den Laden verließ und zu seinen Kumpels lief. Shylo ging sofort zur Tür und schloß ab. Dann ließ er die Rolläden runter, und wir gönnten uns erstmal einen Jack. 'Ne halbe Stunde später löschten wir das Licht und verließen den Laden, nicht ohne dem Penner einige Biere in die Hand zu drücken, was er zwar willig, aber verständnislos geschehen ließ. Wir hingegen wußten, warum wir ihm Bier ausgaben. Wir gingen die Zülpicher hoch zu den Iren,[41] um dort mit Öl – so nannte Shylo das Guinness – den Abend zu beenden. Auf dem Hinweg schaute ich hoch zum Bahndamm und mir war, als würden die Gleise sich biegen vor Lachen.

Scheiße!

---

[41] In diesem irischen Pub auf der Zülpicherstraße bin ich mal aufgetreten. Oder war es die Kneipe daneben? Wahrscheinlich ist es Selbstschutz, dass mich mein Gedächtnis im Stich lässt, denn das, was unser Studentenkabarett unter dem Namen »Das trojanische Pferd« bot, war eigentlich ganz okay, nur meine Soloparts waren unfassbar schlecht. Ich stieg aus, bevor mich die anderen drei rausgeworfen haben. Ich bin dann wegen dieser Auftrittsgeschichte nie mehr zum Iren gegangen. Oder war es doch die Kneipe daneben?

Viertes Kapitel

Und dann kam Edgar. Ich hatte mich für einen Abend in die Südstadt[42] verzogen, wollte mal raus aus unserem Viertel, andere Gesichter sehen. Ich hing in ’ner kleinen Kneipe in der Alteburgerstraße rum, in einem der wenigen Läden, die noch annehmbar sind hier in der Gegend, das heißt, sie waren’s mal, denn mittlerweile sind die meisten von ihnen geschlossen oder renoviert worden; ist alles etwas schicker geworden, wie das halt so ist bei einem Begräbnis; ich stand also an der Theke und wartete auf Molly, mit der ich mich verabredet hatte. Und Molly kam und mit ihr: Edgar. Es war ’ne freundliche Begegnung. Wir benahmen uns in etwa so wie zwei Hunde, die sich zufällig auf der Straße treffen, sich beschnuppern und abchecken, wie der andere drauf ist, dann ’n paarmal die Zähne zeigen und wenig später mit dem Schwanz wedeln. Was soll ich sagen, wir verstanden uns eben; es war so was wie ’ne frische Liebe, und Molly wurde schlecht dabei. Keine Ahnung, warum, jedenfalls ging sie nach Hause, und ich blieb mit Edgar zurück. Wir tranken ’n paar Bier zusammen und unterhielten uns über Gotik. Es verstand zwar

[42] Ich war nie in der Südstadt. Schon immer wert- und lokalkonservativ, war die Südstadt für mich wie ein anderes Universum. Ich kannte nur die Station und ging nur in die Station. Ich war dreimal in meinem Leben im Blue Shell, Sammelstelle für Kölner Künstler und Spex-Redakteure. Das war nicht meine Welt. Ich war nie im Dos XX, Kultkneipe im Friesenviertel, und auch die Südstadt mit Opera, Chlodwig-Eck, aber auch Kurfürstenhof lagen gefühlt schon in der Sowjetisch Besetzten Zone.

keiner von uns etwas von Gotik, aber das machte nichts; war jedenfalls 'n super Gespräch. Wir tranken noch 'n paar Bier und wechselten das Thema, und zum Schluß, sozusagen um die Freundschaft zu besiegeln, kotzte Edgar ab. Nicht vor die Theke, nein, nein, er kam bis zum Klo, aber da ... Halligalli! Der ganze Laden hörte die Nordseebrandung, und die Neonröhren an der Decke bestrahlten wie Leuchttürme die abgeschlossene Klotür, hinter der die Flut rauschte. Na ja, für uns war dann Ebbe. Ich setzte Edgar in 'n Taxi, gab dem Fahrer die Adresse unseres Wohnzimmers an, und wir fuhren in die Schluckbude. Edgar war mittlerweile wieder einigermaßen o.k. Klar, 'n paar Möwen zwitscherten immer noch in seinem Kopf, aber nach dem ersten Kölsch, das Shylo ihm aufmunternd unter die Nase hielt, verpißten auch sie sich, zogen die Flügel ein und ersoffen in der schwappenden Alkoholpfütze, in der Edgars Gehirn lagerte.

An der Theke verlor Gagi gerade 'ne Runde Schnaps gegen Tom und den Käpt'n, und Kai regte sich über irgendeinen Penner auf, der ihm seinen Platz an der Theke streitig machen wollte. Ich war wieder zu Hause.

Shylo sagte: »Is' das 'n Kumpel von dir?« und deutete auf Edgar. Ich bejahte.

»Kennste ihn schon lange?« wollte Shylo wissen.

»Nicht grad 'ne Ewigkeit«, sagte ich, »aber doch schon einige Stunden.«

»Ich mein' nur«, sagte Shylo, »weil wir noch jemanden hinter der Theke brauchen.«

»Klar«, sagte ich, »der is' gut«, und Edgar willigte ein. Und kaum 'ne halbe Stunde später machte Edgar auch schon Gebrauch von seinen neuen Rechten, die er als Arbeitskollege besaß. Er verzog sich mit Lynn, so 'nem blonden Schuß, der öfters bei uns im Laden rumhing, in den Lagerraum hinter der Theke, schloß die Tür ab, setzte sich lallend auf die Kühltruhe und ließ sich einen blasen. Klar doch, als Arbeitskollege

durfte er in die Räume hinter der Theke. Natürlich kuckten wir zu. Ich mein', das hat nichts mit Voyeurismus zu tun oder so, das war einfach geil. Shylo stellte einige leere Bierkästen übereinander, und er, Tom und ich stellten uns drauf und schauten durch den Spalt, der zwischen Decke und Tür war, auf die alte Lynn, wie sie sich Edgars Schwanz in den Mund schob. Edgar war zwar wieder fit, aber doch noch so blau, daß er sogar im Sitzen wankte. Ich nahm an, daß Lynn eigentlich damit rechnete, daß Edgar sie durchvögeln würde, weil sie schließlich auch was davon haben wollte, aber Edgar dachte gar nicht daran. Er saß auf der Kühltruhe, kuckte Lynn mit zufriedenen Augen bei ihrer Massage zu und rülpste. Shylo sagte: »Jungs, der Laden ist doch voll, und hier gibt's was zu sehen. Wenn sich daraus kein Geschäft machen läßt.« Wir begeierten uns wie die Blöden, und Edgar mußte uns gehört haben, denn er sah plötzlich hoch, erkannte uns hinter dem Spalt, grüßte trunken und streichelte selig Lynns Kopf. Wir sahen noch eine Weile zu, bis das Verlangen und das Geschrei nach Bier vor der Theke zu laut wurden, und fragten uns, wieso Lynn ihren Lover nicht einfach flachlegte. Edgar war sowieso alles egal. Aber sie ließ ihre Lippen am Schaft, ging mit ihrer enormen Zunge auf Wanderschaft, und als Edgar kam, wischte sie sich den Mund ab und ließ ihn sitzen. Sie ging zur Theke, trank ihr Bier aus und unterhielt sich mit irgendjemandem. Ich fragte mich, wo Edgar blieb, und schlenderte in den Kühlraum.
»Ich hab' 'ne Wette verloren«, sagte Edgar.
»Was für 'ne Wette?« fragte ich.
»Na, ich habe behauptet, daß Frauen von heute keinen Mut mehr hätten und daß mit Sicherheit nicht eine im Laden sich traue, mir im Kühlraum einen zu blasen«, sagte Edgar.
»Und was haste verloren?« fragte ich.
»Meine Unschuld«, sagte Edgar und sah verwirrt über seine eigenen Worte zur Decke.

»Na, dann geht's ja noch«, sagte ich, und wir gingen zurück an die Theke. Ich fragte: »Kennste die Frau schon länger?«
»Lange nicht«, überlegte Edgar, »aber dafür etwas näher.«
Wir tranken dann noch 'n Bier, denn Edgar hatte plötzlich schrecklichen Durst und mir war auch ganz trocken.

In den darauffolgenden Wochen hing ich ziemlich viel mit Edgar rum. Wir erkundeten gemeinsam die anderen Viertel der Stadt, vertranken unsere Seelen und unterhielten uns über Molly. Ich erfuhr, daß Molly gar nicht Molly hieß. Edgar hatte sie so getauft, weil er voll auf alles stand, was irgendwie irisch war. Na ja, und Molly war halt 'n irischer Name. Edgar selbst spielte begeistert Banjo, und zusammen mit seiner Band hatte er 'ne Menge Auftritte in diversen Pubs. War klar, daß er mich irgendwann mal mit nach Irland schleppen wollte. Aber bis es soweit sein würde, überbrückten wir halt die Zeit mit Paddy.
Edgar wohnte mit 'nem Typen zusammen, der Lesley hieß und wie ein alter Aristokrat wirkte, weshalb alle ihn Lord nannten. Ich mein', er war nicht viel anders gekleidet als wir auch, trug diese schmalen, spitzen Schuhe, schwarze Klamotten und 'ne Mähne, die ihm bis zum Kreuz reichte, aber Lord Lesley hatte so die Schnauze voll von allem, von den Leuten, von der Stadt, vom Trinken, daß er immer über allem stand. Er sah so herrlich gelangweilt aus, wenn er mal abends an der Theke hing, daß er einfach einen guten Aristokraten abgab, so als wäre er aus 'nem Barockfilm entlaufen und könnte über die Moderne nur die Nase rümpfen. Lesley wollte weg aus Deutschland; er wollte nach Süden, Spanien oder so, aber auch dieser Wunsch schien ihm so gewöhnlich, daß er sich bereits bis zum Exzeß daran gewöhnt hatte, und so hielt die Langeweile ihn hier, band ihn fest an einen Ort, an dem er nichts ernst nehmen konnte, allenfalls den eigenen Überdruß. Ich sah Lesley sehr wenig, weil er selten seine Klause

verließ, und das letzte, was ich von ihm gehört habe, war, daß er bei irgendeiner Fernsehsendung mitmachen wollte, so 'ne Sendung, in der Kandidaten 'ne Wette vorschlagen, und irgendein Prominenter muß dagegenhalten oder so ähnlich.[43] Jedenfalls hatte Lesley hingeschrieben und folgendes eingereicht: Er, Lord Lesley, wette, daß er bei zehn verschiedenen Frauen – die alle nicht älter als dreißig sein dürften – durch Cunnilingus herausfinde, welche Zigarettenmarke sie rauchten. Das Fernsehen schrieb ihm dann 'nen freundlichen Ablehnungsbrief, sie könnten die Wette leider nicht annehmen, denn laut Paragraph soundsoviel des Gesetzbuches, die öffentliche Meinung und Sicherheit der Moral betreffend, sei ein derartiges Vorhaben vor laufenden Kameras leider nicht ohne Gefahren zu verwirklichen. Man müsse Rücksicht auf das Publikum nehmen. Und seitdem ist Lord Lesley aus der Stadt verschwunden. Vielleicht hat er den Weg in den Süden doch noch gefunden. Ich wünsche ihm jedenfalls, daß die Spanier nicht so viel moralische Bedenken an den Tag legen wie unsere Jungs hier.

In der Schluckbude blieb derweil alles beim alten, nur daß unsere nächtlichen Touren anfingen, länger zu werden. Hatten wir abends die Leute raus und konnten den Laden abschließen, gingen wir nicht mehr, wie es früher öfter geschah, nach Hause, sondern schleppten uns hoch in die BumBumBude, tranken weiter und sahen den Leuten beim Tanzen zu. Und in einem Punkt hatte Razor auf jeden Fall

---

[43] Vermutlich ist die von Frank Elstner 1981 erfundene Fernsehshow »Wetten dass« des Mainzer Fernsehsenders ZDF gemeint. »Es war damals selbstverständlich, dass man Wetten dass mit Frank Elstner guckte, niemals wieder hatte man in späteren Jahren solch ein sicheres Gefühl, zu einem bestimmten Zeitpunkt genau das Richtige zu tun.« (Florian Illies, Generation Golf, Berlin 2000)

recht, der Schuppen war schon ’n verdammt gutes Jagdrevier. Ich mein’, man brauchte sich oft nicht mal anzustrengen. Wir standen am Rande der Tanzfläche, faßten irgendeine Frau ins Auge und wenig später tanzte eine auf uns zu – nicht unbedingt die, die wir ins Auge gefaßt hatten, aber das machte nichts –, und der Abend war ausgefüllt. Es gab einfach ’ne Menge Frauen dort, die genauso Lust auf ’ne trunkene Nacht hatten wie wir, und so fand alles seinen gerechten Weg. Nur Shylo sagte: »Ihr seid ja bekloppt.« Er mochte diese Rummacherei nicht. Allein die Vorstellung, jeden Abend jemand Fremdes neben sich auf der Couch zu dulden, brachte ihm Schweißausbrüche, und er goß schnellstens Flüssigkeit nach. Aber Edgar, Tom, Razor und ich, wir hatten einfach keine Couch zu Hause, und außerdem gingen wir meistens mit zu den Nachtengeln nach Hause, um so im Falle eines Falles am frühen Morgen schnellstens einen Abgang machen zu können. Na ja, ich meine, keiner von uns hat es jemals echt schlecht getroffen. Wir hatten selbst im Delirium ’ne glückliche Hand, und die Mädels waren nicht mal böse, wenn wir unglücklicherweise mal auf ihnen einschliefen. Kommt vor. Kann jedem mal passieren. Zumal wir nach der BumBum-Bude meistens noch zum Rudolfplatz in so ’n Schuppen zogen, der oft bis morgens um sieben aufhatte.[44] Und wer so ’ne Kneipentour schon mal gemacht hat und sich nicht an

---

[44] Bei »dem Schuppen am Rudolfplatz« handelte es sich um das Roxy, eine Disko auf der Aachener Straße, sehr, sehr schräg gegenüber dem Volkstheater Millowitsch. Das Roxy öffnete erst gegen 23 Uhr. Ich habe diesen Laden nie vor drei Uhr betreten. Ich kenne auch niemanden, der jemals vor drei Uhr nachts dort hinging. Das Roxy verfügte über einen veritablen Türsteher, der aber nach meiner Erfahrung so ziemlich jeden hereinließ, der nicht völlig vollgekotzt in den Laden wollte. Man musste einen geringen Eintritt bezahlen, bekam dafür aber zwei bis drei Biermarken. Das Kölsch

jeder neuen Theke während zweier Stunden mit einem Glas Wasser beschäftigte – und ich sage euch, solche Wasserphilosophen gibt es tatsächlich –, der weiß, wie man morgens, wenn es gerade hell wird, aussieht; wie einem das Licht in den Augen brennt und wie einen die Arbeiter ansehen, die bereits seit einer Stunde auf der Straße malochen. Na ja, und wenn man dann plötzlich auf so 'nem fremden Bett liegt, dann ist das schon 'n hartes Stück Arbeit, nicht gleich wegzuknacken. Da hatte es Shylo schon einfacher. Ich mein', so 'ne feste Beziehung hat ja was für sich, gerade am frühen Morgen nach einer durchzechten Nacht. Ich weiß nicht, ob jemand versteht, was ich meine, aber ich habe jetzt auch keine Lust, ins Detail zu gehen. Simon hatte übrigens inzwischen 'nen Taxijob, und oft genug parkte er morgens früh vor einem der Läden, in denen wir uns gerade aufhielten, und brachte uns, wo wir eben hinwollten. Schon gut, wenn man in jedem Gewerbe irgendwo 'n Freund sitzen hat. So ging das 'ne ganze

---

im Roxy hat immer so derart scheußlich geschmeckt, dass man schlagartig wieder nüchtern wurde. Ich habe von der Inneneinrichtung nur noch im Gedächtnis, dass sie stahlblau war, man auf einer Art Tribüne um die Theke herumsaß, die durch das Stadionhafte wie tiefergelegt erschien, und die wenigen Menschen beobachtete, die sich in blauem Licht unter der Discokugel bewegten. Die Musik war ganz okay und unfassbar laut, ungefähr zweimal habe ich auch getanzt.

Das Roxy ist ein jahrzehntealter Bestandteil des Kölner Nachtlebens und wird im Song »Sozialamt« von Jürgen Zeltinger erwähnt:

Wo hab' isch noch keinen Deckel
Wo kann isch noch hin?
Im Roxy, Plenum, Solitaire,
Alcazar, Sing Sing,
Zodiac und le Bateau
Alles ist tabu

Zeit lang, bis Edgar tierischen Streit mit Molly bekam und sie sich trennten. Edgar hat den Schmerz nie ganz überwunden. Ich mein', ab dem Zeitpunkt änderte sich die ersten Wochen zwar nicht viel, was unsere Nachttouren betraf, im Gegenteil, Edgar begann, sich regelrecht die Seele aus dem Leib zu vögeln, aber irgendwie war da plötzlich 'ne andere Basis. Er hatte was da sitzen und das mußte raus. Er wechselte sozusagen vom gedankenlosen l'art pour l'art zum engagierten Quickie. Er machte sich Gedanken über die Nächte, die er in fremden Betten verbrachte, stellte sich Fragen, wie alles weitergehen sollte, und seine Augen bekamen etwas Gläsernes. Er dachte noch mehr über alles nach, als Tom sich plötzlich 'ne feste Beziehung zuzog und nun öfters mit Nora die Nächte verbrachte, und auch ich fühlte mich langsam etwas ausgelaugt und zog mich in meine Literatur zurück. Ich wollte einfach mal wieder schreiben. Die Luft war raus, und wir trafen uns nun seltener, und wenn, dann in der Schluckbude.

Tja, alles Kölner Kneipen der Vergangenheit, nur das Roxy und das Alcazar existieren noch. Jürgen Zeltinger, genannt »de Plaat«, war Anfang der 80er Jahre unser lokaler Punkheld. Also, wir hielten seine Musik für Punk, weil er »Rockaway Beach« von den Ramones zum legendären Song »Müngersdorfer Stadion« umgetextet hatte. Es war im Übrigen nicht die alte Heimstätte des 1. FC Köln gemeint, sondern das große Freibad gleichen Namens.
Ungefähr 1980 hatte ich Zeltinger mit drei Mitschülern in einer Kneipe kennengelernt. Wir hatten ihn einfach mal so angesprochen und konnten es nicht fassen, dass der große Zeltinger uns 15-Jährigen Zeit schenkte und sogar Bier spendierte. Der war echt nett. So ohne Hintergedanken. Man war ja früher doch etwas naiv.
Kurze Zeit später hatte Herr Zeltinger dann ein übles Gerichtsverfahren am Hals wegen sexueller Belästigung eines Minderjährigen in seiner Wohnung im Unicenter. Ich habe erst später erfahren, dass der betroffene Minderjährige tatsächlich einer von uns vieren gewesen war.

Weihnachten[45] kam, und wir überlegten, was wir unserem Publikum bieten könnten. Ich mein', für 'ne Band war der Laden einfach zu klein, außerdem hatte keiner von uns so recht Bock auf so was. Edgar hatte dann die grandiose Idee, eine Weihnachtsfrau an die Theke zu binden; und obwohl es tatsächlich einige Frauen gab, die den Vorschlag toll fanden, solange sie die Weihnachtsfrau sein dürften, ließen wir die Idee dann doch fallen. Schließlich machten wir gar nichts, soffen uns die Rübe zu, und der Tag verging wie jeder andere auch. Wir schlitterten ohne Vorsätze ins neue Jahr – was hätten wir uns auch vornehmen sollen??? –, und alles blieb, wie es war. Kai nannte noch immer jede Frau »Uschi« und dachte sich heimlich das »M« am Anfang hinzu, der Käpt'n suchte sich immer teurere Hotels für seine Nächte aus, und Gagi verlor und verlor.

Ich begann mit dem Gedanken zu spielen, mir eine eigene Wohnung zu suchen. Nicht daß ich nicht gerne bei Shylo gewohnt hätte, aber immer nur auf 'nem Sofa zu liegen in 'nem fremden Wohnzimmer ist auch nicht gerade das Paradies. Die Suche kostete mich glatte zwei Monate meines Lebens. Ich bin in der kurzen Zeit mindestens um fünf Jahre gealtert, nicht zuletzt weil ich gezwungen war, jeden Morgen um 8 Uhr – zu einer Zeit also, wo jeder vernünftige Mensch noch tief im Koma liegt – die Anzeigen durchzublättern, um mir anschließend per Telephon eine Bleibe zu ergaunern. Ich fand dann tatsächlich ein Zimmer in einer Wohngemeinschaft, das heißt, Wohngemeinschaft kann ich kaum sagen,

---

[45] Meine Eltern hätten mir auch noch als Mittzwanziger ordentlich den Marsch geblasen, hätte ich mich Heiligabend in der Station volllaufen lassen. Nein, Heiligabend saß ich brav unter dem Baum. Punk konnte ich am nächsten Tag wieder sein. Mein Glück war nämlich, dass ein Freund von mir am 25. Dezember Geburtstag hatte, und das musste selbstverständlich angemessen gefeiert werden.

es war eher so etwas wie ein zweckmäßiges Zusammenleben. Die vier Zimmer wurden einzeln, meist an Studenten, vermietet, und Küche, Bad und Klo, jeweils in doppelter Ausführung vorhanden, teilte man sich zu zwei und zwei. Als ich einzog, wohnten dort bereits drei Leute, ein Luxemburger,[46] mit dem ich fortan alles zu teilen hatte, und zwei Frauen, die Sheila und Marion hießen. An den leeren Alt-Flaschen, die überall in der Küche rumstanden, erkannte ich sofort, daß der alte Luxemburger, der übrigens Willi hieß, keiner von den schlechtesten sein konnte. Leute, die ihre Wohnung für einen Glascontainer halten, waren mir schon immer sympathisch. Willi studierte Mathematik, und das Erstaunliche war, daß er seine Lösungen immer nur dann fand, wenn er neben sich auf dem Schreibtisch eine Flasche Wein oder Altbier stehen hatte, während aus den Boxen seiner Anlage AC/DC[47] powerte. Er rechnete oft stundenlang an einem Problem herum und kam auf keinen grünen Zweig; und plötzlich fiel es ihm ein, sein Tape einzuschalten. Und

[46] Im Luxemburger Grenzort Echternach (90 Prozent aller Luxemburger Orte sind Grenzorte) sind Trier, Bitburg und Köln ausgeschildert. Daher denken die Luxemburger, Köln läge um die Ecke, und verbringen dann den Rest ihres Lebens in Köln wie Guy Helminger. Das ist wahrscheinlich der Grund, weswegen nur noch so wenig Menschen im Herzogtum wohnen.

[47] Abkürzung für Alternating Current – Direct Current, zu deutsch Wechselstrom – Gleichstrom. Name einer 1974 gegründeten Hardrock-Combo, deren augenfälligste optische Erscheinung der schuluniformtragende und kurzbehoste Angus Young war und ist. Sänger Bon Scott starb 1980 einen klassischen Rock'n'Roller-Tod: Er erstickte volltrunken am eigenen Erbrochenen. Die Band machte dennoch weiter und wurde zur Hardrock-Ikone. Erstaunlicherweise, obwohl genrefremd, wurden AC/DC und auch Motörhead immer von der Punkrockgemeinde akzeptiert.

während noch im Flur die kreischenden Gitarren zu hören waren, entkorkte er gemütlich einen alten Bordeaux, trank ein Tröpfchen oder auch zwei, und prompt war die Lösung da. Einfach so! Ich mußte dabei immer an Schiller denken, der angeblich an faulen Äpfeln roch, wenn die Inspiration nachließ.[48] Da war mir Willis Methode schon lieber. Ich mein', er zeigte einfach etwas mehr Stil. Faule Äpfel, da faßt man sich doch an den Kopf. Willi war übrigens, wie sich herausstellte, oft in der Schluckbude anzutreffen. Ich hatte ihn bloß noch nie inmitten der ganzen Meute wahrgenommen. Er stand meistens ruhig in einer Ecke und trank scheinbar unbeteiligt sein »Diebels«,[49] während er über irgendwelche mathematischen Fragen grübelte. Ich brauche wohl kaum zu erwähnen, daß wir uns glänzend verstanden. Ich hatte zwar keinen blassen Dunst von Mathematik, aber was die Methodik anbelangt, schwammen wir auf einer Wellenlänge. Sheila und Marion gingen da schon andere Wege. Ich weiß nicht, ob sie unsere Lebensweise je verstanden haben, aber sie haben sie jedenfalls akzeptiert. Marion hätte nie leere Flaschen in ihrer Küche geduldet, selbst der zerlumpte Sessel im Flur war ihr ein Dorn im Auge, aber so wenig wie wir etwas dagegen hatten, wenn sie in ihrem Zimmer staubsaugte, so wenig kümmerte es sie, wie unsere Behausungen

---

[48] In der Tat lagen in der Schublade von Friedrich Schiller immer ein paar faulende Äpfel. Die einen sagen, es hätte ihm bei seinen erkrankten Atemwegen Erleichterung verschafft. Die anderen glauben, dass das Gammelobst Schiller kreativ machte. Siehe auch die Funktion des Apfels in »Wilhelm Tell«.

[49] Die Station hielt für seine Gäste ein überaus tolerantes, weltoffenes und antidiskriminierendes Alkoholsortiment bereit. Ich bin in den letzten Jahren etwas altersmilde geworden, aber damals waren Düsseldorf und Altbier in Köln extreme »No-Gos«. Nur in der Station ging das.

aussahen. Irgendwo gefielen mir beide, und so im ersten Moment hätte ich auch nichts dagegen gehabt, sie mal näher kennenzulernen, ich mein', nachts oder so, aber zum einen stellte sich die Frage für sie wohl nicht – erstaunlicherweise –, und zum anderen dachte ich an die Spannungen, die so etwas nach sich ziehen konnte, wenn alle in der gleichen Wohnung lebten. Ich war schon immer mehr für Entspannung. Na ja, und so hielt ich mich an Willi. Er fuhr wochenends immer nach Luxemburg zu seinen Eltern, brachte mir Kippen mit und sich Bordeaux, und wir lebten nicht schlecht. Und eines Tages brachte er 'ne Frau mit, die er unten kennengelernt hatte. Sie blieb zwar nur einige Tage, fuhr dann wieder zurück, aber Willi schien gepackt. Jedenfalls verlebte er die Wochenenden von da an zwar noch immer in Luxemburg, aber nicht mehr bei seinen Eltern, sondern bei dieser Frau. Und er schien es gut zu haben, denn er nahm beträchtlich an Umfang zu. Sie mußte verdammt gut kochen können, und ich dachte daran, mir auch so jemanden zuzulegen und mit dem ganzen Imbißfraß[50] aufzuhören. Aber find' mal so jemanden. Ich brauchte immer nur zu erwähnen, daß ich schrieb, und die Sache mit mir war für die Frauen gegessen. Klar, im ersten Moment macht so etwas einen tierisch interessant, so interessant wie eben ein Quickie ist, aber fünf Minuten später laberten sie alle nur noch über brotlose Kunst und so 'n Schwachsinn. Schicksal, sage ich mir, aber auch das Schicksal ist nur eine Flasche, an der man sein Leben lang säuft, und solange man sie nicht zu Boden fallen läßt, hat man sie fest im Griff wie alles andere auch.

---

[50] Gemeint sind im Detail Gyros Pita (der Siegeszug der türkischen Variante, des Döners, hatte noch nicht begonnen), türkische und italienische Pizza, Fritten, Frikadellen und zur Feier des Tages auch mal ein Brathähnchen.

Der Frühling kam und mit ihm die Freaks.[51] Die Toten schienen aus ihren Löchern zu kriechen, schneebedeckte Kaltblüter, die ihre abgemagerte Haut an der Heizung wärmten und dabei ihre Triebe entdeckten; Halbirre, denen der Schnee das Gehirn zermatscht hatte und die mit dem ersten Sonnenstrahl die Welt nicht mehr verstanden und sich in ihre eigene zurückzogen. Sie standen vereinzelt an der Theke oder an den Tischen, sprachen mit sich selbst oder mit ihren Getränken, vollführten Voodootänze vor den Wandspiegeln oder brüllten sinnloses Zeug durch die Gegend. Die meisten von ihnen tauchten nur einmal auf und verschwanden wieder so schnell, wie sie gekommen waren, aber einige blieben länger, machten die Schluckbude über Monate hin zu ihrer neuen Heimat, bis auch sie schließlich wieder verschwanden, eingelocht wurden oder sich unter irgendeinen Zug warfen. Die wenigsten von ihnen kannten wir mit Namen; sie hatten einfach keine Namen, weil nie jemand sie danach fragte oder weil sie sie mit der Zeit selbst vergessen hatten. Es gab natürlich Ausnahmen, Henry zum Beispiel; aber er war auch keiner von den aussichtslosen Fällen. Henry soff sich regelrecht in den Tod. Ich mein', Shylo und die ganze Bande tranken nicht wenig, aber für sie war es eine Art Unterhaltung; für Henry hingegen war es bitterer Ernst. Ich weiß nicht, ob er nicht noch sonstwelche Drogen nahm, jedenfalls war er nie ganz bei Sinnen. Beim Sprechen überschlugen sich seine Worte, und vor allem ging er nicht, sondern bewegte sich fallend vorwärts. Er hatte ständig irgendeine Hand verbunden oder den Kopf, und ich fragte mich, wie er es fertig-

[51] Ein Freak ist laut Fremdwörterlexikon: Jemand, der sich nicht in das normale bürgerliche Leben einführt. Oder: Jemand, der sich in übertriebener Weise für etwas begeistert. Synonyme für Freaks sind demnach Pubertierende, Asoziale und Fußballfans.

brachte zu malen, denn das war das einzige, was ihn noch auf den Beinen hielt. Er mußte früher zu den »Jungen Wilden«[52] gehört haben, jedenfalls habe ich das seinen Worten enträtselt. Dann erhängte sich irgendwann sein Mäzen, und Henry stand da ohne müde Mark. Er hätte arbeiten gehen können, aber er wollte malen, nichts als malen, und so spuckte die Stadt ihn aus. Er sank, als hätte er einen Betonsockel an den Füßen, fraß seine Verzweiflung und seinen Haß in sich hinein wie andere ihr Hühnerfrikassee und schiß den Bullen auf die Motorhaube. Das gab die erste Anzeige. Henry hatte wirklich nie Geld, und ich fragte mich, wie er es fertigbrachte, immer stockbesoffen zu sein? Denn selbst wenn mal jemand ihm zufälligerweise ein Bild abkaufte, schmiß er die Kohle gleich wieder zum Fenster raus. Er bestellte Sekt für den ganzen Laden und gab 'nen Hunderter Trinkgeld drauf. Am anderen Tag war er dann wieder pleite, saß an der Theke und spuckte in die Hände, um sich mit dem Speichel die

[52] In der neueren deutschen Kunstgeschichte wird hauptsächlich installiert, Videos gedreht, Multiples hergestellt, performanced oder man trifft sich zu einem Happening. Dazwischen wird alle zwanzig Jahre gemalt, was das Zeug hält, und das ist dann der letzte Schrei auf dem Kunstmarkt. Und damit das Ganze ein Label bekommt, muss ein künstlerübergreifendes Schlagwort her. Momentan ist das die »Leipziger Schule«, vor zwanzig Jahren waren es die jungen Wilden, die als Wiedergeburt des deutschen Expressionismus gefeiert wurden. Die jungen Wilden verteilten sich auf die westdeutschen Metropolen Hamburg, Berlin und natürlich Köln, dem Weltkunstmekka des späten 20. Jahrhunderts. Die kölschen jungen Wilden waren Walter Dahn, Jiri Georg Dokoupil, Peter Bömmels, Hans Peter Adamski, Gerhard Kever und Georg Naschberger. Aus Hamburg siedelten später Albert Oehlen und Martin Kippenberger an den Rhein um. Kippenberger war für seinen exzessiven Alkoholkonsum bekannt, ob er den allerdings auch in der Station auslebte, ist mir nicht bekannt. Er stand zumindest nicht für Henry Pate.

Haare zu glätten. Aber Henry hatte auch 'ne verdammt große Schnauze; er hielt sich für 'n verkanntes Genie und machte jeden Sterblichen an, der ihm zu nahe kam. Das hat ihn dann irgendwann mal seine beiden Vorderzähne gekostet. Blutüberströmt rannte er aus der Schluckbude und brach vor der Tür zusammen. Wir bestellten einen Krankenwagen, und als die Weißkittel ankamen, haute Henry ab. Er stand plötzlich auf und torkelte davon. Die Krankenpfleger riefen dann natürlich die Bullen, und die haben Henry wenig später gekriegt, als er gerade dabei war, ein Gesamtkunstwerk zu erschaffen, indem er Krautsalat gegen eine Fassade warf. Die folgende Nacht durfte er dann in der Ausnüchterungszelle verbringen.

Zwei Tage später saß er wieder auf der Wache, weil er einige Flaschen Wein in der Lebensmittelabteilung eines Kaufhauses getestet hatte. Henry hatte sich vors Regal gesetzt, den Korkenzieher ausgepackt und gesüffelt. Und so ging das weiter und weiter, bis er sich schließlich am Dom vergriff, das heißt, er wollte sich eigentlich nur nach einer dieser durchzechten Nächte im Weihwassertrog waschen, aber das mißfiel einem Pfaffen. Henry schickte ihn mit einem Tritt in den Arsch zum Teufel, und das war das Ende. Er bekam zweieinhalb Jahre. Die Richter zählten einfach alle Delikte und Geniestreiche zusammen und heraus kamen dreißig Monate Knast. Na ja, seitdem ist Henry weg vom Fenster.

Von den wirklich Namenlosen fiel vor allem einer auf, und zwar dadurch, daß er innerhalb einer Minute den Laden mindestens fünfzig Mal durchmaß. Er hetzte von links nach rechts, von rechts nach links und immer weiter, als sei jede Stelle des Bodens ein glühendes Lavafeld. Er machte uns krank. Wir versuchten ihn zu ignorieren, aber solange der Laden nicht voll war, war das einfach nicht möglich. Ich mein', die Schluckbude war ein freies Land, und wir konnten niemandem verbieten, drauf rumzulatschen, aber der Kerl ging uns an die Nerven, und wir warteten nur auf eine Gelegenheit, ihn endlich vor die Tür setzen zu können. Und eines Tages war sie da, die Gelegenheit. Der Typ hatte nach einer Stunde Marathon plötzlich den Weg zum Klo eingeschlagen, zog dort eines dieser alten Rasiermesser aus der Tasche und schlitzte sich die Pulsadern auf. Er verblutete natürlich nicht, das hatte er wohl auch nicht vor. Vielmehr kam er wie beruhigt vom Klo zurück, rieb sich die Handgelenke über Stirn und Nase und setzte sich an einen Tisch, das Gesicht wie eine blutende Totenmaske. Sogar die Punkies gingen auf Distanz. Wir baten ihn dann freundlich, doch bitte irgendwo anders zu verbluten, und er haute ab. Ein paar Monate später tauchte er übrigens wieder auf, ruhiger und mit genauso viel Blut in den Adern wie zuvor.

'Ne Menge von diesen Leuten fiel im eigentlichen Sinne nicht auf. Sie rannten nicht wie Irre hin und her und rasierten sich zu Hause, wie es sich gehört. Sie lehnten einfach an der Theke,[53] so als ob sie ihr Leben lang nichts anderes getan hätten, als in den Seilen irgendeines Ringes zu hängen, wo irgendjemand anderes sie dauernd in die Fresse schlug. Sie bissen auf die Zähne, tranken ihr Bier und warteten schweigend auf den nächsten Schlag. Ihre Gesichter waren so namenlos wie ihre ganze Person. Sie verzogen ihre Münder, weil der Schmerz ihre Seelen verdaute und an jedem Ort der gleiche Kampf auf sie wartete. Sie brannten aus wie Kerzen

---

[53] An der Theke zu sitzen fiel schwer in der Station. Es gab maximal vier Barhocker. Ende 1992 waren es nur noch zwei. Eines Nachts kam ich auf die Idee, einen Hocker mit nach Hause zu nehmen, um am nächsten Abend einen sicheren Sitzplatz zu haben. Als der Alkoholpegel am nächsten Mittag sank, war es mir natürlich zu peinlich, wieder mit dem Hocker in die Station zu gehen. Seitdem diente er zunächst als Kleiderablage, später als Blumentopfpodest.

im Neonlicht. Ich meine, wer bemerkt das schon? Nicht einmal die Motten, die kopflos das grelle Flackern an der Seitenwand bestürmten, kümmerten sich um diese vegetierende Glut; und die Zukunft hockte in ihren blutleeren Augen wie ein stinkender Tümpel, ein stehendes Jetzt. Es waren Menschen, die nur eines gelernt und gelebt hatten, das Sterben. Und wo andere sich amüsierten, öffnete sich ihnen ein Grab. Sie versuchten es mit Schnaps zu füllen und hofften auf einen schwarzen See, aber der lehmige Boden unter ihren Füßen trank schneller als sie, und das Grab blieb. Ich habe seitdem nie wieder Menschen getroffen, die mit solcher Wucht eine Fliege, die sich in ihrer Nähe niedergelassen hatte, zermatschten. Sie scheuchten sie nicht weg, nein, sie schlugen mit der geballten Faust auf das Tier, und ich dachte, der Tisch darunter müßte krachend entzweisplittern. Sie wollten einfach nicht alleine untergehen und zogen mit, was sich mitziehen ließ. Zusammen mit diesen Leuten tauchte auch Zombie auf. Außer Edgar und mir kannten ihn schon alle. Er war letztes Jahr ständig in der Schluckbude gewesen, wie Shylo mir erzählte, hatte sich dann vor dem Herbst verkrümelt, irgendwo überwintert und war jetzt wieder da. Zombie war so etwas wie der Guru der ganzen Punks. Nicht daß er große Reden gehalten hätte – er kümmerte sich überhaupt um nichts – oder etwa jemanden zu irgendeinem No-Future-Glauben bekehren wollte;[54] das nicht, aber er war einfach immer fertiger als alle anderen zusammen, hatte noch

---

[54] No Future – Punkslogan von 1977. Es bleibt nebulös, ob es ein authentischer Spruch des britischen Punk-Prekariats ist oder ein Marketingslogan von Malcolm McLaren, um die Hitsingle »God save the queen« der Sex Pistols zu promoten. Zumindest war »No Future« für uns kein Thema mehr, im Gegenteil, man lebte eigentlich oft so ziellos in den Tag hinein, da man sich tausendprozentig sicher war, eine goldene Zukunft zu haben.

weniger Kohle als die ärmsten unter den Punks und lebte, vergessen von Gott und der Welt, auf der Straße, und gerade diese absolute Abgefucktheit machte ihn – vor allem bei der Nachwuchsgeneration – zum verehrten Idol. Er ging einfach mit gutem Beispiel voran. Als er das erste Mal ankam, stank er wie 'ne Herde wilder Ziegen. Es war ein Geruch aus Fell, verfaulten Essensresten und getrocknetem Kot, der jeden in seiner Umgebung ins Koma trieb. Seine Klamotten hatten sich regelrecht in seine Haut gefressen, und sein Gesicht sah aus, als ob sich die Pocken, die für eine ganze Stadt bestimmt waren, allein für ihn entschieden hätten. Hinzu kam, daß er hinkte, und es wurde gemunkelt, das rechte Bein faule ihm langsam ab. Ich weiß nicht, was dran war an diesem Gerücht damals, jedenfalls machte sein Fuß ihm zu schaffen, das konnte sogar 'n Blinder sehen. Zombie trank immer nur riesige Gläser voll Schnaps und fand immer jemanden, der für ihn bezahlte. Seine Motorik hatte unter dem harten Zeug mittlerweile so gelitten, daß er oft total unkontrolliert um sich schlug. Man durfte zum Beispiel nie schnell auf ihn zugehen oder an ihm vorbeihasten, denn sein Gehirn registrierte jede hektische Bewegung, ob nah oder fern, als Aggression, was mit sich brachte, daß sein Körper sich sofort zur Wehr setzte. Er war in solchen Situationen im Nu kampfbereit, ja bereits im Kampf drin, schlug um sich, obschon der vermeintliche Aggressor – der ihm nur sein Schnapsglas bringen wollte – noch zehn Schritte von im entfernt oder aber längst an ihm vorbei war und sich mit jemand anderem unterhielt. An den meisten Abenden aber schaffte es Zombie gerade bis zur Eckbank, die direkt neben der Eingangstür war. Er betrat torkelnd den Laden, teilte mit einigen wirren Schlägen die verrauchte Luft, ließ sich auf der Bank nieder und schlief ein. Er schlief, ungeachtet der lauten Musik, bis wir dichtmachten und ihn weckten. Natürlich weckten wir ihn aus respektvollem Abstand. Derjenige von uns, der diese maliziöse Aufgabe übernahm, stellte sich in einiger Entfernung von Zombie auf und rief seinen Namen, bis er zu sich kam und aufgescheucht auf die ihn umlauernden Feinde einschlug. Das Schwierige an der Sache war, daß man ihm gleich, wenn er aufgewacht war, durch freundliche Körperhaltung und eine lachende Stimme zu verstehen geben mußte, daß man nur abschließen wollte und keineswegs auf dem Kriegspfad war. Ich mein', keiner von uns hatte Angst vor ihm oder so, denn wir waren davon überzeugt, daß selbst wenn man dicht vor ihm stände, er einen niemals treffen würde; aber zum einen hielt der Geruch uns davon ab, ihm zu nahe zu kommen, und zum anderen, na ja, er hieß immerhin Zombie, und wer schon mal in 'ner Videothek war, weiß, was ich meine. Übrigens mußte Zombie irgendwann später eine Badewanne in einem dieser besetzten Häuser[55] gefunden haben, denn er hinkte eines Tages in die Schluckbude, und wir alle merkten, dem Zombie fehlt etwas; und es dauerte 'ne ganze Zeit, bis wir checkten, daß er seinen Geruch wie eine alte Haut abgestreift und in irgendeinem Ausguß versenkt hatte. 'Ne Woche drauf hatte er dann wie auch immer sein Gesicht geglättet, aber ansonsten blieb er der alte, außer daß er auf Bier umstieg und sich dadurch die Zahl seiner imaginären Feinde scheinbar verminderte; jedenfalls konnte man ihn fortan wecken, ohne daß er ausrastete.

[55] In dieser Beziehung war man in Köln eigentlich sehr neidisch auf die Berliner Hausbesetzer-Szene. So was Cooles kannte man im rheinisch-biederen Köln nicht. Okay, um das Stollwerck-Gelände gab es einen ganz schönen Wirbel und das war auch ziemlich besetzt, und in der Weißhausstraße wurde auch einiges geboten, die konnte es locker mit der Hamburger Hafenstraße auf sich nehmen. Aber ansonsten konnte man die besetzten Häuser an einer Hand abzählen, und es war oft nicht ganz klar, ob nicht der Vater einer der Besetzer doch der Hausbesitzer war und die jugendlichen Flausen seiner Brut stillschweigend duldete.

Fünftes Kapitel

Freitags war Girly[56]-day. Freitags war immer Girly-day. Freitags gingen die Mädels zusammen auf Tour, zogen ihre Lederjacken an und machten die Stadt unsicher. Und wir blieben zu Hause oder hüteten uns zumindest davor, ihnen in die Quere zu kommen. Sie waren meistens nur zu viert, aber diese Zahl ergab ein tierisches Quartett: Tamar, Nora, Angie und Marie. Freitags mischten sie ihr Blut und brachten die Läden in Wallung. Sie kamen wie ein Wirbelsturm, schwarz und unerbittlich, enterten die Theke, und ihre Stimmen powerten AC/DC-Songs,[57] und zwar so laut, daß jede Anlage zum kümmerlichen Beiwerk wurde. Ich mein', ich habe sie selbst nie erlebt, weil mir als Typ verwehrt wurde, sie mal zu begleiten; aber Gerüchte gingen um, daß mehr als einer bei ihren Auftritten am Schlaganfall starb.

Angie war meistens als erste reif, das heißt, sie vertrug einfach am wenigsten. Zwar soff sie die Herren am Nebentisch noch immer locker unter den Tisch, aber irgendwann war der Punkt erreicht, wo es ihr hochkam. Das hatte so seine Tradition. Ich habe übrigens nichts gegen kotzende Frauen; schließlich passierte uns das auch ab und zu. Shylo war darin

---

[56] Begriff zur Umschreibung einer jungen, heißen, aber selbstbewussten Braut, der sich eigentlich erst ab Mitte der Neunziger mit dem Aufkommen des Musiksenders VIVA in Deutschland so richtig durchsetzte.

[57] Immer wieder gesungen und gehört: »TNT«, »Thunderstruck«, »You shook me all night long«, »Hells Bells«, »Highway to hell«.

Meister. Er hatte das Talent, immer genau das wiederzugeben, was er die Sekunde vorher zu sich genommen hatte. Wenn er beispielsweise am späten Abend ein Glas Bier trank und er merkte, daß die Gülle ihm hochstieß, so hielt er einfach das leere Glas hin und kotzte es genau voll.[58] Es kam nicht mehr und es kam nicht weniger. Ich fand das, als ich es zum erstenmal sah, außerordentlich beeindruckend. Noch phantastischer war es, wenn er gerade ein Schnapsglas geleert hatte und sein Magen revoltierte. Er behielt alles Flüssige vom Abend drin, und nur der Schnaps landete im Pinchen. Einfach großartig. Ich mein', versucht das mal. Bei Angie jedenfalls klappte es nicht, und Tamar, Nora und Marie brachten sie zum Langen, ihrem Freund, in die Schluckbude. Der Lange stand freitags meistens am Flipper[59] und pinballerte bis in die Morgenstunden.[60] Den Rücken stark nach vorn gebeugt, jagte er die Kugel über die Rampen und ver-

---

[58] Dies kann ich aus eigener, mehrfacher Anschauung bestätigen. Das Beste war, Shylo trank danach weiter, als wenn nichts gewesen wäre. Ich habe mich nie in der Station übergeben, ich habe es meistens bis nach Hause geschafft. Schlimm war nur, wenn man nicht die Augen schließen konnte, ohne dass das Kopfkarussell begann. Die Mengen, die ich mir dann allerdings durch den Kopf gehen ließ, überstiegen die Shylo'sche Maßarbeit um ein Vielfaches.

[59] Dass der Lange so flippersüchtig war, ist mir nicht aufgefallen. Für mich war er immer ein Radsportfreak, der einzige Mensch in meinem näheren und weiteren Umfeld, mit dem man sich schon Jahre vor Jan Ullrich über Shimano-Schaltungen, steile Alpenrampen, unglaubliche Ausreißversuche und die letzten Körner im Körper unterhalten konnte. »Radler« wäre als Spitzname treffender als »Langer« gewesen.

[60] Der Flipper stand an der Wand, die an die Terrasse grenzte. Mir musste schon entsetzlich langweilig sein, dass ich mal mitflipperte. Obwohl es zwischen 14 und 18 Jahren kaum einen Flipper in den Kneipen und Pommesbuden meines heimatlichen Kölner Vororts

suchte, Punkte zu machen, denn wenn er etwas nicht ertrug, dann war es, letzter zu werden in diesem Spiel. So kam es, daß, wenn er keinen Gegner fand, er gegen sich selbst flipperte. Er drückte zwei Spiele ab, sagte sich, Langer, du bist die Nummer eins, und die Nummer zwei hat nichts drauf; ließ dann die Kugel flitzen, und Nummer eins machte tierisch Punkte. War dann die Nummer zwei dran, so ging der Ball unglücklicherweise sofort aus, und der Lange freute sich. Er wurde selten letzter und gewann fast immer gegen sich. Nur manchmal vergaß er im Eifer des Gefechts, ob er denn nun der erste oder der zweite Spieler war, und dann wußte er nicht, ob er gewonnen oder verloren hatte, und das machte ihn echt fertig. Er wurde dann so depressiv wie ein Kojote, der vier Monate lang den Vollmond verpaßt hat und langsam das Jaulen verlernt, setzte sich mit nach vorn überhängenden Schultern an die Theke und sprach kein Wort mehr, während er darüber sinnierte, wie ihm so etwas passieren konnte. Ein hartes Los. Tauchte Angie schließlich auf, so riß er sich vom Gerät oder der Theke los und brachte seine Freundin ins Bett, während die anderen Mädels weiterzogen und den Weg nach Hause erst fanden, wenn der erste Berufsverkehr einsetzte.

An einem dieser Freitage, während die Mädels sich irgendwo in der Stadt austobten, lernte ich Lili kennen. Ich gab gerade

---

und in der Spielhalle gegenüber meiner Schule gab, den ich nicht aus dem Effeff gekannt und auch leidlich beherrscht hätte. Es war die Zeit von »Strikes & Spares«, »Harlem Globetrotters«, »Eight Ball Deluxe« und »Space Invaders«. Ich habe aufgehört, als man sich mit 18 legal in Spielhallen aufhalten durfte und als die Flipper immer breiter und komplexer wurden. Es gab Röhren, zweite Ebenen, integrierte Videospiele und mindestens vier Flipper. Da war ich doch zu sehr Traditionalist. Nach dem Motto »Früher war alles besser, auch die Flipper«, ließ ich seit 1983 die Finger davon.

'n paar Kölsch raus, und plötzlich stand diese Frau vor mir, groß, mit langen, schwarzen Haaren und einem Mantel, der auf teuflisch verlockende Art und Weise den miederbedeckten Busen entblößte. Ihre Zunge befeuchtete die Oberlippe, und bei Gott, sie sah so geil aus, daß mir die Kippe aus dem Mund fiel, was mir nun wirklich selten passiert. Na ja, ich fragte, womit ich dienen könnte, und sie meinte, das würde sich schon finden, wenn ich morgen abend zu ihr zum Essen käme. Ob ich dazu Lust hätte? Klar hatte ich Lust!! – zum Essen zu kommen. Ich konnte es kaum erwarten.

Als ich dann am nächsten Tag bei ihr klingelte, kam sie zufälligerweise gerade aus der Dusche, trocknete sich beim Aufmachen der Tür die Haare und trug eine dieser schwarzen Korsagen, die den Nabel freilassen, drunter ein Spitzenhöschen, und ich schwöre bei meiner Großmutter, die die abturnendste Reizwäsche trägt, die es in der westlichen Hemisphäre zu kaufen gibt, der Anblick brachte mir einen Ständer, einen Ständer, sage ich, wie ihn sich nicht einmal Caligula vorstellen könnte. Sie bat mich ins Wohnzimmer und kam hinterhergestöckelt. Während der Auflauf noch im Ofen brutzelte, war ich mir plötzlich nicht mehr sicher, ob wir überhaupt zum Essen kämen, denn Lili sah unverwandt und lächelnd auf meine ausgebeulte Jeans, und zu dem Zeitpunkt war ich wie gesagt bereits schwer geplagt, und ihr Blick erleichterte mir die Sache nicht gerade. Nach kurzem Gespräch kümmerte sie sich dann liebevoll um die Ofentemperatur und bückte sich dabei so weit nach vorn, daß ihr Slip sich arg spannte, um schließlich ganz in ihrer Arschritze zu verschwinden. Ich dachte, jetzt kommste, jetzt haste die erste ejaculatio praecox deines Lebens, aber ich hielt mich tapfer, sprach über dies und jenes und dachte nur an eines.

Das Essen, das sie schließlich auftischte, war gut, aber ich war inzwischen derart gehetzt, daß ich alles in mich hineinschlang wie ein Verhungernder. Es lief irgendwie alles wie in diesen Filmen ab – ihr wißt schon, welche ich meine –, und ich dachte daran, daß ich vielleicht in letzter Zeit viel zu oft das Kino[61] besucht hatte und dieser Auflauf und alles nur ein Auswuchs meines überstimulierten Gehirns war. Lili aber schien meine Aufregung zu genießen, lockerte die Schnüre ihres Oberteils und aß in Ruhe weiter. Schließlich führte sie mich ins Schlafzimmer – der Film lief konsequent weiter –, zog mich aus und begann meinen Körper zu erkunden. Sie spielte mit meinen Eiern und saugte an meiner Eichel, während ich still auf dem Rücken liegen mußte. Jedesmal wenn ich den Versuch unternahm, sie auch nur zu streicheln oder auszuziehen, schob sie meine Hand weg. Ich war wie ein Gefangener, ihr auf Tod und Verderben ausgeliefert, und sie saugte und lutschte und ließ meine Gier steigen und steigen. Ich fragte mich, wieso ich sie nicht anfassen durfte? Eine Menge Bilder schossen mir durch den Kopf, Bilder von geilen Landschaften, von Vampiren und kastrierten Eunuchen; von Frauen, die so schön sind, daß man die Augen schließt, um den Schmerz auszuhalten, und alles vermischte sich, ging ineinander über, zerfloß. Es war so, als wenn ich 'ne Garotte um den Hals gehabt hätte, und Lili drehte mir Millimeter um Millimeter die Luft ab. Irgendwann schwanden mir dann die Sinne und ich drehte durch; legte sie auf den Rücken, riß ihr das Höschen vom Leib und drang in sie ein. Sie war so naß wie 'n Swimmingpool und kam sofort. Erst jetzt begriff ich,

---

[61] In den späten Achtzigern dürfte es zumindest drei reine Pornokinos in Köln gegeben haben: das Gloria, das Kino im Hauptbahnhof und ein Kino auf dem Habsburger Ring. Mit dem Aufkommen der Videotheken starb dieser Filmtheaterzweig aus. »Normale« Kinos habe ich in dieser Zeit ungefähr zweimal in der Woche frequentiert. Immerhin studierte ich Filmwissenschaft und wollte später, wenn ich groß bin, der deutsche Spielberg werden. Mindestens.

daß ich voll auf ihre Phantasien reingefallen war. Sie fuhr einfach drauf ab, hart genommen zu werden, und hätte ich nicht irgendwann durchgegriffen und sie einfach flachgelegt, sie hätte bis zum Jüngsten Gericht weitergeblasen oder wenigstens bis ich gekommen wäre. Denn mit zärtlichem Streicheln und Kuscheln war nix, darauf konnte Lili verzichten. Ich fügte mich also, und von da an machten wir öfters solche Spielchen. Ab und zu gab sie mir ihren Haustürschlüssel, und ich mußte das Tier spielen, das hinter der angelehnten Tür auf sein Opfer lauert. Wenn Lili dann fünf Minuten später die Wohnung betrat, stürzte ich mich auf sie, drang in sie ein und rammelte sie in Scheiben. Natürlich erleichterte sie mir die Sache immer etwas, indem sie bereits draußen im Flur ihr Höschen auszog und sich nur leicht wehrte, wenn ich sie von hinten anfiel, ansonsten hätte ich wohl alt ausgesehen. Aber so lebte Lili ihre Phantasien aus, und mir gefiel das. Versteht mich recht, weder ich noch Lili standen auf Vergewaltigungen; das Ganze war ein Spiel; denn hätte wirklich mal 'n fremder Typ auf sie gelauert und versucht sie zu bespringen, hätte Lili ihn ohne Zögern bei der erstbesten Gelegenheit abgestochen und seine Leiche den Hunden zum Fraß vorgeworfen, da bin ich mir so sicher wie meines eigenen Namens.

»Charly«, sagte Sheila, »kennste eigentlich die Frau von oben, die mit dem goetheschen Namen Ottilie?«[62]
»Nö«, sagte ich, »die hat mich nur mal gefragt, ob wir nicht

---

[62] 1. Die, laut Zeitgenossen, unstete und launenhafte Schwiegertochter von Goethe.
2. Figur in Goethes Roman »Wahlverwandschaften«, den ich während meines Studiums (stand auf der großen Leseliste!) fast mal komplett gelesen habe.

’ne Fete machen sollen, damit die Leute aus’m Haus sich kennenlernen, und ich habe wenig Interesse gezeigt. Warum?«

»Na«, meinte Sheila, »die ist etwas komisch; die hat mich im Flur abgefangen und mich gefragt, ob ich mich für Spiritismus interessieren würde. Sie hätte sich da so ein Buch gekauft, und mit Geistern solle man nicht spielen. Dabei ist sie immer aggressiver geworden, bis ich schließlich abgehauen bin.«

Ich sagte: »Vergiß es«, und die Sache war für mich vergessen. Zwei Tage später kam Marion an und fragte: »Charly, kennste Ottilie?«

Ich sagte: »Was habt ihr mit Ottilie? Die ›Wahlverwandtschaften‹ sind längst passé.« Marion hob die Augenbrauen.

»Was is’ denn los?« fragte ich.

»Die hat bei mir geklingelt«, flüsterte Marion, »und gemeint, sie müsse mit mir reden, es wäre sehr wichtig. Unwillig habe ich sie reingelassen, und sie hat mir ein Buch über Spiritismus gezeigt und gefragt, was wir hier unten in der WG treiben würden? Ich habe sie gefragt, was sie denn meine? Worauf sie wütend schnaubte, ich solle mich nicht so anstellen, sie würde die Stimmen genau hören, und wenn das mit unseren Sitzungen rauskäme, dann behüte uns Gott.«

»Na bravo«, sagte ich und mußte lachen. »Die spinnt doch.« Und ich vergaß. Wieder zwei Tage später klingelte morgens um fünf Uhr!! – ich war eben ins Bett gegangen – das Telephon. Marion hob den Hörer ab, und ich kriegte mit, wie sie beherrscht sagte: »Nichts ist hier los; alles ist still hier, nur du hast uns geweckt«, und sie legte auf. Und kaum ’ne halbe Stunde drauf klingelte es wie wahnsinnig an der Haustür. Ich hatte mich so erschreckt, daß ich aufrecht im Bett stand. Hämmern gegen die Tür, Stimmen, ’n toller Krach. Willi marschierte wutschnaubend aus seinem Zimmer, öffnete die Tür, und schwupps huschte Ottilie durch unseren Flur, begleitet von fünf Bullen. Willi stand wie angewurzelt an der Tür. $f(x,y,z,t) = x.y.z - t.z + x.(y-(z-t)) + t$.[63] Er sah super aus in seinen zu engen Unterhosen und seinem verschlafenen Mathematikerblick. Ottilie riß unsere Zimmertüren auf und schaute überall rein. Die Bullen hinterher. Zum Glück war ich nicht gerade mit irgendeinem Schuß am Vögeln, denn so 'n Scheidenkrampf soll ja nicht das Gelbe vom Ei sein. Ich dachte, jetzt haben wir 'ne Diktatur und du hast es nicht gemerkt; die Gestapo verschleppt harmlose Bürger, aber ich war im falschen Film. Wie sich herausstellte, hatte Ottilie mal wieder Stimmen gehört, und diese Stimmen hatten sie gequält und um Hilfe geschrien, und um dem Ganzen ein Ende zu bereiten, hatte sie die Polizei alarmiert. Na, Prost! Natürlich merkten die Jungs gleich, daß die Ottilie irgendwo nicht alles im Griff hatte, und meinten entschuldigend, es wäre ihre Pflicht, jedem Hilferuf nachzugehen. Klar doch, verstand ich, aber trotzdem fanden wir alle, nachdem die Meute sich verzogen hatte, die ganze Nacht keinen Schlaf mehr und warteten auf einen neuen Angriff der Geisterjägerin.[64] Aber es blieb ruhig; erst in der folgenden Nacht, morgens um fünf!! – dies schien ihre beliebteste Stunde zu sein – klingelte wieder das Telephon. Ich war so entnervt, daß ich Ottilie total zusammenschiß, und von da an gab sie Ruhe. Trotzdem, wenn ich in den darauf folgenden Nächten nach Hause kam, hatte ich immer so ein Kribbeln in den Zehen, weil ich vermutete, die alte Ottilie lauere irgendwo mit dem Messer auf mich, weil sie mich unglücklicherweise

[63] SO EIN QUATSCH!

[64] Interessante Thematik, angestoßen von Hollywood. Vgl. »Ghostbusters«, USA 1984, mit Bill Murray und Dan Akroyd, Titelmusik Ray Parker jr. (»Who ya gonna call? – Ghostbusters!«).

für Oskar Lafontaine[65] hielt. Aber nichts geschah, und wir alle blieben am Leben.

Auch Edgar überlebte, obwohl er sich mehr und mehr in seinem Schmerz vergrub. Je länger die Trennung von Molly zurücklag und je aussichtsloser eine Wiedervereinigung mit ihr wurde, desto verbissener hielt er an ihr fest. Ihr Bild, festgekrallt in seinem Gehirn, fraß ihn von innen auf, und sein Nachtleben trat in eine neue Phase. Er ließ nun auch den engagierten Quickie hinter sich und begann die Frauen zu vögeln, als wolle er sie für seinen Schmerz bestrafen. Er verzichtete auf jegliches Vorspiel und drang in seine Gespielinnen, als wolle er ganz in ihnen verschwinden. Die meisten liebten diese Leidenschaft, und er konnte mit ihnen anstellen, was er wollte. Lynn war ihm mittlerweile auch verfallen, und Edgar zögerte nicht, sie, nachdem die Gäste draußen und die Rolläden geschlossen waren, auf den Flipper zu legen und durchzueiern, während Shylo, Tom und ich noch an der Theke saßen und uns einen letzten

---

[65] Am 25. April 1990 verübte Adelheid Streidel ein Attentat auf Oskar Lafontaine. Frau Streidel hatte es nicht speziell auf Lafontaine abgesehen, es hatte sich einfach ergeben. Sie litt unter der Wahnvorstellung, dass mit Wissen und Billigung deutscher Politiker (aller Parteien) unter der Erde Menschen industriell zu Konserven verarbeitet, umoperiert und zu willenlosen Zombies umprogrammiert würden. Um darauf aufmerksam zu machen, wollte sie einen Spitzenpolitiker (egal welchen) ermorden. Mit einem Küchenmesser, versteckt in einem Blumenstrauß, verübte sie das Attentat in der Stadthalle Mülheim in Köln. In dieser Halle hatte ich davor sowohl die Undertones gesehen als auch an der ersten offenen deutschen Doppelkopfmeisterschaft teilgenommen. Oskar Lafontaine überstand das Attentat nach einer mehrstündigen Operation in der Kölner Universitätsklinik ohne Folgeschäden.

Drink gönnten.[66] Wir mußten schließlich die Musik etwas lauter drehen, weil das Winseln uns dann doch bei unserem Gespräch störte, denn zu dieser Stunde waren wir alle drei bereits viel zu müde, um zuzusehen, wie Lynn sich atemlos ans Glas klammerte und Edgar nicht von ihr abließ, bis sie halb ohnmächtig »Nicht, nicht« hauchte. Schließlich hatten wir die Nase gestrichen voll, drückten Edgar den Kneipenschlüssel in die Hand und hauten ab. Lynn und Edgar mußten in derselben Nacht noch ich weiß nicht wie oft übereinander hergefallen sein, denn der Putzmann fand beide morgens halbnackt über dem Flipper liegend. Sie waren eingeschlafen, aber Edgars Ständer steckte nach wie vor prall und unnachgiebig in ihrer Möse.

Shylo hatte mittlerweile seine oberen Vorderzähne verloren, wollte aber keinem erzählen, wie das passiert war. Er ließ sich ein Gebiß anfertigen und amüsierte sich damit, ältere Damen, die über seine Kleidung lästerten, zu ärgern, indem er das Gebiß herauszog und mit entstelltem Gesicht um ein Almosen bettelte. Die Herrschaften flüchteten meistens, und Shylo schob seine Zähne wieder in den Mund. Nachts legte er seinen Oberkiefer neben die Couch auf eine Untertasse, und

---

[66] Ja, ja, Edgar und Lynn auf dem Flipper und ich war nicht dabei gewesen, weder aktiv noch passiv. Und das, ich sage es frei heraus, bedaure ich. Obwohl es bei den Menschen, die dem »Spektakel« beiwohnten, zwei unterschiedliche Reaktionen gibt, wenn man sie darauf anspricht. Die einen behaupten, sie wären da gewesen, könnten sich aber an nichts erinnern, weil sie zu besoffen gewesen seien. Die anderen sagen, okay, ich war da, aber die Vögelei auf dem Flipper hätte eher genervt, es habe sich endlos hingezogen und so gar nichts Erotisches gehabt. Wie auch immer, ich empfinde es als eine große Leerstelle meines Lebens, genau an diesem Abend nicht in der Station gewesen zu sein.

so kam es, daß er eines Morgens, noch betäubt vom Restalkohol, volle Kanne auf die Zahnreihe trat und diese ihre Form etwas veränderte. Shylo probierte sie sofort an, und sie paßte noch, wackelte aber bedrohlich zwischen den Weisheitszähnen. Na ja, das fiel keinem auf, nur wenn Shylo gesoffen hatte, klappte das Gebiß dauernd runter, und das gab einem das Gefühl, in einer Geisterbahn zu stehen. Ansonsten änderte sich kaum etwas, außer vielleicht, daß die Tage sich ähnlicher wurden und damit paradoxerweise zerstückelter. Sie glichen sich wie ein Ei dem anderen und waren deshalb, sobald wir sie durchlebt hatten, als ganze vergessen; aber gleichzeitig passierte an jedem Tag irgendeine besondere Kleinigkeit, eine Episode, die man im Kopf behielt und die mit der Zeit zur Anekdote wurde; ein Bruchstück des Tages, eine Stunde, eine Minute, auf die sich plötzlich alles konzentrierte und die so zum Stellvertreter eines vierundzwanzigstündigen Ablaufs wurde. Wir lebten schließlich nur noch in diesen kurzen Momenten und ließen den Rest an Stunden schweigend an uns vorbeiziehen, bis wieder etwas passierte; und unsere Erinnerung zeigte sich als ein Steinbruch aus winzigen Kieseln, aber die Felsen, aus denen sie sich gelöst hatten, fehlten. Mir ist das früher nie aufgefallen; erst jetzt, da ich merke, daß ich nichts anderes als kleine Geschichten erzählen kann aus jenen Tagen, und der weitgespannte Bogen, der sich durch einen Roman ziehen sollte, mir zum winzigen Rundbogen, der sich unzählige Male wiederholt, verkommt, erst jetzt wird mir klar, daß der Schlaf, das wartende Dahindösen für uns der Vater aller Dinge war. Aber das soll mich nicht daran hindern, meine Brücke weiterzubauen, bis ich die Breite des Erzählflusses überquert und so das bittere Ende unserer Tage erreicht haben werde.

An einem dieser lauwarmen Frühlingstage trafen wir uns bereits mittags um drei in der Schluckbude. Durch kleine

Handzettel hatten wir von einem Kampftrinken erfahren, das zwischen Kai und einem Typen, den sie Professor nannten, stattfinden sollte.[67] Die Regeln besagten, daß erstens nur Kölsch getrunken werden sollte; daß zweitens keine Zeit festgesetzt wurde, in der das einzelne Glas zu leeren war, daß aber, wenn einer von beiden ein neues Kölsch bestellte, der andere ebenfalls eins auf den Tisch gestellt bekommen würde. Gewonnen würde derjenige haben, der noch stand, während der andere nicht mehr konnte. Was das Kotzen anbelangt, womit nunmal zu rechnen sein würde, so einigte man sich darauf, es stillschweigend zu dulden, solange es nicht absichtlich durch Reizen des Rachens vermittels eines Fingers, einer Feder oder sonst eines Gegenstandes herbeigeführt wurde. Beide hatten sich einen Trainer ausgewählt. Tom sollte den Professor coachen, und Shylo war für Kais Gesundheit zuständig. Die restlichen Zuschauer wurden gebeten, die beiden Sportler gebührend anzufeuern, sie jedoch nicht bei der Ausübung ihres Vorhabens zu stören.

---

[67] Vom Kampftrinken zwischen Kai und dem Professor habe ich erst Jahre später im Durst erfahren. Das Durst gilt als eine Art Nachfolgekneipe der Station, wo der Professor kellnerte. Ein Gast, der vom Kampftrinken in der »Schlammkröte« gelesen hatte, sprach ihn darauf an. Selbst anderthalb Jahrzehnte später geriet der Prof in Rage. Seinem Namen entsprechend dozierte er eine halbe Stunde lang und erläuterte hochwissenschaftlich, warum er eigentlich nicht verloren hätte: »Dieser Saufwettbewerb war eine Unverschämtheit. Ich musste Kölsch trinken!« Das Wort Kölsch sprach er aus, als hätte er es mit einem ekligen Tier zu tun. »Ich bin Pilstrinker, und wenn der Wettbewerb mit Pils stattgefunden hätte, hätte ich den Wettbewerb natürlich gewonnen.« Beleidigt wandte er dem Gast den Rücken zu und kramte in den CDs hinter der Theke. Es war eine schlimme Majestätsbeleidigung gewesen, seine Trinkernehmerqualitäten in Frage zu stellen.

(Es war vier Uhr.)
Der Professor setzte sich an einen Tisch, und Kai ließ sich ihm gegenüber nieder.
(Es war immer noch vier Uhr.)
Und dann bestellte Kai, sozusagen zum Warmwerden, fünf Kölsch. Marie, die hinter der Theke stand, zapfte drauflos. Fünf für Kai, fünf für den Professor, und ab ging die Post. Beim Start standen die beiden Leistungstrinker sich in nichts nach. Beide kippten die fünf Bier hintereinander auf ex runter, und Kai bestellte fünf neue, während Shylo ihn im Nacken massierte und »Locker bleiben, Alter, locker bleiben« flüsterte. Auch Tom gab dem Prof wohlwollende Ratschläge, und wenig später war die nächste Runde Kölsch glorreich vernichtet, und Marie brachte eine neue Fünferrunde. Die Zuschauer begannen Wetten abzuschließen. Gagi sagte: »Kai hat keine Chance, der schluckt viel zu viel Luft mit«, und Oskar hielt dagegen. Die Kehlköpfe der beiden Teilnehmer vibrierten wie Banjosaiten, während ihre Schädel geknickt im Nacken lagen. Es war wie bei einem Hahnenkampf, nur daß es eben verboten war, den Gegner anzufallen, ihm etwa durch einen geschickten Schlag in die Magengrube das Bier aus der Nase zu pressen oder sonstige Gemeinheiten zu begehen. Es war ein durchaus fairer Kampf, und auch die Zuschauer benahmen sich so, wie man es sich bei einem einmaligen Wettbewerb auf nationaler Ebene vorstellte und gefallen lassen konnte. Nora grinste: »Also, ein bißchen flotter könnte das schon abgehen, ihr Lahmärsche«, und Tamar nickte: »Klar doch, von wegen T.N.T., I'm dynamite.« Nur Marie dachte daran, daß sie nach dem K.o. mit größter Wahrscheinlichkeit die ganze Gülle vom Boden aufwischen mußte, und sagte: »Scheiße.«
Die beiden Streiter blickten sich in die Augen und zogen das nächste Glas. Klar, keiner wollte verlieren, denn der Verlierer mußte die ganze Zeche bezahlen, nicht nur die eigene und die

des Gegners mit, sondern auch die der Zuschauer, von denen sich so manch einer versucht sah, als stummer Dritter mitzukonkurrieren. Mittlerweile hatte Kai achtundzwanzig Gläser geleert, und der Professor war mit sechundzwanzig Kölsch leicht ins Hintertreffen geraten, aber er hielt sich tapfer, und sein Trainer sagte: »Cool bleiben, kein Grund zur Panik.«
(Es war Viertel nach vier.)
Im Zuschauerraum wurde es lauter, das Bier tat seine Wirkung.
»Gib's ihm!« schrie Simon, und niemand wußte, wen er meinte, denn Simon hatte auf keinen der beiden Kämpfer gesetzt. Ich hielt übrigens zu Kai; nicht etwa weil ich vermutete, der Professor sei nicht trinkfest, sondern aus dem einfachen Reflex heraus, daß, wenn Gagi sich so sicher war, den Gewinner zu kennen, logischerweise der andere gewinnen mußte, und da Gagi auf den Professor schwor, stand meine Wette fest: Kai würde ihn schlagen. Aber noch hing alles in der Schwebe. Die Kämpfer tranken jetzt langsamer; ihre Bäuche sahen geschwollen aus, und ihre Blicke trübten sich; sie sahen den Gegner nur noch verschwommen, stützten sich mit einem Ellbogen am Tisch ab und führten etwas erschöpft das Glas zum Mund. Simon schrie erneut: »Gib's ihm!« und einige antworteten: »Ja, ja!«
Shylo sagte: »Kai, du hast ihn gleich. Der Prof wird müde. Kuck ihn dir an.« Und Kai hob mühsam seine trunkenen Augen.
»Laß dich nicht kirre machen«, raunte Tom seinem Schützling zu, »alles nur Geschwätz, eine miese psychologische Kriegsführung.«
Man schrieb das fünfunddreißigste Glas auf beiden Seiten.
(Der Zeiger sagte zwanzig Minuten vor fünf.)
Alles wies darauf hin, daß beide diese Sauferei nicht mehr lange aushalten würden. Keiner von ihnen bekam mehr ein artikuliertes Wort heraus, und das Publikum, selbst schwer

am Torkeln, überließ beide sich selbst. Bis auf einige knallharte Fans hielten jetzt nur noch die beiden Trainer eisern zu ihren Jungs, und Shylo flüsterte mit diabolischem Grinsen in Kais Ohr: »Nur noch fünf Kölsch, Junge, dann is' er hin. Je schneller du sie trinkst, desto eher verliert er den Mut. Du hast es in der Hand.« Und Kai hörte auf seinen Trainer, bestellte, nachdem er bereits vierzig von diesen Bieren in sich hineingegossen hatte und damit erneut drei Gläser vor dem Prof lag – einem Prof, der nicht einmal mehr gerade sitzen konnte und jeden Moment umzukippen drohte –, eine neue Fünferrunde und schluckte zwei davon blitzschnell hinunter. (Es war zehn Minuten vor fünf.)

Und da machte der Professor einen Fehler, seinen ersten und seinen einzigen, aber auch seinen fatalsten. Das achtunddreißigste Bier torkelnd im Griff, erhob er sich, stand hinter dem Tisch, Kai genau gegenüber, lallte, er müsse jetzt mal aufs Klo, und da passierte es auch schon. Das Aufstehen war zuviel für seinen Magen gewesen – als erfahrener Trinker muß man so was doch wissen, oder? –, und ein riesiger Strahl an Flüssigkeit fuhr über Kais Kopf hinweg und landete in den nur noch spärlich gefüllten Zuschauerreihen. Dann brach der Professor zusammen, klappte einfach weg und rührte sich nicht mehr. Wir hoben ihn vom Boden auf, trugen ihn in den hintersten Winkel der Schluckbude und legten ihn auf der Kühltruhe ab. Er schlief. Als wir wieder vor die Theke marschierten, war auch Kai weggetreten. Er hatte seinen Sieg noch miterlebt, aber als dann die innere Anspannung nachließ, ging er genauso in die Knie wie sein Gegner. Wir betteten ihn auf die Holzbank, und Marie kam mit einem Lappen und einem Abzieher und sagte: »Scheiße.«

Riem
Königsbacher verbindet ...
AXI
Karosseriebau Julius Voss
Tel. 4134 52

Sechstes Kapitel

Myra! Myra! Myra! In jeder Regenpfütze, in jedem See dein Gesicht; dein Schatten an den Hausgiebeln und über der Stadt; schwarz und schlierend wie gespenstige Wolken am nächtlichen Himmel, das tänzelnde Haar.

Jungs, ich werde poetisch.

Es war auf 'ner Fete, die Molly in ihrer Wohnung gab; 'ne Menge Leute hatten sich eingefunden, und das Flaschbier stand gekühlt in einem riesigen Wasserbottich auf dem Balkon.[68] Außer Edgar und der Gastgeberin kannte ich überhaupt niemanden; aber ich hatte DURST, und irgendwann gefiel die Party mir. Ich regnete also von einem Zimmer ins andere und machte hie und da die ein oder andere Bekanntschaft, als mir plötzlich 'ne Frau auffiel, die gelangweilt in der Küche am Fenster stand. Bei Gott, sie sah so verdammt gut aus, daß mir die Kippe aus dem Mund fiel, was mir nun wirklich selten passiert, und ich dachte, Charly, it's your turn, die wirst du dir schnappen. Ich zog schnell noch etwas Proviant aus dem Wasserbottich und schlenderte cool in die Küche.

»Hi«, sagte ich.

---

[68] Furchtbar! Eine ganz schlimme Sitte der achtziger Jahre war es, während Partys das Bier in einen Bottich oder in die Badewanne zu legen. Durch die Feuchtigkeit wurden die Flaschenetiketten abgelöst und schwammen im Wasser herum. Die Flaschen fühlten sich dann wegen des Etikettenklebers sehr schmierig an. Zum anderen sollte man nicht glauben, dass das Bier jemals wirklich kühl gewesen wäre. Selbst eiskaltes Wasser verwandelte sich binnen Minuten in eine lauwarme Suppe.

»Hi«, antwortete sie gelangweilt, und ihre dunklen Augen fielen ohne Begeisterung von mir ab. Schlechter Anfang, dachte ich, aber irgendetwas mußte die Frau doch interessieren, wenn ich es schon nicht war. Dabei hatte ich komischerweise ein total mulmiges Gefühl in den Beinen, wie ich es nur vom Saufen her kannte, so wenn der Kater am anderen Tag plötzlich einsetzt. Ich fragte: »Keinen Bock auf die Fete hier?« und ihre Augen packten mich an der Gurgel, so daß ich etwas auffällig schlucken mußte. Was ist los mit dir, Charly, dachte ich, während sie sagte: »Geht so.«

Mir fiel einfach nichts ein und mir mußte was einfallen, wenn ich nicht wie 'ne zerknitterte Yucca-Palme neben ihr stehen wollte. Sie trug einen engen Minirock und schwarze Schnürstiefel, na ja, ihr wißt schon, und ihr langes dunkles Haar, das leicht rötlich schimmerte, lungerte ihr gefährlich um die freien Schultern. Ich dachte, beiß ihr doch einfach in die nackte Haut, aber irgendetwas hielt mich zurück. Stattdessen sagte ich: »Biste 'ne Freundin von Molly?« und im gleichen Augenblick wußte ich, daß ich ihr vorkommen mußte wie 'n pickeliger Jurastudent bei seinem ersten Rendezvous.

»Ah, Scheiße«, sagte ich, »is' mir egal, wen du hier kennst oder nicht. Du gefällst mir, verstehste. Ich schreib' dir jetzt meine Telephonnummer auf, und du gibst mir deine, und dann hat sich das mit dem Smalltalk, o.k.«

Sie grinste. Jungs, sie grinste! Ich dachte, da haste ja gerade noch die Kurve gekriegt, und kritzelte meinen Namen auf 'ne Serviette.

»Charly«, nickte sie, »so, so«, und schrieb ihrerseits »Myra« und 'ne Nummer auf.

Ich sagte: »Du kannst immer anrufen, nur niemals am Vormittag, weil ich da meinen Schlaf brauche.«

Sie grinste noch immer.

»Keine Sorge«, schnalzte sie belustigt. Ich wurde das Gefühl nicht los, daß sie mich irgendwo verarschte. Ich sagte dann:

»Ich zähle auf dich« oder irgendso 'n Blödsinn und verpißte mich ins Nebenzimmer, wo 'n paar Männlein und Weiblein passend zur lauten Musik einige Verrenkungen von sich gaben.[69] Und ich merkte plötzlich, daß ich schwitzte; ich war klatschnaß. Hey, Charly, Junge, ruhig bleiben, raunte ich mir zu und trank schnell mein Bier leer. ... Myra also, 'n guter Name, ... aber, Charly, du hast dich benommen wie ... wie 'ne zu heiß gebadete Butterblume. Die hält dich für 'n Softie ... Ach Scheiße, wie kann 'n erfahrener Krieger sich so im Staub wälzen und um 'ne Squaw herumwinseln? ... Charly, du hast was gutzumachen ... Geh zurück, Alter, und frag sie, ob ihr nicht vielleicht gleich mal vögeln solltet, im Bad oder draußen im Garten, irgendwo ... Vielleicht schaffste es dann, dein Pferd wieder zu besteigen und die Prärie zu überblicken ... Im Moment wächst um dich rum nur noch Gestrüpp ... Außerdem ist es verflucht heiß hier ... Du brauchst 'nen klaren Kopf, Charly ... Noch 'ne Pulle Bier und dann zurück zum Kampfplatz ...
Ich fischte mir also 'ne Flasche aus 'm kühlen Fluß, und mein

---

[69] Die deutschen Sechziger-Jahrgänge gehören zu den am schlechtesten tanzausgebildeten Altersschichten der Bevölkerung. Während vor und nach uns (bei meinen Kindern wieder sehr angesagt) die klassische Tanzschule besucht wurde, war das zu meiner Zeit absolut verpönt. Spießig hoch zehn. Ging gar nicht. Das sah man dann auf Feten, wo man es dann doch nicht lassen konnte, sich rhythmisch zu bewegen. Da wurde entweder mit weit ausholenden Bewegungen der Arme im Takt der Musik um sich geschlagen, während die Beine so taten, als liefen sie auf der Stelle. Wir bildeten uns ein, so ginge der Ska-Tanz. Oder man tanzte Pogo, das heißt, man besprang sich. Rücksicht auf Schwächere konnte dabei leider nicht genommen werden, sodass ich mich auch einmal bei dem Mädchen mit dem gebrochenen Arm entschuldigen musste. Aber das ist eine andere Geschichte.

Kopf rauchte wie 'n verglühendes Lagerfeuer. ... Myra, du alte Schlampe, was machste mit mir? ... Das geht nicht mit rechten Dingen zu ... Da hat der verfickte Teufel seine glibberigen Finger mit im Spiel ... Ich komm' mir vor wie der letzte Mohikaner, dem man 'n Science-fiction-Film vorspielt und der absolut keinen Durchblick mehr hat ... Wo bin ich hier, Mann, ich vertrage doch sonst mehr ...
Die Musik keifte mir in den Ohren, und um etwas klarer im Hirn zu werden oder mich einfach nur zu spüren, schlug ich mit dem rechten Arm gegen eine Wand, die zufällig neben mir stand, und traf voll in einen Nagel, dem der Kopf fehlte und der so keine Schwierigkeiten hatte, mir mal kurz die Haut zu durchbohren. Das rostige Ding drang genau unterhalb des Ellenbogens ein, und ich hing fest. Ich riß mich also wieder los, und das Blut tropfte auf den Teppichboden. Und da wußte ich, daß ich noch lebe. Molly kam an und fragte: »Was machst du denn für 'n Punk-Theater[70] hier?«
Ich sagte: »Sorry, hab' den Nagel übersehen«, und sie schleppte mich in die Küche, um mich zu verbinden. Edgar wollte natürlich gleich 'n Messer erhitzen und mir die Wunde zubrennen, so wie in alten Zeiten, aber der Verband reichte mir, und Edgar verzog sich enttäuscht in einen Nebenraum.
»Wo ist Myra?« fragte ich Molly, denn in der Küche war der Platz am Fenster leer.
»Woher kennste denn Myra?« wollte sie wissen.
»Och, grad kennengelernt«, antwortete ich so anteilnahmslos wie möglich, aber Molly konnte ich nichts vormachen. Sie lachte und sagte: »Da haste Pech gehabt, die ist gerade mit jemand anderem abgezogen.«
Ich war zerschmettert.

---

[70] Wahres Punk-Theater wurde und wird inszeniert von Peter Zadek und Frank Castorf.

Ich ging nach Hause, legte mich ins Bett und träumte von Myra. Ein Wunder, daß ich nicht 'ne volle Ladung zwischen die Bettlaken gesetzt habe in dieser Nacht. Das war 'n Traum.

Am anderen Tag wollte ich sie dann gleich anrufen, sagte mir aber, daß das viel zu uncool sei. Schließlich hatte sie auch meine Nummer, und außerdem war sie abgezogen, einfach so, mit irgend'nem Stino!!!, nachdem ich Blut für sie vergossen hatte. Nee, nee, dachte ich, nicht mit mir, nicht mit dem alten Charly. Abends rief ich dann doch an. Ich hatte mir 'n paar Sätze zurechtgelegt und um meine Stimme, das war mir klar, hätte mich sogar Humphrey Bogart beneidet. Es konnte gar nichts schiefgehen. Schau mir in die Augen, Kleines. Ich wählte ihre Nummer, und ein Typ hob ab. Ich hatte butterweiche Worte auf der Zunge, und dann hebt so 'n Scheißtyp ab. Ich mein', wie soll ich das beschreiben, was einem in solch einem Moment durch den Kopf geht? Es war wie ein Verkehrschaos auf einem Highway mitten in Los Angeles, dazu summende Hubschrauber und hysterische Plüschhunde samt Besitzer. Ich war fertig! Diese Sekunde, bevor ich auf das »Hallo« der männlichen Stimme am anderen Ende der Leitung antworten konnte, war die längste meines Lebens, und ich schwöre bei meiner Großmutter, die nie Schwierigkeiten mit Männern hat und ihre Typen verführt, wann, wo und wie sie will, daß ich in diesem Augenblick das Martyrium meiner ganzen Existenz in den Knochen spürte. Ich fragte also nach Myra, und kein Schauspieler hätte die Worte gefaßter zum Ausdruck bringen können als der alte Charly in diesem Moment. Aber Myra war nicht da; sie hatte sich einfach in ihren Wagen gesetzt und war abgehauen. Ich dachte, Scheiße Alter, fick dich doch ins Knie, bedankte mich und sagte, ich würde es dann halt 'n anderes Mal probieren. Als ich aufgelegt hatte, brüllte ich so laut, daß Willi, Sheila und Marion bestürzt auf den Flur gerannt kamen. Ich sagte, ich würde für 'ne Urschreitherapie üben, und sie zogen sich kopfschüttelnd in ihre Nester zurück. War das Myras Macker gewesen oder wohnte sie in 'ner WG?[71]

[71] Charly wohnte in einer WG, Shylo wohnte mit Marie und Tom in einer WG und ich wohnte 1990 auch in zwei WGs. Das entscheidende Plus eines WG-Zimmers war ein meistens unschlagbar niedriger Mietanteil kombiniert mit der Nutzung einer mehr oder weniger funktionierenden Wohnungsinfrastruktur.
Zunächst, nachdem ich mich von meiner ersten Freundin getrennt hatte, landete ich über die Mitwohnzentrale in einer WG in Nippes. Dort bekam ich ein Zimmer im ersten Stock mit einer Deckenhöhe von 2,05 Meter. Zu niedrig für mein Regal. Und auch der Kleiderschrank passte nicht hinein. Meine Eltern freuten sich sehr, dass sie meine Möbel und Bücherkisten »vorübergehend« beherbergen durften. Zu dieser Zeit schrieb ich, mit Hilfe meiner besten Freunde, meine Magisterarbeit zu Ende. Thema: Die Inszenierung von Glücksmomenten im Fernsehen am Beispiel des 9. November 1989. Ansonsten verbrachte ich mein Leben zwischen Station und Matratze, unterbrochen nur durch das WM-Finale in Rom. Das gemeinsame WG-Leben beschränkte sich auf ein Hallo zum Frühstück. Das genaue Gegenteil war meine nächste WG an der Bonner Straße in der Nähe des Chlodwigplatzes. Ich hatte mich durch ein langwieriges Akzeptanz-Assessment-Center-Procedere unter 40 Mitbewerbern für den vakanten Platz qualifiziert. Eine Bedingung war es, an unzähligen gemeinsamen WG-Aktivitäten teilzunehmen: Abendessen, Ausflüge, Grundsäuberungen und Urlaube. Als Gegenleistung war eine Spülmaschine im Angebot, die Sauberkeit war leidlich und die zwölf Quadratmeter, die man mir zur Verfügung stellte, waren top in Schuss. Auch mit der Deckenhöhe von 3,85 Meter konnte man einiges anfangen. Ich entdeckte verborgene Schreinerfähigkeiten und baute das stabilste Hochbett, ach was, Hochebene, die je eine Studenten-WG zierte. Nur die Konstruktion der Holztreppe ließ zu wünschen übrig. Nach einer Nacht in der Station kam ich nur bis zur vorletzten Stufe, dann krachte ich durch alle Stufen hindurch nach unten, schlug auf

Fuhr sie gerade zu ihren Eltern oder machte sie im Moment 'nen Dreier mit zwei Schwulen? Zweifel nagten an meiner zerrütteten Seele, die mittlerweile aussah wie ein abgelutschtes Apfelgehäuse, das jemand mit dem Fuß in den Bordstein gekickt hat. Muß ich erklären, daß ich unruhig schlief in dieser Nacht und auch in der folgenden? Denn ich wollte mindestens zwei Tage verstreichen lassen, bis ich wieder anrufen würde. Shylo sagte abends zu mir: »Du siehst schlecht aus, Junge. Du trinkst nicht genug.«

Ich nickte: »Hab' andere Sachen im Kopf, Alter.«

»Wie heißt sie?« fragte er, und ich war baff.

»Was meinste?« verstellte ich mich.

»Na, dann eben nicht«, sagte Shylo.

Und dann rief ich wieder an, und Myra nahm den Hörer ab. Ihre Stimme schnürte mein Ohr an die Muschel, und ich flüsterte: »Ich bin's, Charly.«

STILLE!!

»Erinnerst du dich nicht?« fragte ich, und meine Stimme entrüstete sich leicht, »Mollys Fete.«

»Ach so«, lachte sie.

»Ja«, sagte ich, »wie wär's mit 'ner Verabredung? Ich hab' noch einige Tage in meinem Kalender, die bislang nicht belegt sind.«

Aber natürlich konnte sie diese Woche nicht und in der nächsten Woche hatte sie auch schon so viel vor. Und ich dachte, hätte ich dich doch bloß gleich die erste Nacht durch-

---

meinem Schreibtisch auf und brach mir zwei Rippen. Wer sich noch nie die Rippen gebrochen hat: Man kann zur Heilung nichts beitragen, außer Schmerzmittel zu nehmen und ruhig zu liegen. Allerdings kam ich auch nicht mehr ins Hochbett, da die Treppe zerstört war. Wie gut, dass ich immer ein intaktes Verhältnis zu meinen Eltern bewahrt hatte.

gevögelt, vielleicht könnte ich dann klarer denken. Ich sagte: »Ciao« und legte auf. Meine Probe für die Urschreitherapie ließ ich diesmal ausfallen. Na ja, und so hing ich da, war mit meinem Latein am Ende, nahm meinen Ständer unter den Arm und schlenderte in die Schluckbude. Ich glaube, ich bin 'ne ganze Woche nicht mehr vom Tresen weggekommen, und die Spinnen begannen ihre Netze zwischen mir, der Decke und den Barhockern zu spinnen. Und ich saß noch immer da, als plötzlich 'ne Stimme von hinten in mein Ohr drang, 'ne Stimme, die mich in zwei Sekunden nüchtern werden ließ. Myra stand neben mir und sagte: »Hi, wir kennen uns doch.«

»Ach, tatsächlich«, fragte ich.

Und die Schlampe ganz ernst: »Ja, von der Party bei Molly.«

»Sag mal, willste mich verarschen?« raunte ich.

»Wieso?« ihre Augen griffen erstaunt nach meinen Pupillen.

»Jetzt hör mir mal gut zu, ja«, brummte ich und der Alkohol schien doch noch in meinen Adern zu pulsieren, denn ich war selbst über meinen Ton erstaunt, »ich habe dich zweimal angerufen, und du hast mir 'ne verdammt billige Abfuhr verpaßt, also komm mir hier nicht auf alter Kumpel oder so.«

Myra lachte, um nicht zu sagen, sie brach in ein schallendes Gelächter aus, und sie sah dabei so bezaubernd und unschuldig geil aus, daß ich sie am liebsten gleich auf die Theke gelegt hätte.

»Du auch?« gluckste sie. Was hieß hier du auch, wer denn noch?? Sie deutete meinen verständnislosen Blick vollkommen richtig und ließ mich wissen, daß sie auf der Fete mindestens zehn Typen ihre Nummer gegeben hatte, weil das die beste Möglichkeit sei, sich alle Pimmel vom Leibe zu halten. Die meisten riefen ein- oder zweimal an und gaben dann auf. Und natürlich hatten in den ersten Tagen fast alle angerufen, so 'n Martin, dann 'n Jochen, 'n Rupert, was weiß ich, 'n Charly noch, alle möglichen Namen. Aber klarer Fall, daß sie

keine Ahnung mehr hatte, welches Gesicht zu welchem Namen paßte, tja, und jetzt war wieder Ruhe.
»Charly bin ich«, sagte ich etwas gekränkt. Sie lachte noch immer, und ich hätte sie gern mal kurz gewürgt, nur so, aber ich konnte ihr einfach nicht böse sein. Wir tranken dann 'n paar Bier zusammen, und alles Vergangene verbuddelten wir in 'ner Gruft und warfen mehr Steine oben drauf, als man es damals bei dem alten Jiises getan hatte. Als sie dann abhaute, sagte sie: »Ich ruf dich an, Charly.«
Und ich sagte: »Klar doch«, und glaubte ihr kein Wort, aber ich war zufrieden, mal 'n paar Takte mit ihr gewechselt zu haben – ich brauch' ja oft nicht viel, um zufrieden zu sein –, und so soff ich rauh und unerbittlich bis in die Morgenstunden. Shylo klopfte mir auf die Schulter und sagte grinsend: »Na also.«
»Arschloch«, rief ich und freute mich. Ich war dann, als es hell wurde, so dicht, daß Simon mich hoch in mein Zimmer trug und ich sofort einschlief. Und irgendwann hämmerte es gegen meine Tür, und eine Stimme krächzte: »Charly, Telephon; Charly, Telephon; Charly, Telephon.« Es war Willi. Ich dachte, leck mich doch am Arsch; wer ruft denn am frühen Morgen bei mir an? Aber als ich auf die Uhr sah, war es fünf Uhr nachmittags. Ich fühlte mich wie 'ne Leiche auf Urlaub und versuchte mich an den gestrigen Abend zu erinnern: ... Film——riß ... total; erste Sahne. Ich hatte noch alle Klamotten an, sogar die Stiefel, schob mich von der Matratze und torkelte zum Hörer. Myra war am Apparat. Sie sagte: »Kommste immer im Rollstuhl ans Telephon oder warum dauert das so lange?« In meinem Kopf war gerade 'ne Rinderherde ausgebrochen und zermatschte mein Gehirn mit galoppierenden Hufen. Ich dachte, zum Glück hat die Frau 'ne schöne, wohltemperierte, dunkle Stimme, denn sonst würde mein Bewußtsein aussetzen wie die Anlage in der Schluckbude bei diversen Punk-Songs.

»Hi, Myra«, sagte ich.
»Du klingst arg versoffen«, gab sie zurück.
»Och«, sagte ich, »so 'n klitzekleines Tröpfchen hab' ich mir wohl gegönnt, aber halb so wild«, und dachte, wo bin ich, wer bin ich, was bin ich? Und ich wußte auf keine Frage eine Antwort.
»Haste heute abend Zeit?« lockte das Weib, und mein »Ja« klatschte auf das Ende ihrer Frage wie die Zunge des Chamäleons auf die ausgewählte Fliege. Ich legte den Hörer auf die Gabel und zog mir Kaffee[72] rein, aber ich wurde nicht nüchtern. Mit Daumen und Zeigefinger stemmte ich meine Augenlider auseinander, doch wie ein fickendes Pärchen prallten sie immer wieder aufeinander, und alles wurde dunkel um mich herum. Essen konnte ich schon gar nichts. So mit mir beschäftigt, merkte ich nicht, wie die Zeit verging, und plötzlich klingelte es, und Myra schneite ins Haus. Is' wohl jedem verständlich, daß ich nicht sehr kommunikativ war in diesem Moment – war einfach 'n harter Tag –, und ich

[72] Ich bin sehr froh, nie abhängig von der Teufelsdroge Kaffee gewesen zu sein. Meine Eltern bevorzugten Tee und der Geschmack von Kaffee hatte mich schon immer angewidert. Im ersten Semester hatte ich dann allerdings begonnen, Kaffee zu trinken. Ein Studium, ohne im fahlen Neonlicht des Philosophikums heißen Plastikkaffee zu trinken – das konnte ich mir nicht vorstellen. Irgendwann stellte ich fest, dass ich mit Becher in der Hand sehr cool aussah, Kaffee aber immer noch scheiße schmeckte und in dem Becher auch Tee oder Kakao sein konnte. Keinen Kaffee zu mögen hatte auch Vorteile als Stationsstammgast. Um 1 Uhr wurde dort nämlich die Kaffeemaschine offiziell gereinigt und es gab keinen Kaffee mehr. Es konnte aber auch vorkommen, dass man schon gegen 21 Uhr von Shylo getötet wurde, wenn man es wagte, einen Espresso oder Cappuccino zu bestellen. War zu viel Arbeit. Geschah den Kaffeetrinkern recht!

wußte nicht, was ich sagen sollte. Aber das war kein Problem, denn Myra nahm im wahrsten Sinne des Wortes alles in den Griff, und noch ehe ich merkte, was vor sich ging, lagen wir nackt im Bett und schäumten aufeinander los wie zwei ungestüme Wellen. Und weil ich noch immer so ramsvoll war, kam mir alles vor wie ein gelungener Traum, so als hätte mein Unbewußtes ’n Heidenspaß daran, mich aufs Kreuz zu legen; aber es war ganz klar Myra, die auf mir saß und nicht irgendein koboldhafter Alp in Nixengestalt, der mich da ritt. Sie kam über mich wie wildes Gewässer, ließ ihre Zunge in meinem Ohr kreisen, und ihr Becken preßte alles aus mir raus, was ich je in meinem Leben an Spermien produziert habe. So ging das die ganze Nacht bis zum frühen Morgen. Es war wie ein Galoppieren durch die Prärien von Dakota, ganze Büffelherden trugen uns durch das niedrige Gras an Wäldern und Flüssen vorbei, und der Horizont kam näher und hinter ihm die Schlucht, in der der Schlaf lauerte wie ein sattes Tier. Wir aber setzten über sie hinweg mit geflügeltem Atem in Richtung Dunkelheit. Wir rasteten nur kurz an einzelnen Quellen, um zu trinken, und dann trieb es uns weiter und weiter, und das Rauschen der Hufe wurde heftiger, und die Sonne ritzte uns den Schweiß aus der geröteten Haut, und wir blickten nur nach vorn und wollten nicht stehenbleiben, bis die Tiere schließlich müde wurden und erschöpft am Ufer in die Knie gingen, und so schliefen wir.

In den darauf folgenden Wochen war ich erstaunlich gut gelaunt. Nicht einmal den Bahnhof über unseren Köpfen haßte ich. Ich traf Myra von Tag zu Tag und war so schwer vor Glück, daß ich an einem Abend gleich dreimal vom Hocker fiel. Vielleicht lag es auch an der Flasche Tequila, die ich mir gegönnt hatte. Egal. Jedenfalls fing das Leben so richtig an, und alle schienen sich mit mir zu freuen. Shylo fuchtelte immer öfter mit seinem Messer durch Simons Haar;

Oskar zog sich in diesen Tagen so viele Beulen und blaue Flecken am Kopf und im Gesicht zu, daß irgendein Regisseur ihn glatt für die Neuverfilmung von »Quasimodo«[73] engagieren wollte, und Käpt'n Barracuda sprang eines Nachts im Vollrausch durch das riesige Schaufenster eines koreanischen Restaurants. Wir waren schon früh auf dem Weg nach Hause gewesen, und plötzlich nahm der Käpt'n einen Anlauf, einfach so, und flog voll durch das splitternde Glas und über den ersten Tisch, an dem zwei gutgekleidete Herren gerade ihre Frühlingsrolle bearbeiteten. Natürlich gab es großes Geschrei und Gefluche, einige Gäste verließen panikartig das Restaurant und prellten die Zeche; nur der Käpt'n lag gutgelaunt zwischen Scherben, Blutspritzern und Sojasprossen und lachte. Als dann die Bullen kamen, rief er uns zu: »Verpißt euch, Jungs, der Käpt'n hat alles im Griff.« Na ja, und so machten wir 'ne Fliege und besuchten unseren springenden Freund zwei Tage später im Krankenhaus. Er war an den Armen und im Gesicht verbunden, hatte aber sonst nicht viel abgekriegt, und wenig später war er wieder draußen und ganz der Alte, nur daß er sich schwor, in den nächsten Tagen keinen Alkohol zu sich zu nehmen. Und tatsächlich, er hielt drei Tage sein Wort und übernachtete am vierten im teuersten Hotel von ganz Köln. Die Nachttouren gingen also wieder mal so richtig los. Wir setzten uns in Shylos Wagen und klapperten die Kneipen ab. Er fuhr so 'ne rote Ente,[74] was den

---

[73] Man sollte mal »Der Glöckner von Notre Dame« von Victor Hugo lesen! Die Lektüre ist einem durch die vielen Verfilmungen inklusive Disney-Schmonzette ein bisschen verleidet, soll aber ein tolles Buch sein.

[74] Gemeint ist der Citroen 2CV, zu deutsch die »Zitrone der zwei Pferde«. 1948–1988 in Frankreich produziert, Kultauto. Entefahrer gingen und gehen einem gewaltig auf die Nerven.

Vorteil hatte, daß wir in den Kurven nicht umkippen konnten, denn hatte Shylo erst einmal gesoffen, fühlte er sich wie Niki Lauda[75] auf dem Nürburgring; und der soll ja auch mal 'ne Kurve verpaßt haben. Shylo raste wie ein Wahnsinniger, doch wir kamen immer heil ans Ziel. Aber die Ente hatte auch 'n Nachteil, der allerdings eher psychologischer Natur war; es war 'n Wagen für Müslis, wenigstens dachte Shylo das, und Müslis mochten wir alle nicht. Ich glaub', jeder kennt wohl diese Spezies Mensch, die im Wollpulli und in Birkenstocksandalen durch die Straßen schlurft, ein silbernes Peace-Zeichen um den Hals und immer alles und jegliches ausdiskutieren muß, weil die Weltlage sie so schrecklich betroffen macht und das Wesentliche ihr wie ein onanierender Gartenzwerg auf der Schulter hockt. Es sind diese grauen Mäuse, die Ketchup anstatt Knochenmark im Leib haben – natürlich aus ökologisch angebauten Tomaten – und vom eigenen Bauernhof träumen, wo sie später dann ihre fetten Kühe vögeln können, weil sie in der Selbsterfahrungsgruppe nie 'ne Frau abbekommen haben. Friede, Freude, Eierkuchen und Verständnis für die ganze beschissene Menschheit. Wir haßten sie! Übrigens nicht nur die Müslis, sondern auch die Menschheit, aber das gehört nicht hierhin. Am schlimmsten waren die, die sich zu uns in die Schluckbude verirrten und sich den ganzen Abend an ihrem Kamillentee[76] festhielten. Ab und zu gossen wir ihnen heimlich Korn in ihre Gülle,

---

[75] Als es noch nicht den Schumi aus Kerpen gab, war der Niki quasi der Schumi aus Wien. Er war 1975, 1977 und 1984 Weltmeister. Legendär, spektakulär und haarsträubend 1976 sein Unfall auf dem Nürburgring.

[76] Geht auch für mich als Teetrinker gar nicht, hat so was Krankenhaushaftes, genauso wie Hagebuttentee einen immer an Jugendherbergen erinnert. Ich trinke Ceylon-Tee, Earl Grey und in beson

aber auch das machte sie nicht gescheiter. Jedenfalls hatten sie alle ein so großes Herz und eine so kleine Birne, daß sie jedesmal meuterten, wenn wir irgendeinen besoffenen Penner vor die Tür setzten. Ich will es mal nett formulieren: Diese Wichser brachten uns zur Weißglut. Das muß man sich mal vorstellen; wir schlugen uns tagein, tagaus mit irgendwelchen Deppen rum, die anderen das Bier klauten, im Suff unter die Tische pinkelten, mit Flaschen um sich warfen oder sonst eine Scheiße bauten, und dann kamen diese Schlaffis an und mischten sich ein, plusterten ihr unscheinbares Gefieder, weil wir einen dieser Penner nicht gerade sanft vor die Tür setzten. Sie waren alle so herzensgut, daß sogar einmal einer von ihnen anfing zu heulen, als ich ihn anfuhr: »Leck mich am Arsch, Müsli, ich weiß, wann ich jemandem Hausverbot erteile.« Der Typ konnte einfach nicht begreifen, daß jemand so abgrundtief asozial sein konnte. Na ja, und alle diese Leute fuhren eben Enten. Deshalb kaufte Shylo meistens fünf bis zehn Hamburger bei McDonalds,[77] wenn wir mit der Ente unterwegs waren, biß in jeden mal kurz rein und warf ihn samt Verpackung während der Fahrt aus dem Wagen. Es war klar, daß Müslis so was nie machen würden. Ich mein', das ist natürlich keine Heldentat, angebissene Hamburger aus der Ente zu katapultieren, aber jeder versucht nun mal seine

---

ders blümeranten Momenten Vanilletee. Das Vanilletee-Faible habe ich mir seit den Jugendtagen erhalten, in denen man erstmals Freunde zu sich nach Hause einlud, um ihnen im eigenen, nichtspießigen Teeservice Tee zu servieren und ein Räucherstäbchen anzuzünden. Dazu wurde dann die Neue von den Ramones gehört. Wir waren echt harte Punks damals.

[77] Fast-Food-Kette, eröffnete am 4. Dezember 1971 ihre erste Filiale in Deutschland. Am 10.10.1974 folgte der erste McDonald's in Köln. Am Barbarossaplatz, dem schönsten Platz der Domstadt, konnte man seitdem gepflegt amerikanisch essen gehen.

Identität zu wahren, wie er kann. Jedenfalls hatten wir alle unsere Meinung und amüsierten uns prächtig, nur Tom geriet in jenen Tagen in eine etwas schwierige Lage. Er hatte seinen Zivildienst begonnen und war gezwungen, einige Omas zu pflegen.[78] Nicht nur, daß er morgens um sieben sein Bett verlassen mußte, nachdem er nachts bis drei in der Schluckbude gearbeitet hatte – das nahm er noch recht locker hin –, nein, das Schlimme war, daß seine Omis fast alle unter Gedächtnisschwund litten und sie ihn nie wiedererkannten. Jeden Morgen wenn er klingelte, fragten sie ihn, wer er denn sei und was er wolle? Und mit der Zeit fragte Tom sich selbst, wer er sei und was er denn eigentlich wolle? Er wußte plötzlich nicht mehr, ob er die richtige Adresse hatte und ob er bereits einmal in diesem oder jenem Haus gewesen war oder ob alles nur ein »Das-habe-ich-doch-schon-einmal-erlebt-Augenblick« war. Er begann an seinem eigenen Gedächtnis zu zweifeln, und das nahm ihn stark mit. Er grübelte und grübelte, versuchte die Situation klar zu durchdenken, nahm sich vor, den Ablauf des vergangenen Arbeitstages genau zu behalten, um so sichergehen zu können, daß er seinem Job pflichtgemäß nachkomme, aber am nächsten Morgen klingelte er, und eine Omi fragte ihn: »Ja, bitte, was wünschen Sie?« und seine ganze Strategie

[78] Ich hätte auch gerne Zivildienst geleistet, hat leider nicht geklappt. Als ich in der dritten Verhandlung vor dem Kreisgericht Köln knapp die Gewissensprüfung bestanden hatte, studierte ich schon drei Semester. Also durfte ich mein Studium beenden und konnte nächtelang in der Station versumpfen. Zwei Wochen nach Ende meines Studiums 1991 wurde das Höchstalter für Zivildienstleistende von 28 Jahren auf 24 Jahre hinuntergesetzt. Ich war 25 Jahre und starrte nun perspektivlos in die Zukunft. Irgendwie ein richtig punkiges No-Future-Gefühl.

brach zusammen. Hatte er den gestrigen Tag geträumt? War er gar nicht hier gewesen? Er wurde immer unsicherer in seinen Erklärungen den Omis gegenüber, und irgendwann glaubten sie ihm nicht mehr, daß er bereits gestern dagewesen war und vorgestern und die ganze vergangene Woche. Sie begannen, ihn zu beobachten, und Tom fühlte sich schuldig. Abends durchsuchte er dann seine Taschen, ob er nicht irgendetwas geklaut hatte bei seinen Pflegefällen, ja, vielleicht hatte ihn niemand zu den Omis geschickt, vielleicht war alles nur ein Vorwand, sie zu bestehlen; wer kannte sich mit der eigenen Psyche schon aus. Tom wurde in diesen Wochen recht blaß, und seinen einst so gut durchbluteten Kopf konnte kein Autofahrer mehr mit einer Verkehrsampel verwechseln. Aber er hielt durch und irgendwann gewann er wieder an Boden, denn eines Tages, als er lachte, begannen seine Ohren wieder leicht rot zu schimmern, und da wußten wir, er hatte den Kampf gegen die Omis gewonnen, und er war übern Berg.

STATION

Siebentes Kapitel

»Scheiße«, sagte Marie und verließ die Wohnung. Shylo lag abgekämpft auf der Couch und schrie seit 'ner halben Stunde nach Eis. Er litt schrecklich unter einem dieser Megakater, die ihn von Zeit zu Zeit heimsuchten und ihn komplett lahmlegten. Nur seine Stimme funktionierte noch – die funktionierte allerdings blendend –, sonst ging nichts. Simon hatte ihm bereits den Fernseher eingeschaltet und die »Macht« auf seinem Bauch deponiert, so daß er die Programme wechseln konnte. Es fehlte also nur noch das Eis, seinen kaputten Magen zu kühlen. War halt 'ne harte Nacht gewesen. Irgendwie hatte es mit Würfeln angefangen, und nach zwei Stunden war Shylo so voll gewesen, daß ihm beim Zapfen mehrmals das Gebiß ins Bier fiel. Er fischte es jedesmal wieder raus, warf es sich in den Mund und reichte das Bier über die Theke. Den Punks war das sowieso egal.[79] Na ja, jeder Durch-

---

[79] Hygiene wurde in der Station großgeschrieben. Lili (die Dame mit der aufreizenden Unterwäsche, die »unser Charly« im fünften Kapitel in Scheiben gerammelt hat) hatte eine paar Tage in der Station gekellnert. Wie die meisten Frauen hatte sie die Tagesschicht. Da es ein schöner Tag war, saßen alle Gäste draußen auf der Terrasse. Auf dem Weg hinein zu der Theke übersah Lili eine kleine Stufe und knickte mit dem Fuß um. Hinter der Theke suchte sie irgendetwas, um ihren Fuß zu kühlen. Eiswürfel waren nicht vorhanden. Die Station war eben keine Kneipe, die einen Whiskey oder eine Cola mit Eiswürfeln verbesserte.
Also setzte sich Lili auf die Theke und wollte ihren Fuß im Spülwasser kühlen. »Bist du verrückt«, kreischte Marie, die die Tages-

schnittstrinker wäre spätestens ab da wohl auf Wasser umgestiegen, aber Shylo zog es vor, mit Tequila die zweite Runde zu eröffnen, und wir alle ahnten, daß der angebrochene Abend in Scherben gehen und irgendjemanden die Seele kosten würde, ja geradezu mußte. Und kaum 'ne Stunde später schritt das Opfer zottelnd zur Theke. So 'n Müsli – ihr erinnert euch sicher dieser Gattung – beschwerte sich einfach bei Shylo, der letzte Stehtisch sei nicht sauber. Ich dachte, ich hör' nicht richtig, und auch Shylo blickte das Latzhosenejakulat reichlich verwirrt an, lachte dann und empfahl dem Typen doch seine Zunge zu benutzen. Irgendwo müsse er ja mal Cunnilingus lernen. Wir brachen zusammen vor Lachen, aber der Grasteller verstand den Joke nicht – wahrscheinlich hatte er nie Latein in der Schule gehabt – und beharrte auf seiner Beschwerde, worauf Shylo, schweigend wie John Wayne, fünfzehn Whisky-Gläser auf die Theke vor ihn stellte – alle in eine Reihe, versteht sich –, sie mit Paddy füllte und den Müsli barsch zum Trinken aufforderte. Der verstand überhaupt nichts mehr, denn was konnten diese Whiskys mit dem schmutzigen Tisch zu tun haben? Jedenfalls blickte er sich merklich eingeschüchtert um.
»Trink, Karotte!« brüllte Shylo, »oder meine Jungs machen 'n Veilchenbeet aus deiner dämlichen Fresse.« Seine Jungs, hi, damit meinte der alte Shylo uns, und so besoffen, wie wir uns am Tresen festhielten – Razor konnte überhaupt nicht mehr reden, Simon tunkte seinen Zopf ins Bierglas, na ja, und Oskar sah mit all seinen Flecken sowieso wie 'n knallharter Schläger aus, ja, sogar Myra lallte Unverständliches neben

---

schicht mit Lili teilte. Lili dachte zuerst, Marie ekelte sich davor, dass sie ihren Fuß in das gleiche Wasser halten würde, in dem die Gläser der Gäste gespült wurden. »Da kannst du den Fuß nicht reinhalten, da holst du dir ja was!«

mir –, so besoffen wie wir also waren, machten wir vollen Eindruck auf den blutleeren Spargelkopf. Seine Hand tastete zitternd nach dem ersten Glas und führte es zum Mund. »Halligalli, die Jungs werden sonst nervös«, sagte Shylo und zwinkerte uns zu. Ich mein', keiner von uns hätte sich auch nur einen Zentimeter bewegt, wenn die Friedensnuß gesagt hätte: »Leckt mich am Arsch, ihr Eierköppe«, denn wir waren, wie gesagt, so dicht, daß wir uns höchstens mit 'ner Tragbahre zum nächsten Hocker hätten fortpflanzen können, aber der Typ trank bereits das dritte Glas leer, und sein Magen brannte ihm fröhlich die Tränen aus den Augen. Vielleicht hatte er sein Leben lang auf so eine Gelegenheit gewartet, endlich mal ungestraft saufen zu können, wer weiß. Zwischendurch bestellten etliche Leute Bier, und selbst Shylo hatte den Müsli bereits nach zwei Sekunden vergessen, aber der wollte vom Whisky nun nicht mehr ablassen. Womöglich 'n Fall für die »Anonymen Alkoholiker«; jedenfalls war das schon stark, wie er das ganze Zeug vernichtete. Als er die Reihe fast geschafft hatte – nur zwei Gläser waren noch voll –, betraten plötzlich etliche Bullen den Laden, und im selben Augenblick zeigte irgendso 'ne Tussi in Richtung Theke. So wie die aussah, lang und gebogen wie der Stengel einer Pißnelke, und auch der gelbe Kopf fehlte nicht, mußte sie zu unserem Müsliriegel gehören, daran bestand gar kein Zweifel. Offensichtlich hatte sie Shylos Spiel so wenig durchblickt wie ihr Artgenosse und irgendeinen Streifenwagen angehalten. Na ja, und so bekamen wir den Besuch. Shylo erkannte natürlich sofort die bedrohliche Lage, wischte die ausgetrunkenen Gläser von der Theke ins Spülbecken und begann den Müsli anzuflehen, er solle doch um Gottes willen aufhören; so viel zu trinken sei total ungesund und ähnlichen Blödsinn, wobei er natürlich dem Typen die Hand am Glas festhielt. Alles sah so aus, als kümmere sich der Wirt gerade voll Sorge um einen dieser fertigen Säufer, die nie vom

Whisky ablassen wollen. Und die Bullen verstanden das auf Anhieb alles vollkommen richtig. Sie bauten sich auf hinter dem Typen, der mittlerweile genauso breit war wie wir und absolut perplex, ob dieser plötzlichen Wendung, in Shylos freundliches Gesicht starrte, tippten ihm unsanft auf die Schulter, während die Freundin etwas von »unschuldig« und »Verbrecher« kreischte; und als der Müsli sich umdrehte und die Jungs vom Trachtenverein sah, wurde er so gelöst und sein Magen mit ihm, daß er seinem ersten Helfer voll Freude auf die Schulter kotzte. Einem anderen Bullen wollte er dann noch um den Hals fallen, aber der hatte ihn schnell im Griff, drehte ihm den Arm auf den Rücken und führte ihn ab.

Shylo sagte: »Schrecklich, wenn Menschen so trinken; der hat bestimmt einiges mitgemacht«, und der Bulle – die Gülle süffelte sich langsam in seine Uniform hinein – nickte verständnisvoll. Die ganze Situation hatte etwas derart Absurdes, daß wir nur kopfschüttelnd weitersoffen, als wir schließlich wieder unter uns waren. Nur Shylo sagte begeistert: »Gäbe es mich doch bloß nochmal, ich würde mich heiraten.«[80]

---

[80] Shylo war wirklich klasse. Wer weiß, ohne ihn wäre ich wahrscheinlich niemals zum Fernsehen gekommen. Nach meinem Examen im Frühjahr 1991 fiel ich in ein tiefes Loch. Was sollte ich machen, wo sollte ich hin? Erst einmal in die Station. Wozu viel Geld für Berufsberater oder Psychologen ausgeben, wenn es Shylo gab? Denn er hatte den entscheidenden Tipp: »Melde dich mal in Zollstock am Hönninger Weg. Dort wird gerade eine Serie gedreht, die suchen immer jemanden. Ich habe da auch vor kurzem gearbeitet.« Und tatsächlich bekam ich direkt einen Praktikantenjob für sechs Wochen. Pro Tag sollte ich 100 DM verdienen. Das waren noch Generation-Praktikum-Zeiten! Für das Geld musste ich als Außenrequisiteur das echte Blut aus Unfallwagen herauswaschen,

Marie kam zurück und brachte Eis für Shylo. Irgendso 'n Wassereis,[81] im Dutzend versteht sich, und Shylo widmete sich seiner neuen Aufgabe, wobei seine gepeinigte Seele einigen Frieden fand. Wir überließen ihn also Marie, gingen durch den langen Flur zur Tür und als das Schloß hinter uns zuschnappte, hörten wir noch Shylo, wie er laut »Marie« brüllte, und dann eine leise, zischende Frauenstimme: »Scheiße.«

Die folgenden Wochen verbrachte ich beständig in Myras Nähe. Wir verstanden uns riesig, und ich hatte nur ein

---

als Innenrequisiteur Komparsen mit FC-Schals ausstatten, als Baubühnenmitarbeiter Dekorationselemente anbringen, als dritter Aufnahmeleiter Kaffee für den Hauptdarsteller Klausjürgen Wussow kochen. Der schwerste Job war allerdings, wenn ich bei den Innenaufnahmen, die in einer alten Fabrikhalle stattfanden, draußen für Ruhe sorgen sollte. Nebenan wurde ein siebenstöckiges Gebäude von hundert Bauarbeitern grundsaniert. Die hatten ein eher überschaubares Verständnis, für uns Fernsehfritzen minutenlang ihre Schlagbohrmaschinen und Presslufthämmer ruhen zu lassen. Und so wurde ich regelmäßig vom zweiten Aufnahmeleiter, der sich im Studio befand, über meine Kopfhörer zusammengeschrien, ob ich blödes Arschloch da draußen nicht endlich für Ruhe sorgen könnte, sie hätten wieder eine Szene wegen Tonproblemen stoppen müssen.
Man drehte schon seit ein paar Monaten und ich war die letzten sechs Wochen dabei. Viele Mitarbeiter dieser Produktion sind, so hörte ich später, ernstlich erkrankt, da die Fabrikhalle auf verseuchtem Boden stand. Das passte zu dieser chaotischen Produktion, bei der ich tausend Sachen lernte, wie man es beim Fernsehen NICHT macht. Danke Shylo!

[81] Mit künstlichen Aromastoffen versehenes Gefrorenes im Plastikrohr, wurde eher gesaugt denn gelutscht. Schmeckt genau zwanzig Sekunden gut, danach eher wie Wasser-Eis.

Problem mit ihr. Sie liebte das Reisen und sie liebte BAHNHÖFE. Mir war das gänzlich unbegreiflich. Ich mein', ich bin ja ein aufgeschlossener Mensch, aber wie man Bahnhöfe lieben kann, ist mir ein Rätsel. Ich habe versucht, sie mit meinem Haß zu infizieren, aber erfolglos. Nicht nur, daß sie wie besessen Photographien von Zügen, Gleisen und Bahnhofshallen sammelte, nein, bei jedem ihrer Spaziergänge durch die Stadt machte sie auch einen Abstecher zum Hauptbahnhof, setzte sich 'ne Viertelstunde auf eine Bank neben irgendein Gleis und sah dem reisewütigen Volk zu, wie es ein- und ausstieg, wie die Waggons abfuhren, oder beobachtete, wie die Maschinen abgekoppelt wurden. Natürlich begleitete ich sie nicht bei diesen Amokgängen. Blöde Frage! Schließlich bohre ich mir nicht selbst glühende Klingen ins Fleisch. Bin doch kein Masochist. Wer das Schicksal mutwillig herausfordert, muß mit gravierenden Konsequenzen rechnen. Aber Myra passierte nie etwas. Während sie unterwegs war, stellte ich mir alle möglichen Katastrophen vor, die ihr zustoßen konnten, etwa wie die Schienen sich plötzlich verselbständigten, sie verfolgten und erwürgten, wie der Boden aufgerissen wurde und sie im Spalt für immer verschwand. Ich dachte an die geilen Reiseopas, die sie entführen wollten, oder an den Schaffner, der sie vor den Zug band; im Müll kroch sie herum, heulend, von Hunden zerfetzt. Entsetzlich. Bahnhöfe! Ich war jedesmal schweißgebadet, wenn sie mir 'ne Stunde später dann fröhlich ins Haus schneite. Nicht daß ich religiös veranlagt wäre, aber die Hölle, sage ich euch, ist ein riesiger Bahnhof mit kochenden Kesseln und gigantischem Räderwerk, eine Halle, in der die Dampfloks immer und ewig in Betrieb sind und einen unendlichen Krach machen. Man kann dort nicht schlafen und erstickt fast am Rauch. Und noch etwas, schaut euch doch mal die Schaffner an, ihre zusammengewachsenen Augenbrauen, unter denen es funkelt und blitzt, ihren schleppenden Gang, pochend wie ein Pferdehuf, schaut sie euch an, und ihr wißt, wer ihr Schutzpatron ist. Die Hölle, sage ich euch, ist ein Bahnhof. Aber Myra schien irgendwie gegen diese diabolischen Strömungen geschützt zu sein. Wenn sie angekommen war bei mir, frisch den dunklen Hallen der Finsternis entronnen, beobachtete ich sie immer eine Weile, nicht auffällig, nein, ganz ungezwungen, aber ich konnte nie eine Veränderung feststellen. Sie lag engelsgleich auf dem Bett und entledigte sich mit himmlischen Griffen ihrer Kleider. Obschon, was sie dann anschließend so alles mit mir anstellte, ließ mich doch hin und wieder an ihrer Immunität den nebulosen Bahnhofsgefilden gegenüber zweifeln. Wie auch immer, Bahnhöfe waren und blieben die ungeklärten Stellen unserer ansonsten recht klaren Beziehung. In späteren Tagen sind wir einmal nach Jugoslawien gefahren. Mit dem Zug!!! Ich erinnere mich mit Entsetzen daran. Myra stand natürlich bereits zwei Stunden, ehe der Blechsaurier abfahren sollte, am Gleis und wartete, ließ sich von den Eindrücken, die der Bahnhof bot – was für Eindrücke eigentlich? – berieseln, rauchte gemütlich eine Kippe nach der anderen und fühlte sich perverserweise im siebten Himmel. Ich lag zu der Zeit noch im Bett und wurde, in Vorahnung dessen, was mich erwarten würde, aufs heftigste von Krämpfen geschüttelt. Leider hatte ich in einem Anfall geistiger Umnachtung Myra versprochen, mit auf diese Reise zu kommen, und so stand ich denn auf, warf einige Klamotten in meinen Seesack und wartete bis zur letzten Minute. Ich wollte schließlich keine Sekunde unnötig auf jenem Horrorgelände verweilen. Ich lief also aus dem Haus und hastete zum Bahnhof. Abgehetzt und klatschnaß erreichte ich Gleis 9 und sah, wie der Zug gerade damit beschäftigt war abzufahren. Aus einem der Fenster winkte Myra mir hektisch zu. Ohne zu überlegen, sprintete ich los, sprang, diesen Scheißbahnhof verfluchend, auf den Zug, krallte mich an Myras Fenster fest und mußte zu meinem Grausen feststellen, daß ich zu erschöpft war, mich durchs Fenster zu hieven. Ich hing am Zug wie ein fauler Apfel am morschen Ast und konnte jeden Moment abrutschen. Myra umklammerte meine Gelenke und sah mich dabei an, als wollte sie sich mein Gesicht ein letztes Mal einprägen. Mir wurde ganz übel. Um mich herum hörte ich plötzlich Trillerpfeifen und ein grelles Stimmengewirr, während unter mir das Blechtier seine Hufe gegen die Schienen schlug und mich nur zu gerne zermalmt hätte. Aber ich hielt durch, trotz Myras Blick und trotz dieses verdammten Bahnhofs, und plötzlich hielt der Zug. Ich sprang geschwind ab, lief zur nächsten Tür und verschwand in einem Abteil. Zwar suchten des Teufels Knechte mit ihren finsteren Mützen nach mir, aber keiner der Fahrgäste verriet mich an die Schergen. Und als wir schließlich die stinkende Halle verließen und die Landschaft mit rasendem Tempo durchschnitten, schlenderte ich zu Myra, und unsere Reise begann. Myra küßte mich und blickte dann leicht entrückt aus dem Fenster; ich aber dachte daran, daß diese Reise irgendwo in einem Bahnhof enden würde.

Tja, Oskar hatte schon recht, immer nur das Fahrrad[82] zu benutzen, um sich fortzubewegen. Es war das sicherste Mittel, halbwegs heil sein Ziel zu erreichen; und tatsächlich, so lang ich ihn kannte, versuchte Oskar nur zweimal, auf andere Weise nach Hause zu kommen, als durch die eigene Beinarbeit auf dem Drahtesel. Und es hatte beide Male unan-

---

[82] Da ich aus ökologischen und Bequemlichkeitsgründen nie den Führerschein gemacht habe, kam ich auch meistens mit dem Fahrrad zur Schluckbude, spätestens, nachdem ich 1986 zu Hause aus- und bei meiner Freundin eingezogen war. Wir wohnten dann bis zu unserer Trennung im Mai 1990 zusammen in Zollstock. Von dort war es über die Innere Kanalstraße, am Uni-Center vorbei, ein Katzensprung zur Station.

genehme bis katastrophale Folgen. Was das zweite Mal anbelangt, so möchte ich später darauf zurückkommen; die erste Fahrt aber gehört hierhin.

Es war an einem dieser Abende, an denen die Alkoholtests uns wieder einmal derartige medizinische Erfolge beschert hatten, daß an sich eine Neuauflage der legendären Eierschlacht drangewesen wäre. Aber der Riesenhippie hatte unser Wort, und so blieben wir friedlich. Wir setzten uns stattdessen, nachdem die Meute draußen war und die Straße vollkotzte, gemütlich vor die Theke, um unseren berauschten Schädeln den letzten Schliff zu geben. Keine Ahnung mehr, was wir uns erzählten, ob wir uns überhaupt etwas erzählten oder vielleicht nur stumm an unseren Flaschen nuckelten; jedenfalls war es irgendwann Zeit für die erste Bahn, und Oskar beschloß, sein Fahrrad stehen zu lassen und mit der 15 nach Hause zu fahren. Ich torkelte währenddessen schnell – nicht ganz soo schnell – zu Shylo rüber, weil mir der Weg zu meiner Bude viel zu weit war, klingelte, um sogleich, nachdem ich das Wohnzimmer betreten hatte, wie in alten Zeiten aufs Sofa zu fallen und zu schlafen. Erst am nächsten Nachmittag wachte ich auf. Oskar hingegen wurde etliche Stunden früher geweckt. Er spürte plötzlich, wie irgendjemand ihn am Arm packte und durchschüttelte. Als er aufsah, erkannte er zuerst nichts, denn die Sonne stach ihm fast die Augen aus. Zwei Sekunden später merkte er dann, daß es noch Nacht war und er noch immer in der Straßenbahn saß. Seine Pupillen versuchten sich also an die Neonröhren, die die Decke des Waggons entlangglitten, zu gewöhnen, und nach und nach schaffte Oskar es sogar, die beiden Bullen wahrzunehmen, die neben ihm standen und ihn durchwalkten. Er erinnerte sich zwei Tage später daran, daß sie entschieden genervt auf ihn niedergeblickt hatten, als er sie mit einem freundlichen »Hallo, Jungs« willkommen geheißen hatte. Dann schlief er wieder ein. Als er schließlich

erneut aufwachte, lag er in einer Zelle. Die klassischen Fragen eines solchen Morgens – also: Wer bin ich? Wo bin ich? Was bin ich? Und wenn ja, wieviele? – nach Klarheit durchforstend, ließ er sich von der Pritsche rutschen und versuchte die ersten unsicheren Schritte in den neuen Tag hinein. Es gelang ihm schließlich, bis zur Tür zu kommen. Nicht schlecht, oder? Und just als er so dastand und mal anklopfen wollte, ob jemand zu Hause sei, riß dieser Jemand die Stahltür auf, pflanzte sich wie eine Kampfdogge in den Rahmen und warf seine Schlagringaugen durch die Zelle. Oskar hob schnell die Hand zu einem einlenkenden Peace-Zeichen[83] und smilte[84] selbstvergessen den Korridor entlang.
»Erholt?« fragte der Bulle. Und Oskar nickte – vielleicht fiel ihm der Kopf auch bloß auf die Brust –, jedenfalls nahm der Bulle dies als ein gutes Zeichen auf und schleppte ihn in irgendein Büro. Nur schade, daß Oskar sich an nichts mehr vom Vortag erinnern konnte. Da war der Abend in der Schluckbude, die Nacht, dann die Straßenbahn und schließlich eine unendliche Fläche voll schwarzer Löcher, in denen undurchsichtiger Sud lagerte. Nicht einmal mit Taucherbrille hätte sein Gedächtnis da noch durchblicken können. Oskar sah den Bullen, der gerade mit Schreibübungen beschäftigt war, an und fragte: »Entschuldigung, wo gibt's hier Frühstück?« Aber es kam keine Reaktion von seiten des Gesetzes; die Paragraphen schwiegen. Hat in der Schule wohl immer

[83] Leicht gespreizter Mittel- und Zeigefinger, von Winston Churchill als Victory-Zeichen in die Ikonographie der Weltgeschichte eingeführt. Von den Hippies als Peace-Zeichen instrumentalisiert, Anfang des 21. Jahrhunderts von Deutsche-Bank-Chef Jo Ackermann wieder in ein astreines Victory-Zeichen verwandelt.

[84] Smiley ist der gelbe Grinsekopf, der seit 1963 gewaltig nervt. Angeblich von Forrest Gump erfunden.

gepennt, dachte Oskar, daß er jetzt so doll das Kritzeln üben muß. Der Bulle schrieb weiter.

»Könnten Sie mir vielleicht mal auf die Sprünge helfen?« fragte Oskar, »wissen Sie, im Alter läßt das Kurzzeitgedächtnis nach und da vergißt man dann schon so manches.«

»Verunreinigung öffentlicher Verkehrsmittel und Widerstand gegen die Staatsgewalt, Sie Komiker«, antwortete der Bulle.

»Aha«, sagte Oskar und war baff. Ersteres konnte doch nur bedeuten, daß sein Magen einige Liter Bier mit dem Bodenbelag der Straßenbahn geteilt hatte. Das tat sein Magen sonst nie. Na ja, aber Widerstand gegen die Staatsgewalt??? Hatte er irgendeine revolutionäre Tat vollbracht? Den Staat gesprengt? Nö, der Staat stand, aber Oskar wollte es auch gar nicht so genau wissen. Was man nicht weiß, kann man umso schneller wieder vergessen. Er ließ sich also vor die Tür bringen und schlenderte los. Seine Füße trugen ihn ziellos durch die Straßen, bis ihn nach und nach ein Gefühl eigenartiger Fremdheit beschlich, so als kenne er all diese Häuser nicht, so als sei er noch nie durch diese Gassen getorkelt. Die Plätze waren anders und die Namensschilder an den Fassaden unbekannt. Er wankte also auf ein Verkehrsschild zu, sah es sich genau an und da wußte er, daß er in der falschen Stadt war. Denn dieses Schild hatte er noch nie auf seinem Fahrrad getroffen. Oskar kratzte sich verdutzt am Kopf. Er stand mitten in Bonn. Verwirrt nahm er es hin, was hätte er auch sonst machen sollen, bestellte sich ein Taxi, fuhr zurück nach Köln und legte sich ins Bett. Außer einer Rechnung von der KVB[85] für die Reinigungskosten kam übrigens nie etwas nach. Aber Oskar beschloß an diesem Tag, nie wieder ohne

[85] Kölner Verkehrsbetriebe, gegründet 1877, damals fuhren noch Pferdewagen. Die KVB fährt erst durchgehend nach Bonn, seit die KBE (Köln-Bonner-Eisenbahn) aufgekauft wurde.

Rad die Heimreise anzutreten. Und ich, als allwissender Erzähler,[86] kann nur hinzufügen, hätte er sich bloß an diesen seinen weisen Entschluß gehalten.

Wenige Tage nach Oskars Besuch in Bonn lernte ich Brehm[87] kennen. Ich war unterwegs mit Razor, weil wir uns Klamotten kaufen wollten. Wir klapperten also die Geschäfte ab und landeten schließlich auf dem Flohmarkt in der Altstadt.[88]
»Kennste meinen Bruder?« fragte Razor.
»Nö«, sagte ich, »woher auch?«
Und Razor stampfte los. Ich folgte ihm durch das Gewühl an Mänteln und Bratpfannen, ließ Plattenständer und Bücherreihen links liegen, und irgendwann standen wir vor 'nem Typen, der inmitten ausgestopfter Tiere saß und aussah wie ein Nachkomme der »Fabulous Furry Freak Brothers«.
Razor sagte: »Das ist mein Bruder.«
»Aha«, sagte ich.
Neben dem Typ lag 'n Schild, auf dem stand: BREHMS STADTLEICHEN; und ich muß zugeben, das traf den Nagel

---

[86] In der germanistischen Fachterminologie auch als auktorialer Erzähler bekannt, also Autoren, die immerzu geheimnisvolle Andeutungen machen, um dann am Ende ihres Romans sagen zu können, sie hätten es uns doch immer schon gesagt.

[87] Namenspate ist Alfred Edmund Brehm, geboren 1829, närrisch gestorben am 11.11.1884. Seit 1863 war er Zoodirektor in Hamburg, hatte aber immer noch genug Zeit, das sechsbändige »Tierleben« zu schreiben.

[88] Auf den Kopfsteinpflastern vor Groß St. Martin habe ich als Schüler auch oft gestanden und meine Kindheit verkauft. Lego-Spielzeug, Holzeisenbahn und Briefmarkensammlung verwandelten sich in glänzende Silberlinge für Zigaretten und Flipper. Zu Studenten-Zeiten = Stations-Zeiten war alles Relevante aus der Kinderzeit verkauft und meine aktive Flohmarktzeit Vergangenheit.

auf den Kopf, denn die ausgestopften Genossen, die Brehms Stand bevölkerten, sahen alles andere als lebendig aus. Vielmehr wiesen sie überdeutlich auf ihre jeweilige Todesart hin. Brehm war von Kindheit an von Wald und Wildnis fasziniert gewesen und wollte eigentlich Trapper werden; stattdessen wuchs er im Großstadtdschungel auf, und so machte er das Beste aus seiner Lage, lernte, wie man Tierleichen seziert und ausstopft, und streifte fortan durch die Stadt auf der Suche nach Kadavern. Aber was er fand, stopfte er eben nicht nur aus, sondern machte aus den Leichen Zeugen ihrer Zeit. Einer überfahrenen Katze[89] zum Beispiel restaurierte er nicht das Fell, so daß sie wie neu aussah, sondern arbeitete im Gegenteil deutlich die Reifenspuren an ihrem Leib heraus. Ich fragte mich, wer so 'n Schwachsinn kaufen sollte, begriff aber schon bald, daß zwar mittlerweile so gut wie niemand sich noch freiwillig eine gut erhaltene Tierleiche ins Wohnzimmer stellt, weil das einfach out ist, daß aber die Typen, die aufs Gas drücken, wenn vor ihnen 'n Vieh über die Straße läuft, eine Menge Gefallen an ihrem Reifenmuster finden können und zudem überfahrene Katzen auf der Kommode für einen besonderen Gag halten. Im Klartext, in den Wunden von Brehms Tierleichen jodelte der Ruf provokativer zeitgenössischer Kunst, und Brehm sagte sich, besser von Leichen leben als zu verhungern, und führte seine Arbeit konsequent weiter. Da gab es Karnickel, denen die Schrotflinte den Kopf abgesägt hatte

---

[89] Ich bin absolut haustierlos aufgewachsen und war immer sehr glücklich damit. Es bestand nie ein Wunsch nach Meerschweinchen, Hund oder Pferd und das hätte sich wahrscheinlich nie geändert, hätte ich nicht teilweise Haustiere in Kauf nehmen müssen, um an die dazugehörigen Frauen heranzukommen. So bin ich nun mit einer Katzenliebhaberin verheiratet.

für den aufgeweckten Jäger, daneben ein aufgeblasenes, an seiner Mastkur krepiertes Schwein, das eine goldene Eins auf seinem Schädel trug und als Trophäe für den meistproduzierendsten Bauern des Jahres 1991 gedacht war. Ebenfalls schlummerten zwei kopulierende Igel zu seinen Füßen, violett angepinselt und an der neuesten Ausgabe der »Emma«-Zeitschrift[90] knabbernd; Leichen für die ganze Familie.

Brehm sagte: »Wollt ihr 'n Bier?« und wir zischten die Dosen in uns rein. Sein blonder Zopf baumelte ihm dabei im Rücken wie eine erwürgte Schlange, die man zum Trocknen aufgehängt hat. Razor fragte seinen Bruder, wo man billig Mäntel kaufen könnte, alte Seemannskluft und so.

»Zimmi hat so 'n Zeug«, sagte Brehm.

Ich fragte: »Wer ist Zimmi?«

»Den kennste«, sagte Razor, »der hängt bei euch in der Schluckbude rum; so 'n struppiger Querkopf, der alles vernichtet, was ihm über'n Weg läuft. Eure Wände sind voll von seinen Haßtiraden.«

Wir warfen die leeren Dosen neben ein gehäutetes Mutterschaf und zogen los. Zimmi hatte seinen Stand etwas weiter oben, weil er den Gestank vom Rhein nicht ertrug und schon gar nicht die ganzen Touris, die dort auf den Terrassen lümmelten. Als wir ankamen, stritt er gerade mit irgend'ner Tussi, die ihm die Luft mit ihrem Parfüm verpestete. Um es vorweg zu sagen, Zimmi verkaufte nicht gerade viel. Jedem, der ihn nach Preisen fragte oder versuchte mit ihm zu verhandeln, spuckte er vor die Füße und schickte ihn zum Teufel. Sein Gesicht war so mürrisch wie die Schlaflosigkeit einer ganzen Nation. Auch uns begrüßte er kaum, obwohl er

---

[90] Frauenzeitschrift, erscheint in Köln, gegründet von Alice Schwarzer, erste Ausgabe 26. Januar 1977.

Razor und mich todsicher erkannte, denn auch ich wußte sofort, als ich ihn sah, was Razor mit Querkopf gemeint hatte. Zimmi war derjenige, der Shylo, Simon und mich vor einiger Zeit in 'ne Scheiß-Situation gebracht hatte. Wir waren in der BumBumBude gewesen und schlenderten morgens um fünf oder sechs trunken zur Straßenbahn, die um diese Zeit immer voll von irgendwelchen Arbeitern ist, die zur Frühschicht fahren. Jedenfalls stiegen wir ein, als plötzlich hinter uns einer brüllte: »Scheißpack, geht doch malochen, anstatt hier besoffen in der Bahn zu lungern. Ja, euch mein' ich, verdammte Prolos!«[91] Ich dachte, ich werd' nicht mehr, drehte mich um und starrte in Zimmis mürrisches Gesicht. Klarer Fall, daß die Frühschicht dachte, wir vier gehören zusammen. Und schon ging das Theater los. Die Frühschicht erhob sich, die Bahn fuhr ab, und wir hofften, daß die nächste Haltestelle schnell auftauchen möge.
»Moment mal«, sagte Shylo, »das war ein Witz.«
Aber die Frühschicht hatte es nicht so mit Humor. Geschlossen bewegte sie sich auf uns zu, und wir wichen zurück.
»Is' was??« brüllte Zimmi, und ich dachte an das gute Bier, das ich gleich auskotzen würde, wenn die Frühschicht meinen Magen treffen sollte.
»Na endlich bewegt das Pack sich mal«, schnauzte Zimmi.
Ich sagte: »Fresse, Alter«, und die Frühschicht sagte: »Redeste mit mir?«
»Nee«, sagte ich, »ich muß hier aussteigen«, denn die Bahn hielt gerade, und Shylo, Simon und ich sprangen auf die Straße. Natürlich brüllte Zimmi hinter uns her: »Scheiß-Junkies,[92] haut doch ab!«, und als die Bahn abfuhr, sahen wir

[91] Historischer Ausdruck für Unterschicht, Prekariat.

[92] Drogen in der Station? Das Thema lässt Guy komplett aus, und auch ich kann weder aus eigener Erfahrung noch aus eigener

die große Verbrüderung: Zimmi Hand in Hand mit der legendären Frühschicht.
Na ja, seine Klamotten sahen gut aus. Wir diskutierten nicht über den Preis – sie waren eh billig –, kauften uns zwei lange, dunkelblaue Seefahrermäntel und hauten ab.[93] Zimmi sagte noch: »Verpißt euch« und spuckte einer älteren Frau vor die Füße. Als wir an Brehms Stand vorbeilatschten, präsentierte er 'nem Käufer gerade 'ne Schildkröte. Das erstickte Tier

---

Anschauung berichten. Meine Drogenerlebnisse beschränken sich auf zwei schlechte Joints am Ostseestrand. Das war's.
Ich habe gehört, dass sich manchmal Zivilpolizisten in der Station umsahen. Mag sein. Und angeblich soll Ende 1992 die Kneipe wegen Drogenhandels des Personals geschlossen worden sein. Ich kenne aber auch die Geschichte, es sei das Gesundheitsamt gewesen, und auch die Version, dass das Gewerbeaufsichtsamt einschritt, erscheint ziemlich plausibel. Wahrscheinlich hatten irgendwann alle zusammen die Schnauze voll.
Also, ich schwöre: In meiner Anwesenheit wurde nie eine Line auf der Theke gezogen, kein Trip geschluckt, und auf jedem Rockkonzert roch es verdächtiger nach Shit. Und für den Großteil der Stations-Thekencrew verbürge ich mich fünf- bis vierzigprozentig, die kannten nur den Teufel Alkohol.

[93] Auf dem Flohmarkt Klamotten zu kaufen war eigentlich nie so mein Ding gewesen. Bis auf eine Ausnahme: meine schwarze Lederjacke, die ich geliebt habe. Ich war auf dem Flohmarkt am Südstadion aus Langeweile und ohne echte Kaufabsicht umhergeschlendert, und dann sah ich die coolste Lederjacke seit dem Marlon-Brando-in-Faust-im-Nacken-Exemplar. Kurzer taillierter Schnitt, im Rückenbereich gerafft, große Seitentaschen und ein mächtiger Kragen, der, wenn man ihn hochschlug, mich wie einen – ja, früher hätte man gesagt – Halbstarken aussehen ließ. Eine pikante Note hatte die Jacke durch ihr Vorleben, das mir der Verkäufer preisgab. Bei der Jacke handelte es sich nämlich um einen alten SS-Ledermantel, der massiv gekürzt und schwarz gefärbt worden war: Schwerter zu Pflugscharen eben. Jetzt ist es raus:

hing an einem Drahtfaden, der wiederum an einer aufwendigen Metallkonstruktion befestigt war. Brehm hatte das ganze zwischen den Baumreihen des Beethovenparks[94] gefunden und das Tier haltbar gemacht; das Metall war sowieso rostfrei gewesen. Ich sagte mir, wer auch immer das Tier dort gelyncht hatte, er mußte diesem sadistischen Vater, der großschnauzig dreihundert Mark für den Kadaver hinblätterte, sehr ähnlich sehen. Vielleicht war es aber auch sein schwachsinniger Sohn gewesen, der neben ihm stand, abwechselnd Brehm und den Galgen betrachtete und die sich langsam um die eigene Achse drehende Schildkröte irrtümlich für E.T. hielt. Je mehr ich darüber nachdachte, desto mehr gefiel mir Brehms Idee. Sein Geschäft war vielleicht makaber, aber offensichtlich hatte er den Nerv der Zeit getroffen, denn seine Verkaufszahlen waren mehr als befriedigend. Und ich muß sagen, deutlicher, als jemandem solch einen Kadaver zu verkaufen, kann man niemandem sagen, was für ein perverses Schwein er ist. Razor und ich legten uns dann noch rundes Ohrgehänge[95] zu, um den Piraten perfekt zu machen, und da der Abend bereits vor die Tür

---

Andrack ist früher in umgeschneiderten Waffen-SS-Jacken herumgelaufen. Und das ist wirklich der größte deutsche Literaturskandal, seit Heinrich Böll im Spätherbst 1979 einmal ohne Baskenmütze am Rhein gesichtet wurde.

[94] Park im Süden Kölns mit vielen Hockeyvereinen, einem Rodelberg und einem großen Spielplatz. In der Nähe befindet sich das Geißbockheim, das legendäre Clubhaus des Vereins, der gemeinhin auch als »Real Madrid vom Rhein« bezeichnet wird.

[95] Diese Ohrringe hat Guy tatsächlich getragen, ich kann es bezeugen. Damit war er ein Pionier des Männerohrschmucks, der sich damals noch nicht der rasenden Beliebtheit wie heute erfreute. Nun gut, ich erfahre gerade, der Ohrringhype ist auch schon wieder vorbei.

rülpste, segelten wir ohne Umwege und mit einigen Knoten in die Schluckbude.

Simon stand am Tresen und war leichenblaß. Brehm hätte ihn ohne Probleme ausstopfen und verkaufen können.
Ich sagte: »Dachte, du fährst Taxi[96] heute abend?«
Simon sah mich an, als stieße ich ihm 'n Messer in 'ne offene Wunde und wühlte darin.
»Hey, was is' los, Alter?« fragte ich und bestellte zwei Paddy. Simon kippte das Zeug in sich hinein wie eine Mumie vor der Überfahrt. Er stand am Fluß, eingelullt in seine Mullbinden, und der Mann im Boot, der ihn ins Totenreich bringen sollte, wartete auf die Kohle für die Überfahrt. Es war so dieser Moment des Überganges vom leblosen Fleisch zur Todesstarre, und Simon schien seine Gedärme mit Whiskey zu ätzen, um die Fahrt hinauszuzögern. Ich verstand überhaupt nichts. Simon war einfach nicht der Typ für 'ne große Emotionsshow.
Ich sagte: »Ärger gehabt?« und er blickte mich an wie ein Gelähmter, dessen Gesicht sich zu einem Lächeln verkrampft.
»Nu' erzähl schon«, drängte ich. Geduld war noch nie meine Stärke gewesen, und Simon legte endlich los. Er war eben in seine Taxe gestiegen, als er in die Aachener[97] gerufen wurde, um dort jemanden abzuholen. Er fröhlich pfeifend hin,

---

[96] Viele Jungs aus meinem Umfeld fingen Ende der Achtziger an, Taxi zu fahren. Damals gab es noch die sogenannte Lehrerschwemme, vom Lehramtsstudium ging es direkt hinter das Taxilenkrad. Man erkennt diese Taxifahrer noch heute: Sie sind nahe der Pensionsgrenze, haben aber erstaunlich lange Haare und speckige Lederjacken für ihr Alter.

[97] Gemeint ist die Aachener Straße, eine der großen Kölner Ausfallstraßen und eine der wenigen Straßen innerhalb des Stadtgebiets

geklingelt und gewartet. Irgendwann ging die Tür auf und vier Frauen stiegen ein. Sie wollten nach Junkersdorf. Simon stellte die Uhr an und ab ging's. Die vier sahen gar nicht mal schlecht aus, so Mitte Dreißig, leicht aufgemotzt, nett, nett, aber Simon konzentrierte sich aufs Fahren und hörte auch nicht weiter zu, was seine Fahrgäste so laberten. Nur daß es zu irgendeiner Fete ging, bekam er mit und irgendetwas von einem »Bund der Verlassenen«. Na ja, Simon hielt an der gewünschten Adresse, und die Frauen stiegen aus. Die eine bat ihn noch, ihre Tasche ins Haus zu tragen, sie sei etwas schwer für sie. O.k., Simon aus dem Wagen, die Tasche untern Arm geklemmt und rein ins Haus. Die Tasche war übrigens verdammt leicht. Dann sagte man ihm, er solle die Tasche ins Schlafzimmer stellen. Er tat's, drehte sich um ... und blickte in einen Gewehrlauf.

- - - - - - - - - - - - - - - - - Schluck! - - - - - - - - - - - - - - - -

Man kommt sofort zur Sache und befiehlt ihm, sich auszuziehen; er tut's. Splitternackt steht er vor den vier Frauen – nein, inzwischen sind es fünf – und muß sich begutachten lassen. Hände überm Kopf, Beine gespreizt und verdammt rot im Gesicht. Man stößt ihn aufs Bett; die Flinte zielt noch immer auf seinen Kopf; fesselt ihn an die Bettpfosten. Mittlerweile reden sieben Frauen über seine körperlichen Vor- und Nachteile, und Simon ahnt Böses. Er erinnert sich an die Wortfetzen während der Fahrt, an den »Bund der Verlassenen«, Fetenstimmung. Ihm schwinden die Sinne. Das Zimmer füllt sich langsam; mehr und mehr Frauen betreten

---

überhaupt, deren Hausnummern bis in die Tausender gehen. Tatsächlich verläuft diese Straße in Richtung der Kaiserstadt Aachen. Genauso wie die Ausfallstraßen Richtung Olpe, Rösrath, Frankfurt, Bonn, Brühl, Hönningen, Luxemburg, Berrenrath, Zülpich, Gleuel, Düren, Venlo und Neuss.

den Raum, beschauen das Opfer, lachen. Fröhliche Atmosphäre, nur Simon fühlt sich wie ein Lamm auf der Schlachtbank. Er zieht an den Fesseln. Da ist kein Entkommen, da wird er durch müssen. Die Blicke der Frauen konzentrieren sich nun aufs Wesentliche. So viel Aufmerksamkeit ist seine Männlichkeit aber nicht gewohnt. Seine Eichel zieht sich hinter die Vorhaut zurück. Nichts wie weg! Er schrumpft und schrumpft. Dann erinnert er sich an den Gewehrlauf vor seinem Gesicht und gleichzeitig kommt der Befehl, seinen Ständer bereitzuhalten, sonst geht es ihm dreckig. Im Zimmer sind jetzt mindestens zwanzig Frauen. Einige helfen ihm, den Befehl auszuführen. Hände begrabschen seine Brust, einige kitzeln ihm die Beine. Dann sind die Eier dran. Die Flinte zeigt genau auf seinen Kopf, der Zeigefinger liegt locker am Abzug.

»Wird's bald!« Die Stimme ist drohend. Sie fordert, duldet keinen Widerspruch. Simon schließt die Augen. Er muß an etwas anderes denken. Das Meer fällt ihm ein. Sandstrand. Der Wind streift langsam die Haut. Er bastelt sich eine Frau zusammen, eine irre Frau, die ihn küßt, langsam runtergeht, ihn abknutscht. Er wird hart. Er wird unwahrscheinlich hart. Die Frau besteigt ihn am Strand. Simon lächelt. Simon öffnet die Augen. Der Atem stockt ihm. Schnell schließt er die Augen wieder. Irgendeine aus dem »Bund der Verlassenen« hat sich über ihm breitgemacht, reitet ihn, macht ihn alle. Rundherum sehen die anderen zu. Simon konzentriert sich; wo ist der Strand? Seine Frau ist weg. Über ihm vollzieht sich ein Wechsel. Diese liegt schwer auf ihm, keucht ihm ins Ohr. Er hält die Augen geschlossen, denn an seinem Kopf funkelt der Gewehrlauf. Die Stöße werden heftiger. Der Sandstrand ist wieder da, die Frau im Wind. Die Flut steigt, Muscheln schlagen gegen seine Beine.

»Versuch bloß nicht zu kommen, sonst dreh ich dir die Eier ab«, sagt die Stimme, die die Waffe in der Hand hält. Die Flut geht zurück, zerschmetterte Krabben sterben am Meeressaum. Riesige Wellenbrecher vor seinen Augen. Die sind wirklich dick. Ihre Titten schaukeln wie aufgeblasene Meeresalgen über seiner Stirn. Die Stricke schneiden in die Gelenke. Jetzt wird er bestimmt nicht kommen, nicht jetzt. Aber was, wenn eine ihm gefällt? Er muß das Meer vergessen, an Stacheldraht denken.

»Und versuch bloß nicht, schlappzumachen, King Kong!« Die Stimme kommt aus dem Gewehrlauf. Die Flut kommt und geht; ein einziges Hin und Her. Die Jockeys wechseln, das Pferd bleibt. Das immergleiche Pferd. Sein Unterleib beginnt zu schmerzen. Die Schwellkörper saugen sich so voll mit Blut, daß sein Schaft zu platzen droht. Er darf nicht kommen! Er darf nicht schlappmachen! Er darf nicht kommen! ... Die Flinte hat ihn genau im Visier. Vier oder fünf haben das Schlafzimmer verlassen. Bleiben noch fünfzehn, vielleicht sechzehn, oder warten draußen auch noch welche? Sein Schwanz beginnt sich zu verselbständigen. Er spürt ihn nicht mehr. Er sieht ihn stehen. Die Gezeiten lauern reglos; nur ein enormer Schmerz hängt am Ende des Schafts zwischen seinen Beinen. Er wird nicht kommen, und er wird nicht schlappmachen, aber der Schmerz wird wachsen. Sie vögeln ihn durch, sie nehmen sich, was sie wollen. Hat er was zu sagen? Er hat nicht. Er braucht sich nicht zu bewegen, das machen sie. Er könnte an etwas denken, seine Steuererklärung machen, aber der Schmerz frißt ihm das Gehirn weg. Sie werden ihm die Schamröte schon vertreiben. Der Schmerz macht ihn blaß. Er beißt die Zähne zusammen. Sie reiten wie die Wilden. Sie erreichen das Ziel. Er hängt noch im Startblock. Er beginnt zu zählen: eins, zwei, drei, vier, ... ganz langsam. Bei 7489 hört er auf, weil sich jemand auf sein Gesicht setzt. Er schnappt nach Luft. Eine buschige Mähne bedeckt seine Augen. Gestrüpp. Dschungel. Die Furche reibt sich ihm feucht übers Gesicht. Sie benutzen ihn wie ein Stück

Holz. Er denkt daran, ihr voll in die Möse zu beißen, aber er läßt es bleiben. Mit dem »Bund der Verlassenen« ist nicht zu spaßen. Sein Gesicht ist klatschnaß. Es tropft ihm in den Mund. Er schluckt, versucht zu atmen. Sie läßt ihn nicht. Er beginnt zu kämpfen, wirft den Kopf hin und her. Sie hält ihn an den Ohren fest. Ein anderes Mitglied des ominösen Bundes besteigt seinen Ständer. Er ist hilflos. Nach einer Stunde, oder waren es zwei oder drei, keine Ahnung, steht nur noch die Frau mit dem Gewehr im Zimmer. Simon schwitzt, er ist schweißgebadet. Sie setzt den Lauf an seine Stirn und besteigt ihn als letzte. Simon spürt sie nicht. Er spürt überhaupt nichts mehr, außer den Schmerz in seinen Lenden. Sie bewegt sich wie ein Furie, stützt sich dabei aufs Gewehr, das eine runde Einbuchtung in Simons Stirn hinterläßt. Sie scheint eng gebaut und blutet. Das Blut verbreitet sich über Simons Bauch. Er muß wegsehen, sonst wird ihm schlecht. Sie scheuert seinen Schaft wund, reißt ihm die Haut von der Eichel. Aber das Blut ist von ihr. Es tropft auf die Bettdecke. Simon betet. Sie schiebt ihn tiefer und tiefer in sich hinein. Sie verschlingt ihn. Das Blut bildet eine kleine Lache in seinem Nabel, schliert um seine Hüften. Sie soll kommen, verdammt nochmal, sie soll endlich kommen oder abdrücken, einfach abdrücken. Simon verzweifelt. Die Adern treten deutlich an seinem Hals hervor. Dann steht sie auf, stellt sich über ihn. Das Blut läuft ihr langsam die Schenkel hinunter bis zu den Knöcheln. Sie bindet ihn los. Er kann gehen. Simon torkelt zu seinen Hosen. Er hat noch immer einen Ständer. Er zieht sich an; das Blut verkrustet auf seinem Bauch. Ihm ist speiübel. Die Frau drängt ihn, das Haus zu verlassen. Es ist still. Die Räume sind leer. Hier scheint überhaupt niemand zu wohnen. Der Gewehrlauf stößt ihn vor die Tür. Simon schaukelt zum Taxi. Er fährt los. Er kriegt die Erektion nicht weg, so als hätten sie ihm alles abgebunden, und sein Blut finde keinen Ausweg aus den Schwellkörpern.

Zu Hause duscht er; er gießt sich eiskaltes Wasser über den Schwanz. Nichts. Dauererektion. Hengstfohlenkrankheit. Schmerz.
Ich war baff und fragte, ob er bei der Polizei gewesen sei?
»Und was soll ich denen erzählen, meinste?« sagte Simon, »vielleicht, daß einige Frauen mich vergewaltigt haben? Da wird mir doch jeder Bulle antworten, na, seien Sie doch froh, so viel Glück hat nicht jeder. Das kauft mir doch keiner ab.«
Tja, da hatte Simon recht. Wir überlegten noch eine Weile, was zu tun sei, kamen aber auf keinen grünen Zweig. Und Simon konnte schließlich nicht mehr vor Schmerzen und haute ab. Sein Ständer machte ihn wahnsinnig. Zum Glück hielt seine Erektion nur noch bis in die Nacht an, dann ward er von seiner Pein erlöst. Plötzlich war da wieder Strand, das Meer und diese irre Frau, und Simon kam wie die Flut in seine Laken. So viel ich weiß, war Simon bis dato nie so glücklich gewesen, seinen Schwanz schrumpfen zu sehen.[98]

---

[98] Kein Kommentar.

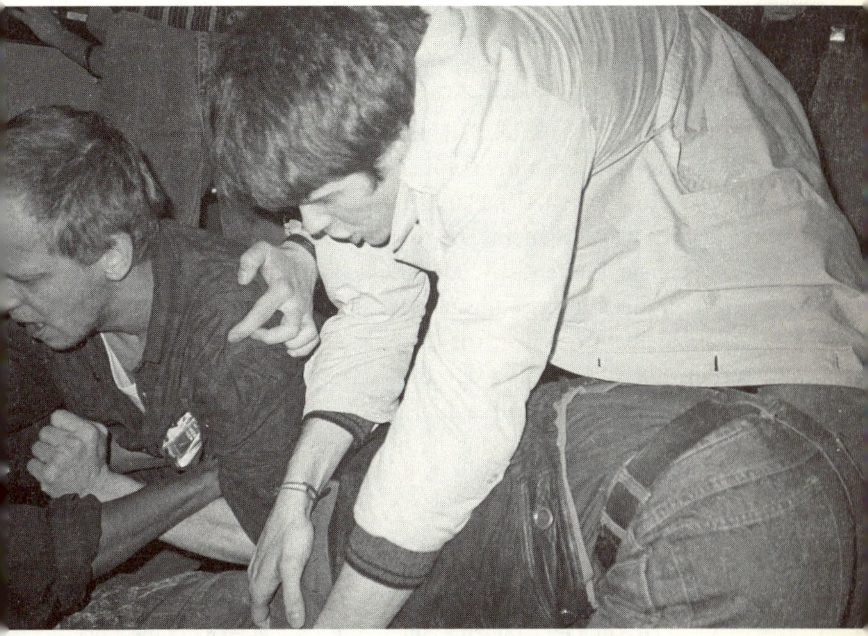

Achtes Kapitel

Es war voll im Sommer. Die Sonne warf ihre Ladung wie Dynamit in die Stadt. Alles schien zu kochen und war reif für 'ne Explosion. Die Mäntel,[99] die Razor und ich uns zugelegt hatten, waren natürlich viel zu warm, aber wir trugen sie trotzdem,[100] schifften nachts durch die Kneipen und warfen unseren Anker in der Schluckbude. Der Sommer war immer die Hochsaison der Punks. In ihren zerschlissenen Lederjacken litten sie nicht weniger als wir in unserer Seekluft, aber auch sie hielten sich tapfer. Sie kamen von überall her, Hamburg, Berlin, Ruhrgebiet, sogar London und ließen sich auf dem Bürgersteig vor der Schluckbude nieder. Das ganze sah aus wie'n Lager der Irokesen,[101] nur die Zelte fehlten; dafür lagen überall Schlafsäcke rum, und die Passanten wechselten die Straßenseite, wenn sie unglücklicherweise an

[99] Neben meiner schwarzen Lederjacke besaß ich noch einen kurzen, knallgrünen Stoffmantel, der gleichzeitig staatstragend und fesch aussah. Ohne diesen Mantel wäre ich meiner Frau nie aufgefallen, es hätte den magischen Moment des Kennenlernens nicht gegeben.

[100] Es war vor zwanzig Jahren absolut nicht üblich, der warmen Jahreszeit entsprechende Kleidung zu tragen. Kurze Hosen und T-Shirts waren verpönt, und viele weinen diesen Zeiten nach und schreiben immer noch dumme Artikel im Feuilleton über angeblich grässliche nackte Männerbeine.

[101] Leidige Modefrisur, Wiedergeburt im hochgegelten Miniformat durch Bastian Schweinsteiger und David Beckham.

diesem verdammten Bahnhof vorbeimußten. Es kam sowieso kaum einer vorbei, der das Losungswort nicht kannte, und das hieß: »Haste mal 'ne Mark, eh?« Ich weiß nicht, warum sie sich alle vor der Schluckbude trafen, aber unser Laden schien in ihren Kreisen so 'ne Art Geheimtip[102] zu sein, und zwar so geheim, daß das ganze Bahnhofsgelände restlos überfüllt war. Wir hatten nichts gegen die Bande, solange sie nicht mit leeren Flaschen gegen die vorbeifahrenden Taxen warf und nur still vor sich hinvegetierte; aber irgendwelche Idioten, die Scheiße bauten, waren immer darunter, und so mußten wir mehr als einmal unsere zerbrochene Fensterscheibe ersetzen. Aber nichtsdestotrotz war uns die skurrile Atmosphäre, die die Punks in die Schluckbude brachten, weitaus lieber als das aggressive Getue der Skins,[103] die zwar

---

[102] War die Station eine Kultkneipe? Zur Beantwortung dieser Frage müsste man erst einmal wissen, was genau eine Kultkneipe ist. Kultkneipensterne werden nicht vergeben, das mit dem Kult muss also extrem subjektiv sein. Wahrscheinlich gilt: Wenn zum Kult erhoben, dann schon nicht mehr Kult. Und so war das ja auch in der Station. Ich ging da ja nicht hin, weil es kultig war, sondern weil es mir Spaß machte, an diesem Ort meine Abend- und Nachtlebenszeit zu vergeuden.
Natürlich kann man den Grad des »Kultseins« an der Rezeption der Auswärtigen und in der Rückschau ermessen. Bei dieser Betrachtungsweise fährt die Station außerordentlich hohe Kultwerte ein. Die Kneipe war über die Stadtgrenzen hinaus bekannt, sogar Punks aus London sollen angeblich den Tipp bekommen haben: »When you are in Cologne, you have to go to the pub called Station.«
Und in der Rückschau wird die Station gar mythisch verklärt; die Gnade der frühen Schließung, die Jamesdeanisierung einer Schenke. So toll war's da auch wieder nicht. Viel Bier trinken, gute Musik hören, würfeln. That's it.

[103] Ich kannte einen Skin aus der Grundschule in Ostheim. Also, in der Grundschule war er natürlich kein Skinhead gewesen, und nach

nie bei uns auftauchten, aber in anderen Läden in der Gegend ihr Unwesen trieben. Wir haßten diese rechten Furztaschen, die bewaffnet die Straßen durchkämmten und »Drittes Reich« spielten. Sie waren uns zuwider. Na ja, und eines Abends, als Shylo und ich ein Tröpfchen zu uns genommen hatten und Shylo wieder einmal begann, seine Vorliebe für Messer zu entdecken, damit rumspielte, als wir auf dem Weg zur BumBumBude waren, marschierten zwei dieser Kahlnacken auf uns zu und suchten Streit. Sie wollten uns zusammenschlagen wie weiche Kürbisse, und die Lage wurde derart bedrohlich, daß sogar Shylos Gebiß sich im Zaum hielt und nicht wie sonst, wenn er gesoffen hatte, ständig runterklappte. Vielleicht biß er auch auf die Zähne, als er zustach; jedenfalls tat er es im richtigen Moment, sonst hätte ich meinen Kopf als Tomatenbrei auf die Pizza schmieren können. Shylo traf den Typen in den Oberschenkel. Er stach nur kurz zu und zog das Messer sofort wieder raus. Die Wunde war nicht einmal tief, aber wirksam, denn die Glatzen suchten das Weite, und zwar so schnell, daß der eine sogar seinen Baseballschläger vergaß. Wir ließen ihn liegen und trotteten hoch, um noch einige Biere zu trinken, und ich wunderte mich, daß diese Szene sich so weit oben, kurz vorm Ring abgespielt hatte, denn der verfluchte Bahnhof lag eigentlich unten, krächzend wie ein verendendes Tier, aber in sicherer Entfernung.

---

der Grundschule war er zunächst Punk. Dann hatte er aber andere Freunde gefunden und war Skin geworden. Keine Haare statt abstehender Haare. Er hörte aber immer noch die gleiche Musik, und ich habe nette Abende in seiner Wohnung verbracht. Er behauptete immer, sein Skin-Sein habe keinen politischen, sprich rechten, sprich ausländerfeindlichen Hintergrund. Ich glaubte ihm, denn er war wirklich ein netter Kerl. Wahrscheinlich war entweder er oder ich sehr naiv.

Bahnhöfe wechseln selten den Ort, und selbst wenn sie stillgelegt werden, bleibt ihr Fluch an alter Stelle haften. Wo sie einmal hinlangen, da wächst kein Gras mehr. Umso erstaunlicher fand ich, daß Myra mich noch nicht verlassen hatte, denn der Bahnhof hing wie einst dieses berühmte Schwert bedrohlich über dem Faden unserer Beziehung. Aber Myra nahm Bahnhöfe als eine derartige Selbstverständlichkeit hin, daß die Gleise nichts gegen sie vermochten. Die Züge schnaubten und tobten, Waggons wanden sich durch die Gegend, Zischen und Schreien, aber Myra blieb bei mir. Ja, sie wurde zum einzigen Ruhepunkt in meinem verfolgten Dasein, einem Ruhepunkt, der mir überhaupt erst ermöglichte niederzuschreiben, was mir täglich auf der lallenden Zunge lag. Nicht daß sie nicht mit uns durch die Kneipen gezogen wäre, im Gegenteil, sie tänzelte dem Rausch nicht anders zu als wir; und mehr als einmal mußte ich sie nachts nach Hause schleppen, weil sie sich kurzerhand über das Mäuerchen neben der Schluckbude gelegt hatte, um ihren Magen zu erleichtern – (Habe ich eigentlich schon gesagt, daß ich nichts gegen kotzende Frauen habe? Ja? Gut.) –, aber sie brachte trotzdem Ruhe in mein Leben. »Ruhe« heißt nicht »schlafen« oder »gemütlich vor sich hindösen«, nein, was ich meine, ist eine Kraft, die dir ermöglicht, das zu tun, was du schon immer tun wolltest. Sie ist wie ein Startloch, zu dem man immer wieder zurückkehren und von wo aus man immer wieder neu beginnen kann. Es ist die Insel, die einen vorm Versumpfen rettet; nicht weil auf ihr besondere Pflanzen wachsen oder seltene Vögel dort ihre Nester bauen, sondern einfach weil sie da ist. Oskar mußte es übrigens ähnlich ergangen sein, denn soweit Shylo mir erzählte, fing Oskar, kurz nachdem er Tamar kennengelernt hatte, an zu malen. Er hatte grandiose Ideen. Ich erinnere mich an ein Bild, das kaum 7 mal 15 cm hatte und auf dunkelblauem Hintergrund oben in der Ecke einen weißen Kreis und unten

ein gelbes Rechteck zeigte. Das Ganze hieß: »Bei Vollmond zum Nachthimmel aufsteigende Telephonzelle.« Er gewann zwar nie einen Preis damit, aber zu Weihnachten hing das Werk zwischen Sparschweinchen aus Plastik und aufgeblasenen Präsern am Weihnachtsbaum, und ich schwöre bei meiner Großmutter, die von Kunst nun wirklich keine Ahnung hat, das sah verdammt gut aus. Natürlich malte Oskar auch Schilder, Verkehrsschilder. Ich mein', jeder setzt sich mit dem auseinander, was ihn am meisten betrifft. Und für Oskar war so ein Stopschild ja nichts Unwesentliches. Ich nehme an, daß Shylo, wenn er gemalt hätte, Fleischbrocken auf die Leinwand gezaubert hätte oder ein dicke, fette Schlammkröte auf der Couch. Und beim Betrachten seines Meisterwerkes hätte er wohl ausgerufen: »Ich liebe mich«, oder er hätte in die Fleischbrocken gebissen und das Gemälde zerstört. Der liebe Gott wird schon wissen, warum er Shylo bei seiner Geburt keinen Pinsel in die Hand gedrückt hat. Aber auch ohne Malerei hatte Shylo seinen Ruhepunkt gefunden – ob durch Marie oder ob vorher, sei dahingestellt –, jedenfalls verließ er seine Couch nie kraftlos, sondern immer gestärkt und zu neuer Trunkenheit bereit. Es war, als sauge er die Energie aus dem zerschlissenen Stoff, und er kam immer gutgelaunt und fröhlich in die Schluckbude. Ich weiß nicht, ob wir den Frauen auch diese Ruhe vermittelten wie sie uns, keine Ahnung, aber ich habe oft genug erlebt, daß, wenn Shylo sich von der Couch erhob, langsam, besonnen, und jeder wußte, jetzt beginnt der Abend, Marie ihn nur kurz anblickte, dann aufstand und das Wohnzimmer verließ. Und noch ehe sie die Tür hinter sich schloß, hörten wir sie leise sagen: »Verdammte Scheiße!«
An einem dieser Abende fuhren Shylo, Oskar, Kai und ich mit der Ente in die Südstadt. Wir hatten die Schluckbude abgeschlossen, aber keinen Bock auf die ewige BumBumBude mit

der Scheiß-Acid-Musik[104] und den immergleichen Köpfen und rasten also volltrunken zu einer Kneipe, die Oskar uns empfohlen hatte. Shylo war in Hochstimmung und fuhr wie ein Bekloppter. Jedesmal, wenn ein Fußgänger vor ihm die Straße überqueren wollte und er einfach weiterfuhr, brüllte er: »Beschädig' du mal die Ente, dann reanimier' ich dich und fahr dich dann nochmal platt.« Jedenfalls war's 'n lustiger Abend, und wir erreichten bald die anvisierte Kneipe. Na ja, es war eher 'n Loch, zwar rustikal aufgemöbelt, aber ziemlich klein, und das Publikum bestand nur aus Besoffenen, einigen Wattefüßen, 'n paar Pennern und einer Frau, die hinten an einem Spielautomaten stand und Unmengen an Kohle in den Schlitz warf. Wir setzten uns an die Theke und bestellten Schnaps. Ich mein', ich kenne in Köln kaum 'ne Kneipe, in der wir um diese Uhrzeit in unserem Zustand noch was bekommen hätten, aber der Wirt gab uns, was wir wollten, und wir süffelten also vor uns hin. Irgendwann sagte Kai: »Die Alte am Automaten gefällt mir.« Das war so der Beginn einer Diskussion, ob die wohl darauf wartete, abgeschleppt zu werden oder nicht. Keine Ahnung mehr, was für 'n Driß wir zu diesem Thema so von uns gaben, jedenfalls endete das Ganze mit 'ner Wette. Oskar war überzeugt davon, er könne ihr an die Titten fassen, ohne eine gelangt zu bekommen, und er setzte 50 DM. Wir bezweifelten das natürlich und hielten dagegen. Na ja, und so torkelte Oskar denn los, stellte sich hinter die Alte und faßte ihr mit beiden Händen an die Titten. Keine Reaktion. (???) Sie warf einfach weiter Geld in

---

[104] Wie man das nun nennt, ob Acid, House, HipHop oder Scheiß, es war alles das Gleiche. An dieser Musik merkte ich schnell eine galoppierende Frühvergreisung bei mir: »Kinder, das ist doch keine Musik mehr!«, hörte ich mich schon mit 24 sagen. Es lebe die Drei-Akkorde-Gitarrenmusik!

den Schlitz. Wir schauten uns verblüfft an und selbst Oskar war baff. Er kuckte zu uns rüber und fragte: »Und nu?« Wir zuckten mit den Achseln. Kai konnte das alles gar nicht glauben und wollte selbst die Sachlage prüfen. Er stand auf, stellte sich neben Oskar und nahm zögernd ihre linke Brust in die Hand. Oskar hielt die rechte. Keine Reaktion. (???)
»Ich hab' 'nen Fuffi gewonnen«, lallte Oskar.
»Sieht ganz so aus«, sagte Kai, und sie setzten sich zurück an die Theke. Kurz danach, beim nächsten Schnaps, hatten wir den Vorfall eigentlich schon vergessen, als Shylo mich plötzlich anstieß und mit dem Kopf in Richtung Spielautomaten wies. Wir waren die Zeit vorher offensichtlich beobachtet worden, denn nun standen drei Penner hinter der Frau und bearbeiteten sie. Die Jungs hatten ihre Hände überall, am Hals der Alten, an ihrer Brust, an ihrem Bauch, unterm Pulli, und einer schob ihr langsam seine Hand unter den Rock, zog ihren Slip runter und versenkte einen Finger in ihrer Möse. Halleluja! Natürlich kuckten wir gespannt zu. Übrigens nicht nur wir, der ganze Laden glotzte zum Spielautomaten und der Wirt machte die Musik aus.
... Stille ...
Sie begann zu stöhnen. Kein Mensch gab mehr ein Geräusch von sich. Nur ihr Stöhnen hing im Raum. Gläser wurden vorsichtig hochgehoben, der Rauch verließ zögernd die Lunge; Trance. Ihr Atem aber wurde schneller.
»Da muß man eingreifen«, sagte Kai und blieb auf seinem Hocker sitzen. Irgendein Gast blickte sofort mürrisch ob des idiotischen Vorschlags in unsere Richtung, während zwei der Penner ihr den Pulli hochschoben und ihr langsam die Titten massierten. Na ja, und der dritte tat, was man halt so tut, und ließ rhythmisch seinen Finger zwischen ihren Beinen verschwinden, um ihn dann wieder rauszuziehen. Das Stöhnen wurde lauter. Ihre linke Hand krallte sich am Spielautomaten fest, während ihre rechte weiterhin Münzen in den Schlitz

warf. Ich fand das schon erstaunlich, wie lange die Alte sich in dieser Situation auf das Spiel konzentrieren konnte. Oder??? Einer der Männer begann an ihrer Brustwarze zu saugen, und der Automat zeigte prompt fünf Freispiele an. Wir sahen die Frau nicht von vorn, aber sie mußte den Mund weit geöffnet haben, denn ihre erstickten Atemlaute kamen von tief unten aus dem Hals und schienen sich trichterförmig über dem Spielkasten zu dehnen, um fast gehetzt zu verhauchen. Ich zündete mir 'ne Kippe an und kuckte in die Runde. Niemand bestellte mehr 'n Bier. Die Wattefüße schienen ihre Getränke vergessen zu haben, vielleicht freuten sie sich, auch mit 80 nochmal 'nen Ständer zu bekommen, oder onanierten heimlich unterm Tisch wie früher unter der Bettdecke, was weiß ich. Jedenfalls ging der dritte Penner langsam in die Knie, nahm einen zweiten Finger zu Hilfe für das rhythmische Spiel und schob ihr langsam den freien Daumen in den Arsch. Sie quiekte ergötzlich, ließ dann noch 'ne letzte Münze in den Schlitz fallen und schluckte wie 'ne Kobra. Die restlichen Markstücke, die sie bis dahin in der Hand gehalten hatte, rollten klingend zu Boden.
Dann wieder Stille.
Es war wie 'ne Sinfonie für Arme. Der Komponist hatte die Noten für Nebengeräusche etwas spärlich übers Papier verteilt, und einzig die Diva sang: »Ja, ja, ja, ja.« Dann warf es sie leicht nach vorn. Sie lehnte ihre Wange an die Glasscheibe, während ihre Hände sich an den eckigen Formen des Automaten festhielten. Ihre Lippen waren tatsächlich weit geöffnet, und ihre Titten baumelten über den Mündern der beiden gebückten Männer, die gierig ihre Zungen kreisen ließen. Ihr Freund setzte seine zweite Hand ein, streifte mit seinem Zeigefinger verspielt ihren Kitzler, während seine rechte gleichzeitig in beide Öffnungen drang, die Geschwindigkeit steigernd, behutsam schneller. Es konnte nicht mehr lange dauern, denn sie ließ nun ihre Hüften kreisen, ein provozie-

rendes Oval, dann immer unkontrollierter wie ihr Atem; kleine Schreie entflohen ihrem Hals. Sie preßte; die Augen weit aufgerissen; kurze heisere Laute, fast rauh, und dann ein schrilles, abgebrochenes Aufbäumen, so als hätte plötzlich ihre Stimme versagt. Sie atmete schwer. Die Jungs ließen von ihr ab, standen, blickten sich an. Keiner schien zu begreifen, was passiert war. Die Alte drehte sich langsam um, sah zu ihnen hoch. Ein kurzes, kaum merkliches Lächeln, dann leise: »Thank you.« Ich faßte mir an den Kopf. Sie zog ihren Slip hoch, schob ihren Rock zurecht; ein irritierter Blick in die Runde, der sie erröten ließ, so als werde sie sich eben erst der Anwesenheit der anderen Gäste bewußt. Sie verließ das Lokal. Wir blickten ihr stumm hinterher. Der Wirt schaltete den Cassettenrecorder wieder ein, die Gäste bestellten Bier, und Tom Waits sang: »You got to keep him down in the hole.«[105]

»Is' das hier 'ne Recycling-Firma oder was?« brüllte Zimmi, »hier kommt ja nur Müll rein.«
Wir standen versammelt an der Theke in unserem Wohnzimmer, und ich muß sagen, Zimmi hatte nicht ganz unrecht mit dieser Frage, die nach keiner Antwort verlangte. Es war, als sei ein zweiter Frühling ausgebrochen und mit ihm die kaputtesten Typen. Sie hatten keine offenen Wunden, und sie schielten nicht, aber ihre Augen waren so leer und seelenlos wie ausgehöhlte Fischkadaver. Sie tauchten in Gruppen auf, so als zögen sie sich gegenseitig an, und doch kannte keiner den anderen. Es waren gebrochene Menschen, gebrochener als jene Namenlosen, die im ersten Frühjahr aufgetaucht waren und mit sich selbst quatschten, denn für diese zweite Generation gab es auch keine innere Welt mehr, in der jemand ihnen

[105] »Way down in the hole«, siebter Song auf Tom Waits' LP »Big Time«, Island Records 1988.

zugehört hätte. Sie waren Einzelgänger, und sie waren unberechenbar. Was sie mit den Namenlosen von einst verband, war, daß sie oft stundenlang verstreut durch den ganzen Laden an irgendwelchen Tischen saßen oder unbeweglich in einer Ecke standen und dann wieder gingen. An anderen Tagen jedoch drehten sie irgendwann durch. Sie schnellten plötzlich hoch, griffen sich irgendeinen Gast und schlugen zu; oder sie liefen mit dem Kopf gegen den Spiegel, bis er zerbrach. Sie waren kaum zu bremsen und schon gar nicht ansprechbar, und niemand sah ihnen an, was sie fühlten.

An diesem Abend hing der Vollmond wie ein rasierter Totenschädel über den Gleisen, und unsere Irren sahen im nächtlichen Licht noch blasser aus als gewöhnlich. Es war so 'ne Nacht, in der die Leichen den Melatenfriedhof verlassen und ruhelos durch die Straßen hetzen, auf der Suche nach einer Schale Leben. Wir feierten zu dieser Stunde gerade Razors ersten offiziellen Boxkampf. Nach langem Training war er erstmals in den Ring gestiegen und hatte seinen Gegner nach einer linken Geraden mit einem rechten Haken kaltblütig aus den Seilen geschlagen. Das Ganze war so schnell abgelaufen, daß wir überhaupt keine Zeit gehabt hatten, so recht in Stimmung zu kommen, und so tranken wir denn 'ne Kleinigkeit auf seinen Sieg in der Schluckbude. Wir ließen Razor hochleben und waren sozusagen in bester Stimmung, trunken und an die Barhocker gefesselt, nur Zimmi schien alle Leute noch mehr zu hassen als sonst und spuckte jedem vor die Füße. Na ja, und plötzlich merkten wir, einer der Irren bewegt sich. Natürlich hofften wir alle, er werde sich die Wand aussuchen, um seinen Breitschädel dagegen zu knallen, aber er stürzte sich auf Simon, ausgerechnet auf Simon, der zwar nicht mehr von seiner Dauererektion geplagt wurde, aber doch noch nicht ganz erholt aussah. Klarer Fall, daß wir uns dazwischenwarfen, d.h. wir kamen eigentlich zu spät, denn Shylo hatte sich die Leiche gleich geschnappt und durch einen gekonnten Würgegriff am Boden unschädlich gemacht. Gemeinsam warfen wir ihn dann vor die Tür und hofften, den Fall damit erledigt zu haben. Aber er war eben ein verdammter Irrer, und das Mondlicht ließ ihn aufschreien wie ein verwundeter Wolf. Er brüllte, röchelte, zog sich sein Hemd aus und stand mit nacktem Oberkörper auf dem Bürgersteig vor unserer Glasscheibe, auf die Brehm einst in Großbuchstaben geschrieben hatte: BITTE NICHT FÜTTERN!, weil alle möglichen Leute an punkfreien Tagen im Vorbeigehen sich ihre Nasen am Fenster plattdrückten und uns am Tresen beobachteten wie seltene Echsen im Terrarium. Der Irre begann wie ’n wildgewordener Affe hin und her zu springen, schlug sich dabei die Brust wund und schien uns mit seinen unverständlichen Lauten zum Kampf herausfordern zu wollen. Na ja, wir tranken weiter auf Razor und ließen den Kerl rumhampeln, aber irgendwann begann dieser Neandertaler wahllos die Leute, die die Schluckbude verließen, anzugreifen. Er schnappte sich den erstbesten mit seiner gelenkigen Tatze, hielt ihn fest und vergrub seine Zähne im Fleisch des Opfers, das sich so unmöglich befreien konnte, es sei denn, es hätte freiwillig auf das eigene Stück Schulter oder Hals verzichtet. Mit der anderen Klaue bildete der Irre eine Faust, und während seine Schnauze das Wild festhielt, schlug diese Faust unerbittlich zu, bis das Blut alle Gesichtszüge seines Opfers unkenntlich gemacht hatte. Wir torkelten also vor die Tür und stürzten uns auf ihn, aber der Irre schien nun ein Bündel an Kraft und Energie zu sein und schüttelte uns ab wie lästiges Getier. Ich dachte mir, so ’n Tier schlägt man doch am besten in die Flucht, indem man sich genauso affig benimmt wie es selbst, und begann zu brüllen. Ich brüllte wie ’ne Pavianrotte, die ihr Jagdrevier verteidigt. Und, Jungs, ich kann euch sagen, ich war selbst über mein stattliches Organ erstaunt. Der ganze Südbahnhof erschauerte, und der Irre hielt einen Moment irritiert inne, neigte den Kopf seitwärts und blickte mit leeren Augen in mein vom Kampfgeschrei zerfurchtes Gesicht. Ich weiß nicht, wie lange wir so standen, ich mit zugeknalltem Hirn und hoffend, der Gorilla möge meine Taktik nicht durchschauen, und er scheinbar verwirrt über die Töne seines Gegners, als plötzlich 'ne Bullensirene zu uns rüberdrang und den Irren aus seiner kontemplativen Haltung warf. Er schlug blitzschnell zu und traf mich voll am Oberkiefer. Die Lippe platzte, und die rote Gülle lief mir sabbernd übers Kinn. Ich zog mich zurück. Der Gorilla aber hatte sich gleich wieder in jemandes Genick verbissen und schlug erbarmunglos zu. Die Bullen kamen und setzten Knüppel ein; und irgendwann lag das Tier überwältigt am Boden, fünf grüne Mützen in seinem Rücken. Mit 'nem riesigen Krankenwagen, so 'ne Art Sammelbehälter für verletzte Großstadtjäger, wurden die blutenden Opfer schließlich ins Krankenhaus gefahren. Mich hatte man gleich mit eingepackt, weil ich mir durch eine unglückliche Kratzbewegung das ganze Blut durch die Fresse geschmiert hatte und aussah, als hätte der Irre mir die Haut vom Gesicht gezogen. Na ja, und als wir ankamen, ich mich gewaschen hatte und der Arzt zur Nadel griff, um meinen Mund zu restaurieren, dachte ich, Junge, halt besser mal den Atem an; aber der Geruch vom guten alten Paddy strömte mir aus den Nüstern, und der Doc sagte: »Dich brauch ich ja wohl nicht mehr zu betäuben«, und setzte mir die Nadel quer durch die Wunde. Ich spürte tatsächlich nichts, und das Ganze war nicht weiter schlimm; nur beim Spucken traf ich in den darauffolgenden Tagen nie mein Ziel, sondern immer meinen Seefahrermantel oder mit viel Glück die abgelatschten Stiefel drunter.

Und eines Abends, als wir Feierabend machten, und ich versuchte gerade wieder einmal zu spucken, merkte ich, daß Edgars Augen noch gläserner geworden waren als früher. Seit der Geschichte mit Molly schienen sie beständig ihre Farbe zu verlieren und entwickelten stattdessen einen eigenartigen Glanz, der von Monat zu Monat auffälliger wurde. Ihr sich periodisch veränderndes Leuchten schien jeweils eine neue Phase in Edgars Dasein einzuleiten und tatsächlich, als er Lynn an diesem Abend aufs Spülbecken setzte und in sie eindrang, war jene Wut, mit der er sie noch damals auf dem Flipper genommen hatte, gänzlich verflogen. Er schien gelangweilt, abwesend, mit seinen Gedanken ganz woanders. Er vögelte sie, wie ein Mönch nach fünfzigjährigem Klosteraufenthalt seine Gebete verrichtet, unbeteiligt, pflichtgemäß, der Macht der Gewohnheit erlegen. Ich weiß nicht, woran er dachte, während sein Schwanz sich mechanisch in Lynns Unterleib vergrub, aber der Haltung seines im Nacken liegenden Kopfes nach zu urteilen, die glänzenden Augen steil gegen die verschimmelte Decke gerichtet, war es nichts Weltliches, was ihn beschäftigte. Er schien bis zum Hals in irgendwelchen Mythen zu schwimmen und bewegte sich nur zögernd, um die Geister nicht zu verjagen. Lynn und er sahen aus wie ein lebensgroßes Puppenspiel, das man aufgezogen hatte und das nun seinen Akt vollzog, solange die Feder im Inneren noch Spannung hatte. Und ich muß sagen, Lynn schien dabei nicht gerade glücklich zu sein. Sie saß auf dem Becken und wartete auf Edgars Leidenschaft, aber stattdessen blieb ihre Muschi so blutleer wie die Stimme eines Eunuchen. Edgar kriegte überhaupt nichts mehr mit, dabei hatte er den ganzen Abend kein Tröpfchen zu sich genommen. Vielleicht war das auch das Problem, dachte ich, aber ich irrte mich, wie mir 'n paar Wochen später bewußt werden sollte. Jedenfalls wurde Lynn schon bald klar, daß das Ganze keinen Sinn hatte, und sie schob Edgar aus sich raus, sprang vom Spülbecken und haute ab. Und Edgar blieb in der Küche stehen, weit, weit weg, ließ seine Jeans auf den Knien hängen, seinen Ständer im luftleeren Raum und starrte die Kacheln an der Wand an. Weit oben zwitscherten die Engel, zupften

sich die Federn aus ihren Flügeln und kreisten um die Wolken wie Raben übers Stoppelfeld, bis eine dröhnende Stimme ein Machtwort sprach.
Dann ward es still.
Edgar zog sich die Hosen hoch und trottete aus der Küche. Seine Augen waren so hell und leuchtend wie zwei Gletscher im Sonnenlicht. Uns fröstelte. Wir verließen den Laden und schlenderten rüber zu Shylo – Oskar, Tom und ich –, weil dort 'ne Videonacht geplant war und Marie 'ne Menge Bier eingekauft hatte. Edgar aber ging von dannen und suchte seinen eigenen Pfad.

Auch Brehm suchte, allerdings keine Pfade, sondern Wege, wie man in diesen Zeiten Geld verdienen konnte, ohne groß zu malochen. Seine anarchistische Weltanschauung verbot es ihm grundsätzlich, auch nur einen Finger für diesen Staat, in dem er lebte, zu krümmen, ansonsten hätte er seinem Freund Bakunin, der groß in seiner Dachkammer thronte, nie wieder in die Augen sehen können. Na ja, und so kam ihm eines Tages die Idee, ein Überlebensprogramm für Yuppies[106] in der Großstadt zu entwerfen. Er hatte im Fernsehen irgendso 'n Typen gesehen, der gegen Kohle wochenends einen Trupp Freiwilliger in den Wald verschleppte und ihnen dort Würmer zum Frühstück servierte. Den Rest des Tages mußten sie dann auf Bäume klettern und durch Schlamm waten. Und Brehm sagte sich, warum extra in den Wald gehen, wenn

---

[106] YUPPIES: Abkürzung für Young Urban Professionals. Als Yuppie hatte man einen schlauen Job (Anwalt, Banker, Sohn), hörte Heaven 17 und war als Jugendlicher Popper gewesen. Wenn man dann heiratete, gehörte man womöglich zu den DINKIES (Double Income, No Kids). Die Wörter Yuppies und Dinks sind etwas in die Jahre gekommen, das Phänomen existiert allerdings unvermindert. Siehe auch Singlegesellschaft und demographische Katastrophe.

die meisten Lebensgenossen doch in der Stadt ihr Dasein fristen, und gab eine Anzeige auf, in der er seine Dienste feilbot. Und die Lebenshungrigen kamen in Scharen. Brehm kassierte von jedem 300 DM pro Wochenende und ab ging's. Als erstes mußte jeder seine Schuhe abgeben und barfuß den Marsch durch die Straßen beginnen. Schließlich ging es um 'ne Ausnahmesituation, nämlich ohne Wohnung und ohne Geld in einer fremden Stadt zu überleben. Brehm hatte einfach 'ne Zeitlang die Penner auf der Straße beobachtet und ließ seine Freiwilligen dementsprechend ihr Wochenende verbringen. Dann mußte sich jeder von ihnen – Aufgabe Nr. 2 –, nachdem die Schuhe in der Plastiktüte verstaut waren, in irgendeinen Hauseingang setzen und 'ne Flasche vom schlechtesten Rotwein kippen. Das haute die meisten schon um. Brehm war das nur recht. Sie hatten bezahlt, und je mehr von ihnen ihren Abenteuerurlaub frühzeitig unterbrachen, desto leichter war es, mit den anderen fertigzuwerden. Aber 'n paar besonders Clevere gab es immer dabei. Sie hatten ihren Flanellanzug wohlweislich zu Hause gelassen und nahmen die Sache sehr ernst. Sie fühlten sich offensichtlich toll dabei, wie arme Schlucker, besoffen und stinkend, auf einer Mauer zu liegen und sich von Hunden bepinkeln zu lassen. Tja, und so schickte Brehm sie immer tiefer in jene Schichten des Lebens, von denen die Freiwilligen nicht einmal ahnten, daß sie existierten. Natürlich spielte die Schluckbude in Brehms Plan auch 'ne Rolle. Er warnte uns immer mittags, daß er abends wieder 'ne Horde vorbeibringen würde, und wir wußten, was zu tun war. Und wenn Brehm dann mit seinen Kandidaten auftauchte, barfuß, allesamt verdreckt und müde, und sie keinen Groschen in der Tasche hatten, auch nur 'n halbes Bier zu bezahlen, warfen wir sie brüllend auf die Straße. Die meisten schrien wie kleine Ferkel vor lauter Angst. Na ja, und Brehm drängte sie, sobald sie auf der Straße lagen, wieder reinzukommen. So

ging das Spielchen hin und her, bis die Überlebenden sich vor Angst in die Hosen machten oder bis wir die Nase voll hatten und mit der Polizei drohten, wenn sie den Laden noch einmal betreten würden. Brehm schleppte seine Herde dann auf die andere Straßenseite, wo sie die Passanten anschnorren mußten, denn das war fürs Überleben in der Großstadt existentiell. Die Kohle aber, die die Jungs bekamen, durften sie nachträglich bei Brehm abliefern. Übrigens saß er währenddessen bei uns an der Theke und trank gemütlich sein Bier. Irgendwann schickte die bettelnde Clique dann den Mutigsten rüber und ließ nachfragen, ob denn heute nichts anderes mehr auf dem Programm stünde?
Brehm sagte: »Habt ihr Hunger?«, und der Mutigste der Mutigen nickte hechelnd. Brehm trank sein Bier aus, ging vor die Tür und ließ seine Schützlinge die Mülltonnen nach Eßbarem durchwühlen oder die Currysoße[107] aus den weggeworfenen Pommestüten lecken. Spätestens ab da gaben immer alle auf, und Brehms Überlebenswochenende war nach zwölf Stunden gegessen. Na ja, er verdiente ganz gut damit, und ich schwöre bei meiner Großmutter, die jeden Anarchisten für einen Erzengel Gottes hält, daß Brehm nie etwas Unrechtes tat, sondern den Leuten immer nur das verkaufte, nach dem ihr abgestumpftes Hirn sowieso gierte. Ja, das ganze Überlebenstraining hatte sogar oftmals 'nen positiven Nebeneffekt. Denn Brehms Yuppies, den niedern Straßen der Armut entronnen und zu ihrem normalen Alltag

---

[107] Ob die Wurst in Currysoße, kurz Currywurst, in Hamburg oder Berlin erfunden wurde, ist strittig. An dieser Stelle möchte ich zu diesem diffizilen Themenkomplex als weiterführende Sekundärlektüre die ausnehmend einnehmende Novelle von Uwe Timm »Die Erfindung der Currywurst« empfehlen, 1993 erschienen im Kölner Verlag Kiepenheuer & Witsch.

zurückgekehrt, wußten plötzlich, daß die eigentlichen Penner, die tatsächlich überleben wollten, alles andere als wie die Könige vegetierten. Zwar gab das nie einer zu – in ihren Kreisen wäre das tödlich gewesen –, aber ich habe den ein oder anderen zufällig beobachtet, wie er sich umsah, schnell einen Griff in die Tasche tat und mit hochrotem Kopf 'ne Münze in irgend'n Hut fallen ließ. Na ja, und jene, die die Märker nicht fallen ließen, hatten oft sogar noch mehr Glück und kamen selbst zu Fall, frei nach dem Motto, man muß sich ruinieren, um leben zu können. Sie hatten plötzlich die Welt gespürt, erblickten 'ne einmalige Chance, ihrem Dasein endlich etwas Leben einzuhauchen, gaben ihren Job auf, zogen in 'ne WG, und 'ne Woche später waren sie kaum wiederzuerkennen. Sie sahen nun tatsächlich aus wie Menschen, tranken Paddy und hatten 'ne Menge Spaß mit uns und den Irren in der Schluckbude. Klar wurden einige von ihnen irgendwann rückfällig, suchten sich eines Tages wieder einen geregelten Job und sprangen sechs Monate später von der erstbesten Brücke; aber viele von ihnen wurden geheilt, und Brehm überlegte sich, ob er nicht 'ne Praxis eröffnen sollte, um seinen lebensunfähigen Yuppiegenossen jene existentielle Vitalität neu einzuimpfen, die sie auf ihrer Schlittenfahrt in die Einöde des freien Marktes hinter sich gelassen hatten. Aber der Staat – »Natürlich der Staat«, sagte Brehm, und Bakunin zwinkerte ihm dabei schelmisch über die Schulter zu[108] – versagte es ihm, und so stopfte Brehm weiterhin Tierkadaver aus und ließ seine Patienten Gyroshäppchen von der Straße auflesen.

---

[108] Bakunin konnte Brehm natürlich nicht über die Schultern gucken, da der alte Anarchistenzausel schon 1876 verstarb. Mensch, Helminger, pass mal besser auf!

Neuntes Kapitel

Ich muß an dieser Stelle leider eine Kleinigkeit einflechten. Meine Großmutter hat gerade die ersten Seiten meines Manuskriptes gelesen und sie meinte, ich solle sie gefälligst bei meinen Ferkeleien[109] aus dem Spiel lassen. O.k. Ich entschuldige mich hiermit. Vergeßt alles, was ihr über meine Großmutter wißt.

Längere Zeit war es ruhig um Käpt'n Barracuda gewesen. Ich mein', gut, er besuchte weiterhin Hotels und gab mehr Kohle aus als 'ne ganze Armee auf Urlaub im Puff, aber so richtigen Unsinn hatte er schon 'ne ganze Zeit nicht mehr verbrochen. Der Herbst schaukelte bereits über den Rhein und wir mit ihm auf 'nem Kahn für Touris. Razor hatte seinem neuen Mantel 'n bißchen Seeluft gönnen wollen, und ich fand das 'ne tolle Idee. Wir organisierten also 'ne Rheinfahrt, und von Shylo bis Tamar und von Angie bis Simon waren alle dabei. Wir saßen auf Deck, ließen uns den Wind um die Knochen blasen und vertilgten ein Bier nach dem anderen. Es war so was wie 'n Betriebsausflug, an dem auch 'ne Menge Stammgäste teilnahmen. Das Schiff gehörte sozusagen uns, und das englische Pärchen und die zwei Holländer, die unglücklicherweise im selben Boot mit uns saßen, hielten sich auf Distanz und hofften, die Fahrt möge schnellstens beendet sein. Na ja,

[109] Ach, die paar Fickgeschichten fallen doch gar nicht so ins Gewicht. Schon mal Houellebecq, Millet oder Djian gelesen? Aber keine Angst, es kommen noch ein paar exzellente Ferkeleien.

irgendwann waren wir halt alle dicht, und Tom kam auf die grandiose Idee, 'n Stuhl über Bord zu werfen, um zu kucken, ob er untergeht oder nicht. Ich mein', der Stuhl war aus Holz, und von daher war es gar keine Frage, daß das Ding im Wasser treiben und keineswegs auf den Grund sinken würde, aber wir waren, wie gesagt, leicht abgedreht und beobachteten also das Stück Möbel, wie es in der ausufernden Strömung, die der Kahn hinter sich ließ, auf und ab wellend der Böschung zutänzelte. Der Käpt'n fand Toms Idee so geil, daß er gleich zwei weitere Stühle hinterherwarf. Dann kam der erste Tisch dran, dann noch einer, und langsam hinterließen wir eine unübersehbare Straße an Schiffsmobiliar, so als hätte es eine Überschwemmung gegeben, während der das Wasser in die anliegenden Häuser gedrungen war und die Räume leergefegt hatte. Es war 'n klasse Bild, und der Käpt'n beförderte immer mehr Tische über Bord, bis das halbe Deck abgeräumt war. Shylo und ich brachten erstmal vorsichtshalber die beiden letzten Kästen Bier in Sicherheit, denn der Käpt'n war so in Fahrt, daß er ohne mit der Wimper zu zucken auch unsere Pullen in die Fluten geworfen hätte. Na ja, und irgendwann stand dann der eigentliche Schiffskapitän vor uns und veranstaltete ein tierisches Gebrüll.
Razor sagte: »Kein Grund zur Panik, Alter, alles erfahrene Seeleute.« Aber der Kapitän war nicht zu beruhigen. Unser Käpt'n übrigens auch nicht. Keine Ahnung, ob er den Typen in seiner Uniform noch nicht wahrgenommen hatte oder schon so voll war, daß er ihn für einen von uns hielt, jedenfalls krallte er sich 'nen neuen Stuhl und ab in den Rhein. Der Kapitän war außer sich. Er schien überhaupt kein Verständnis für Barracudas Performance aufbringen zu können und holte vier Matrosen zu Hilfe. Razor wollte die Jungs gleich auf 'n Bier einladen und sich über die sieben Meere mit ihnen unterhalten, aber die bemützten Jungs waren nicht zum Plaudern aufgelegt und nahmen keine

Notiz von ihm. Sie packten vielmehr unseren Käpt'n unter den Armen und schleppten ihn, begleitet vom lallenden Protest der Schluckbude, nach vorn an die Reling. Wir hinterher, aber die Matrosen versperrten uns den Weg, pflanzten sich, bewaffnet mit Holzstöcken, um unseren Käpt'n und drohten uns mit Prügel.
Shylo sagte: »Jungs, wir organisieren 'nen Sturmangriff«, und Marie sagte: »Scheiße, Mann.« Razor fragte die Matrosen, ob sie schon mal um Kap Horn geschifft wären, und Nora hielt Tom zurück, der Käpt'n Barracuda 'nen übriggebliebenen Stuhl zuwerfen wollte, nur so, um die Performance nicht ganz einschlafen zu lassen. Na ja, die Situation hatte nichts besonders Aufregendes. Wir standen halt grölend um die Matrosen; die Matrosen standen finster um unseren Käpt'n, und der hing verträumt über der Reling und blickte zum verschlafenen Horizont, wo einige Holzteile wie glimmende Scheiterhaufen in der Spätsonne glitzerten. Der Schiffskapitän aber saß am Funkgerät und verlangte wohl nach den Bullen. Tamar verteilte einige Flaschen Bier an die Kämpfer, nicht um sie den Matrosen an den Kopf zu schmeißen, wie Angie dachte, sondern um noch 'n bißchen zu feiern, solange die Zeit reichte. Wir tuckerten also den Rhein hinauf,[110] diskutierend und trinkend, versuchten Shylo, der bereits mit seinem Messer spielte, den Sturmangriff auszureden, ließen Edgar, der scheinbar gar nichts von der Situation mitkriegte, über die Fluten meditieren und waren recht beschäftigt, als Käpt'n Barracuda plötzlich über die Reling stieg und in den Fluß sprang. Wir waren baff. Der Schiffskapitän ließ sofort alle Maschinen stoppen und warf den Anker. Wir starrten in

[110] Von Köln aus kann man nur rheinaufwärts Richtung Bonn fahren, da die Rheinschifffahrtsgesellschaft Köln-Düsseldorfer trotz ihres Namens leider keine Fahrt in die Landeshauptstadt anbietet.

den Rhein. Ich mein', zwar schien die Sonne, aber es war Oktober und der Rhein bereits verdammt kalt. Wir schauten hinunter und Myra schrie: »Mann über Bord!«, nahm dann 'nen kräftigen Zug aus ihrer Pulle und sagte: »Mann noch immer über Bord.« Das sahen wir natürlich auch, aber wir wußten nicht, was tun, zumal Käpt'n Barracuda nach keinem der von den Matrosen ausgeworfenen Rettungsringe langte, sondern schnurstracks zum Ufer schwamm. Wir ließen ihn also, sahen ihm nach, und nur Tom wollte ihn schließlich noch retten. Sein Kopf lief langsam rot an, wurde dunkler und dunkler, so als setze er einen mechanischen Trick ein, um seine Gesichtsfarbe zu verändern, dann sprang er in die leckere Rheinbrühe dem Käpt'n hinterher.[111] Er ging unter wie ein Sack Mehl, tauchte dann wieder auf und schnappte nach Luft wie ein Fisch auf dem Trockenen. Offensichtlich hinderte ihn seine Lederjacke daran, zum Ufer zu schwimmen, oder aber sein Kreislauf machte nicht mit, denn er trieb wie eine Weihnachtstanne in der Strömung, und wir begannen Schlimmes zu ahnen.
Edgar sagte: »Betet«, und wir dachten, der spinnt wohl. Na ja, und Nora hätte Edgar ob seines Vorschlages am liebsten gleich mit in den Rhein geschmissen, aber so wie der momentan drauf war, hätte er womöglich den Fluß geteilt, um gemütlich rüberzuspazieren, oder wäre auf dem Wasser dahingeschlendert wie damals der alte Jiises. Jedenfalls begannen wir rumzubrüllen, schrien: »Tom« und »Krall dir 'n Rettungsreifen« oder ähnliches Zeug, aber Tom war taub; er lag im Wasser und regte sich kaum noch, dafür sahen wir,

[111] Nach minutiösen und aufreibenden Recherchen unter den Überlebenden dieses Abenteuers kann ich es als erwiesen ansehen, dass Tom nicht in den Rhein gesprungen ist. Es handelt sich also hier um eine Erfindung des Autors.

daß Käpt'n Barracuda plötzlich kehrtmachte und auf unseren Kumpel zuschwamm. Er mußte unser Gebrüll gehört haben und aalte in Windeseile zu Tom, packte ihn unterm Kinn und schwamm zurück in Richtung Ufer, wo mittlerweile die Bullerei eingetroffen war und auf die beiden Todeskandidaten wartete. Aber es war nicht nur 'n Streifenwagen, der dort geparkt stand, auch die Hafenpolizei traf ein und natürlich 'n Rettungswagen. Und wenig später hörten wir das langsam näherkommende Rattern eines Hubschraubers. Das Ding kreiste über unseren Köpfen, ging dann tiefer, um schließlich Tom und den Käpt'n bis ans Ufer zu begleiten. Als sie ankamen, applaudierten wir kräftig, und die Bullen beeilten sich, die beiden Kämpfer schnellstens zu verfrachten und abzuhauen. War jedenfalls 'ne tolle Show, und Shylo fühlte eine derartige Begeisterung in sich wachsen, daß er es den beiden Vorreitern gleichtun wollte und schon an der Reling stand, bereit zum entscheidenden Sprung. Oskar und Kai hielten ihn mit aller Kraft zurück, aber er versuchte es immer wieder, so daß wir ihn schließlich an das Treppengeländer, das zum oberen Deck führte, fesselten und ihn dort ließen, bis die Fahrt zu Ende war und wir wieder sicheren Boden unter den Füßen hatten.

Na ja, selbst auf harter Erde schwankt ab und an der Boden. Ich hatte 'nen guten Job in der Schluckbude, ich hatte Myra und ich hatte Ruhe, aber der Bahnhof blieb an seinem Platz; noch immer schien kein Mensch sich Gedanken über die zweifelhafte Konstruktion zu machen, und niemand dachte daran, ihn abzureißen und einen Exorzisten zu bestellen, um das Gelände zu reinigen. Und so schlingerten immer wieder kleine Flammen um den Herd meiner Ruhe, bösartiges Gezüngel, ganze Flächen bedeckend wie ein lodernder Rasen im Vorgarten zur Hölle, und ich sagte mir, es wird irgendwann schiefgehen; hier leben keine Schlammkröten, hier wären sie fehl am Platz, hier würden sie nie ihre Ruhe finden im Schatten dieser funkelnden Gleise, auf denen die Züge dahingaloppieren wie prähistorische Mammuttiere. Die Ruhe der Schlammkröten, ja, die Ruhe der Schlammkröten; aber ich konnte nichts tun, und so trottete ich hilfesuchend abends zu Myra, war müde und verkatert, aber geil wie 'n Igel beim Überqueren der Autobahn, klingelte und mußte mit Entsetzen feststellen, daß Myra nicht zu Hause war. Ich hatte mir bereits in allen Details ausgemalt, wie wir's miteinander treiben würden, hatte 'nen Ständer, daß jede Ameise ihn für den Eifelturm persönlich gehalten hätte, und dann war Myra nicht zu Hause oder viel schlimmer, sie war spazieren und saß nun am Bahnhof und sah den Reisenden zu. Ich war außer mir, setzte mich fluchend auf die zwei Stufen vor der Haustür und schaute den Frauen auf der Straße hinterher. Dieser verdammte Bahnhof, immer wieder der Bahnhof. Mein Haß kannte keine Grenzen mehr, wucherte wie üppiges Gestrüpp, erwürgte Reisende, schmiß Waggons um, zerstörte das klapprige Räderwerk der Lokomotiven. Bahnhöfe, immer wieder Bahnhöfe! Sie waren der Anfang vom Ende! Sie waren an allem schuld, daran, daß 'ne Bierlieferung zu spät kam, daran, daß die Leute an Fernweh zugrunde gingen, daran, daß ich mit meinem Ständer unterm Arm vor der Haustür saß. Bahnhöfe zerstören Beziehungen, Bahnhöfe produzieren Triebtäter und Bahnhöfe machen impotent. Denn wenn Myra schließlich auftauchte, mich umarmte, war ich bereits so fertig mit den Nerven und derart von Haß gegen alle Bahnhöfe dieser Welt zerfressen, daß mein Schwanz sich längst in die hinterste Ecke meiner Unterhose verkrümelt hatte und für alles in der Welt nicht mehr zu bewegen war, auch nur ein Tröpfchen Blut in sich aufzusaugen. Die Gleise hatten mich kurzerhand kastriert. Was spielte es da für eine Rolle, daß Myra überhaupt nicht spazieren und schon gar nicht am Hauptbahnhof gewesen war, sondern die ganze Zeit mit Tamar auf ’ner Terrasse gesessen und Kaffee geschlürft hatte. Die Hölle, sage ich euch, die Hölle!

Tja, die Hölle, sie lag vor der Tür, aber wer sieht schon den drohenden Balken über der Welt, wenn er mit dem Splitter im eigenen Auge beschäftigt ist. Für mich war dieses Leben im Schatten des Südbahnhofs wie Russisches Roulette. Die Trommel hatte fünf leere Kammern, aber in einer steckte die Kugel, und die konnte uns alle niedermähen. Klar, wenn wir uns amüsierten und mit ’ner Platzpatrone dieses Spiel spielten, verlor immer nur einer, und das war meistens Gagi. Die Plastikwaffe machte die Runde, und jeder von uns hielt sie sich an die Schläfe und drückte ab. Es machte immer »Klick«, dann war Gagi dran, und es krachte, daß der ganze Laden zusammenfuhr. Er hatte einfach kein Glück, war ja auch bloß ’n Spiel, unwesentlich, ein Zeitvertreib; aber die Kugel, die sie uns mit diesem verfickten Bahnhof über die Schluckbude gesetzt hatten, war bitterer Ernst, und das Schlimmste an der ganzen Sache schien mir, daß irgendjemand den Finger am Abzug hatte; daß dieser Jemand aber keiner von uns war. Das machte das Leben so unberechenbar, und wir lebten in den Tag hinein, nicht wissend, was der Abend uns bringen würde.

Und der Abend kam, steckte seinen mondenen Schwanz in die letzte Tagesritze, und es sah aus, als feiere das Universum noch einmal ein dionysisches Fest, ein großes Gelage mit nackten Sternen und leicht verhüllendem Nebel. Und die Welt lag mitten zwischen zwei riesigen, angewinkelten Schenkeln und wimmerte trunken vor sich hin. Vulkane zitterten, leichtes Beben, und oben schmatzten züngelnde Kometen beim Picknick in nächtlichen Mösen. Es war wie ein letztes herbstliches Aufbäumen vorm Einbruch des Winters, etwas verfrüht, aber voller Lebensgier und hungernd nach dem Fett, die kommenden Monate zu überbrücken. Es gibt solche Nächte, in denen eine ungeahnte Energie plötzlich wie ein reißender Strom durch den Äther schießt und jeden, der willig scheint, mit seiner Lust infiziert, und ich kann euch sagen, es erfordert enorme Selbstdisziplin, sich in solchen Stunden nicht derart die Kanne zu geben, daß man nie wieder aufsteht. Denn alles in dir drängt plötzlich danach, sich mit diesen Urkräften zu verbinden, und du beginnst zu saufen und zu kopulieren wie eine Giraffe auf Helgoland. Na ja, und so ließen wir uns leiten von dieser Macht, die um uns herumtänzelte, tranken ein Tröpfchen mehr als gewöhnlich, und alles war heiter und feucht. Brehm ließ seine Yuppies über die Kacheln im Klo[112] der Schluckbude robben, obwohl er selbst vor Monaten an die versifften Mauern gekritzelt hatte: BITTE NICHT ATMEN, BITTE NICHT DEN BODEN BERÜHREN; Kai verteidigte mit ungeahnter Härte seinen Platz am Tresen, Shylo massakrierte gleich die

---

[112] Er hebt ihn hoch, den Cup in Rom
Icke ist sein Idiom
Doch wenn er allein ist in seinem Zimmer
dann weint er
denn er bleibt Kölner für immer

So ähnlich ging ein Gedicht, das von 1990 bis 1992 auf den weißen Kacheln des Männerklos der Station zu lesen war. Ich bin nicht nur stolz, dass ich der Autor dieser Prachtlyrik bin, sondern dass dieses zauberhafte Poem doch tatsächlich VOR dem Gewinn der Weltmeisterschaft in Rom entstand, ich also sozusagen seherische Fähigkeiten gehabt habe und ich zudem, das bitte ich auch zu bedenken, tatsächlich in Rom leibhaftig anwesend war und gesehen habe, wie »Icke« Häßler den Cup hochhielt! – Kennen alle schon die Ich-war-90-live-dabei-Geschichte? Nein, nicht alle? Also, es war 1990, nach dem Halbfinale gegen die Engländer ... [Herr Andrack erzählt jedem, der diese Geschichte tatsächlich noch nicht kennt, gerne persönlich, wie das 1990 beim Finale in Rom war. Der Verlag.]

ganze Theke mit seinem neuen Jagdmesser, und Marie sagte nicht ein einziges Mal an diesem Abend: »Scheiße.« Wenigstens habe ich es nicht gehört; ich stand allerdings auch mit Myra etwas abseits in einer Ecke, und wir waren so miteinander beschäftigt, daß wir überhaupt niemanden mehr wahrnahmen und etwas erstaunt aufblickten, als sich plötzlich ein Halbkreis um uns bildete und 'ne Menge dieser sabbernden Pappnasen, die unser Wohnzimmer ab und zu beehrten, uns bei unserem Spiel zusehen wollten. Ich goß dem ersten mein Bier in die Fresse, und die Sache war eigentlich gegessen, nur Zimmi mußte gleich noch zwei Bier hinterhersetzen und den halben Laden mit Kölsch taufen. Vielleicht hielt er das auch für 'nen religiösen Akt; waren ja nur noch zwei Monate bis Weihnachten. Und auch Oskar schien an dieses heilige Fest zu denken, denn er machte sich Skizzen für ein neues Gemälde, das er dieses Jahr an den Baum hängen wollte und das auf gelblichem Hintergrund nur einen breiten, vertikalen, dunkelviolettgetönten Balken zeigen sollte. Es hieß: Simon in Junkersdorf. Na ja, was soll ich noch sagen, es war ein hochroter Abend, wenigstens was Toms Kopf anbelangte; Razor schiffte mit hundert Knoten von Hafen zu Hafen, und sogar Edgar schien langsam wieder zu seiner alten Form zu finden, denn es war der erste Abend seit dem schläfrigen Getändel in der Küche, daß er wieder mit 'ner Frau sprach und seine offenen Absichten nicht versteckte. Wenn an diesem Abend auch viele von uns ungeahnterweise ihr letztes großes Fest in trauter Runde feierten – denn wir sollten in dieser Form keine Gelegenheit mehr dazu bekommen –, so hatten diese Stunden für Edgar doch weitaus tiefere Bedeutung. Es war die Ironie des Schicksals, die ihn in dieser Nacht langsam wieder auf seinen alten Weg zurückbrachte, ihn gutgelaunt in die BumBum-Bude führte, dort versehentlich, oder sein trunkenes Hirn ausnutzend, aufs Frauenklo schob, wo Edgar schließlich 'ne unbekannte Schöne traf, die er sozusagen zwischen Tür und Angel mit der Kraft alter Rhythmen vögelte. Sie lächelte ihn an danach und verschwand. Und kaum 'ne Woche später erfährt Edgar von Brehm, die Frau hat Krebs und liegt im Krankenhaus. Ich mein', keiner von uns wäre jemals auf die Idee gekommen, 'nen Zusammenhang herzustellen zwischen Edgars Fick und ihrer Krankheit, aber Edgar war noch in einer recht labilen und ungefestigten Phase, so daß ihn das total zurückwarf. Er begann zu schweigen, tauchte in den beiden darauffolgenden Wochen nur noch ein einziges Mal in der Schluckbude auf, und zwar um zu kündigen, und ward fortan nicht mehr gesehen.

Und auch ich wollte mal 'n paar Tage ausspannen und verschwand. Ich setzte mich in den Zug!!!!!!!!!! – Ein jeder muß wenigstens einmal in seinem Leben über den eigenen Schatten springen!!!!!!!!!!! –, um nach Heidelberg zu fahren und meinen Kumpel Nikki zu besuchen. Keine Panik, Jungs, ich erzähle nichts von Heidelberg, das habe ich euch am Anfang versprochen, und daran halte ich mich auch, aber die Fahrt dahin war so verrückt, daß im nachhinein keine Sau mir glauben wollte, daß ich das Ganze erlebt hatte. Ich habe die Story mittlerweile so oft zum besten geben müssen, daß ich selbst kaum noch daran glauben kann, aber sie stimmt einfach, und deshalb erzähle ich sie hier ein allerletztes Mal, und wer auch immer sie in Zukunft hören will, soll das Buch hier an dieser Stelle aufschlagen und dann glauben, was er will.
Ich saß also im Zug in einem leeren Abteil gleich an der Schiebetür und las in 'nem Buch, und zwar in Upton Sinclairs »ÖL!«.[113] Ich lese übrigens immer im Zug, zum einen, um zu

[113] Berlin/Weimar, 1983.

vergessen, daß ich bei so 'ner Fahrt mit 'nem Bahnhofsgefährt kooperiere, und zum andern, damit keiner der dusseligen Reisenden mich anquatscht. Wie gesagt, zum Glück saß ich allein im Abteil. Noch! Denn plötzlich tauchte auf dem Gang 'ne Frau auf, latschte an mir vorbei und zog 'nen älteren Typen, den sie bei der Hand hielt, hinter sich her. Ich dachte, haste Schwein gehabt, die ziehen vorbei, als die Alte sich plötzlich umdreht, auf mich zeigt und kehrtmacht. Der Typ hinterher. Sie sah übrigens aus wie 'ne junge Brasilianerin oder so, dunkle Haut und einen Samba-Schwung in den Hüften, daß mir die Kippe aus dem Mund fiel, was mir nun wirklich selten passiert. Na ja, ich mein', wär' sie in der Schluckbude aufgetaucht, ich hätte ihr gern mal den Kühlraum gezeigt, aber im Zug brauch' ich meine Ruhe. Der Typ bei ihr war zweifelsohne Deutscher, steckte in 'nem grauen Anzug und hatte mit Sicherheit schon fünfzig Lenze aufm Buckel. Sie huscht also in mein Abteil und der Typ freundlich grüßend hintendrein.

Ich lese in meinem Buch.

Sie öffnet das Fenster, während der Typ sich niederläßt. Ich dachte, hoffentlich haben die's gleich; hier kann sich ja keine Sau konzentrieren. Aber die Frau tänzelt rum, gickelt, als habe sie 'nen Vibrator in der Möse, und findet keine Ruhe. Sie will plötzlich ins Gepäcknetz[114] klettern; der Typ versucht

[114] Herr Helminger erwähnt hier Gepäcknetze. Die hat es meines Wissens, man möge mich da korrigieren, seit Anfang der siebziger Jahre nicht mehr gegeben. Im Kindergartenalter habe ich in den gemütlichen Gepäcknetzen noch meinen Mittagsschlaf gehalten. Später wurden die Netze leider durch Aluminium- oder Plastikstreben ersetzt. Wahrscheinlich ging es aber dem Autor an dieser Stelle um den erotischeren Klang des Wortes »Gepäcknetz«. Das muss man sich im Zusammenhang mit der liebeshungrigen Sexsüchtigen im Abteil nur mal auf der Zunge zergehen lassen.

sie zu überzeugen, daß das nicht geht, und ich versuche zu lesen, merke aber, wie das junge Biest mich dauernd angafft. »Geht's dir gut?« fragt sie in gebrochenem Deutsch und setzt sich zwischen mich und den Typen. Ich lächele und denke, kennste Sinclair? ... Ja? ... den lese ich gerade ... o.k. ... Sie lehnt sich zu ihrem Typen rüber und flüstert ihm irgendwas ins Ohr; ich konzentriere mich. Dann rückt sie rüber zu mir, legt ihren Kopf an meine Schulter, wobei sie ihre Titten an meinen Arm preßt. Ich weiß nicht, ob ich schon gesagt habe, daß sie so 'n weinrotes Minikleid aus Stretchstoff trug, das die Schultern freiließ und maliziös alle Kurven betonte, jedenfalls las ich inzwischen dieselbe Romanseite bereits zum dritten Mal, ohne einen Satz zu begreifen. Ich schaue sie also kurz an, lächele und starre wieder auf die Buchstaben, die wie sinnlose Zeichen das Papier verzieren und denen mein Gehirn keinen Einlaß gewährt. Ich hätte das Buch weglegen können, aber irgendwo mußte ich mich ja festhalten, denn meine süße Schlampe begann ihre Zunge in mein Ohr zu vergraben, und meine Hose wurde langsam zu eng. Ich sagte laut und gefaßt: »Hör mal, ich bin am Lesen, o.k.« Sie ließ kurz ab, schaute mich an und wechselte zu ihrem Begleiter über. Ich dachte, eigentlich schade, denn konzentrieren konnte ich mich jetzt sowieso nicht mehr, stand aber irgendwie doch zu meinem Entschluß, sie nicht an mich ranzulassen, denn wenn jemand so etwas in einem Zug!! macht, kann das nichts Gutes bedeuten. Aber sie schien meine Worte nicht allzu ernst zu nehmen oder sie bereits Sekunden später wieder vergessen zu haben, denn ihr Mund wanderte wieder an mein Ohr und mein Ständer aus der Unterhose.
Ich sagte: »Laß gut sein; ich mag Züge nicht.«
Sie sah mich etwas verwirrt an, ließ sich aber nicht ablenken. Ich wußte gar nicht, daß ich so faszinierende Ohren habe, und dachte, wieso sagt ihr Typ nichts, verdammt nochmal. Spinnt der? Denn er saß gutgelaunt neben ihr und sah zu,

wie sie mich mehr und mehr in Beschlag nahm. Vielleicht irgendso 'n alter Knochen, der sich gerade verliebt hat, sagte ich mir, und der sich jetzt nichts verderben will. Ich blickte gebannt in mein Buch.

»Was ist denn da so interessant?« fragte sie und schubste ihre Titten gegen meine Schulter. Ich antwortete nicht und dachte, wieso fahre ich mit dem Zug? Ob sie nun beleidigt war, weil ich ihr nicht antwortete oder meinetwegen aufs Klo mußte, sie stand jedenfalls auf und verließ das Abteil. Als sie draußen war, sagte der Typ zu mir: »Entschuldigung, gehört die Frau zu Ihnen?« – (??????????) – Mir fiel die Kinnlade runter.

»Wie, zu mir?« sagte ich, »Sie sind doch mit ihr hier aufgetaucht.«

»Ja, ja«, sagte er, »aber ich habe sie gerade erst im Speisewagen kennengelernt. Ich saß an einem Tisch, und sie kam herein, ließ ihre ... äh ... Brust aus dem Kleid hüpfen und fragte mich, ob sie was bestellen dürfe? Mir war das irgendwie peinlich, und ich bat sie, sich doch schnell wieder zu bedecken, sie könne bestellen, was sie wolle. Und so aßen wir zusammen. Aber als sie vorhin so zielstrebig kehrtmachte und zu Ihnen ins Abteil kam, dachte ich, es ist Ihre Freundin.«

Ich war baff!

»Nö«, sagte ich, »die habe ich vorher noch nie gesehen.«

»Ach so«, sagte der Typ, und unsere Begleiterin betrat wieder das Abteil, setzte sich zwischen uns und seufzte. Ich dachte, ist das hier ein abgekartetes Spiel; wollen die mich geistig fertigmachen oder ist das 'n Zuhälter, der mir freies Geleit geben will, um mir im nachhinein die Kohle abzuzocken, etwa, jetzt haste sie gevögelt und jetzt zahlste auch. Ich wußte überhaupt nicht mehr, was ich glauben sollte, war mir aber sicher, daß ich es niemals in 'nem Zug treiben würde. Die Frau kuschelte sich an mich, und der Typ fragte: »Wieso bist

du eigentlich in dieses Abteil reingekommen? Ich dachte, du kennst den jungen Mann.«
Sie grinste und sagte: »Der gefällt mir.«
Auch das noch, dachte ich, und sie nahm meinen Arm, legte ihn sich um die Schulter und führte meine Hand unter ihr Kleid an ihre Brust. O.k., laß deine Pfote mal kurz da liegen, sagte ich mir, fühlt sich gut an, und so viel kannste damit ja auch nicht falsch machen. Wenn du sie nämlich wegnimmst, halten dich die beiden bestimmt für prüde. Na ja, und so hielt ich in meiner rechten den papierenen Upton Sinclair und in meiner linken ihre klasse Möpse. Ich hätte so wohl bis nach Heidelberg kommen können, zwar ohne viel zu lesen, aber auch ohne zweifelhafte Taten, nur unsere Freundin fand, daß man bei diesem kurzen Gestreichel nicht stehenbleiben könne. Ihre Hand kletterte mir langsam den Oberschenkel hoch und faßte mir an den Reißverschluß. Ich schritt ein, nahm meine Hand von ihrer Brust und sagte: »Schluß, Baby.«
Sie grinste, stand auf, ließ ihr Kleid auf die Hüften rutschen und offenbarte uns ein Paar goldiger Titten. Dann griff sie sich unter den Rock und zog ihr Höschen aus. Ich dachte, Jiises, warum passiert dir so etwas im Zug? Dieser verdammte Bahnhof. Sie sah sich kurz im Abteil um, knüllte dann ihr Höschen zusammen und warf es aus dem offenen Fenster. Klar mußte ich bei dieser Aktion lachen, aber sie nahm das als ’n einladendes Zeichen auf, setzte sich wieder zwischen uns, spreizte die Beine und faßte uns beiden an den Latz. Mein älterer Kollege schob etwas geniert ihre Hand weg, und ich sagte: »Noch immer nicht geschnallt, daß ich lese?«
Sie grinste und ließ ihre Hand zwischen meinen Beinen. Ich mein’, ich konnte ihr schwer was vormachen, denn sie checkte natürlich, daß ich ’nen Ständer hatte wie Moses, als er das Rote Meer teilte. Aber ich blieb standhaft, mehr oder weniger wenigstens, tat es dem älteren Typen gleich und legte ihr ihre Hand auf ihr eigenes Bein. Sie packte natürlich sofort

wieder zu, bei mir und beim Kollegen, und so ging das 'ne ganze Zeitlang hin und her, bis sie sich quer über die Sitzfläche legte, ihren Kopf im Schoß des Alten vergrub und ihre Schenkel auf meine Knie hob. Sie nahm sich die Hand des anderen Typen und streichelte damit ihre freien Brüste, na ja, und meine Hand zog sie sich zwischen die Beine. Ich gestehe, ich hatte einen schwachen Moment, denn ich ließ ihr ihren Willen und gab nach. Ihre Muschi war so naß wie 'n Swimmingpool, und ich ließ langsam meinen Finger durch ihre Spalte gleiten. Sie stöhnte. Dem Typen war das offensichtlich zu viel. Er stand auf, stellte sich ans Fenster und schaute raus auf die vorbeihetzenden Häuser. Sie wurde immer lauter, um nicht zu sagen, enorm laut. Mir war das etwas peinlich, und der Typ, noch immer aus dem Fenster starrend, sagte: »Der junge Mann macht das schon.« Ich dachte, ich hör' nicht recht, merkte dann erst, daß ich besser aufhören sollte, ehe sie uns den ganzen Zug zusammenschreien würde. Ich entzog ihr also meine Hand, und sie sagte verärgert: »Mach weiter!«
Ich sagte: »Nein, ich lese«, obschon das 'ne absurde Lüge war und ich, seit sie ins Abteil gekommen war, keine Zeile mehr gelesen hatte und noch immer auf Seite 49 war. Jedenfalls sprang sie auf und begann zu schreien, was denn so interessant an diesem Scheißbuch sei.
Ich sagte: »Hey, Baby, beruhige dich.«
Aber sie war nicht mehr zu beruhigen. Sie steigerte sich in eine Aggression hinein, als hätte ich ihr weiß der Geier was getan. Sie brüllte und fuchtelte mit den Armen rum, so daß der Typ und ich sie nur noch entgeistert ansehen konnten und wir uns fragten, in welchem Film wir gelandet waren. Sie aber packte plötzlich mein Buch und schrie: »Wenn du mich jetzt nicht vögelst, werfe ich den Scheißroman aus dem Fenster.« Und da war bei mir Schluß. Denn ich muß sagen, man kann vieles mit mir machen, man kann mich blöd von

der Seite anmachen, und man kann mir mein letztes Bier wegsaufen, man kann versuchen, mir das Rauchen[115] abzugewöhnen, und man kann über meine Großmutter erzählen, was man will, da bleibe ich ruhig, da sage ich kein Wort, aber niemand soll versuchen, mir 'n Buch wegzunehmen. Ich mein', ich bin Schriftsteller, und Bücher liebe ich über alles, und wer jemals versuchen sollte, eines meiner Bücher zu mißhandeln, den werde ich eigenhändig aufs Schafott führen. Die Kleine konnte das natürlich nicht wissen, aber sie tat es, sie nahm mir mein Buch weg, und ich wurde zum Tier. Es machte »Tilt« in meinem Schädel, und ich klinkte aus. Ich bekam einen gewaltigen Adrenalinschub, sprang brüllend auf die Frau los, entriß ihr mein Buch und schrie: »Tu das nie wieder, hörst du, nie wieder.« Selbst der alte Typ geriet in Panik bei meinem Anblick und versuchte mich zu beruhigen. Ich kam mir selbst etwas blöd vor, als ich den Sinclair wieder in meinen Händen hielt, aber da kenne ich halt kein Pardon. Ich setzte mich also wieder hin, kontrollierte mein Buch, ob es noch heil sei, und beruhigte mich.

Der Typ fragte das Mädel: »Was willst du eigentlich?«

Und sie sagte leise: »Ihr sollt mich ficken, alle beide, das ist doch nicht schwer.«

»Nicht im Zug!« sagte ich mit gedämpfter Stimme, »nicht im Zug!«

Sie setzte sich neben mich und hauchte: »Bitte.«

---

[115] Wir quarzten damals natürlich alle, dass sich morgens beim Abhusten die schwarze Lunge nach außen drehte. Ich kann mir nicht vorstellen, dass es ein Nichtraucher länger als eine halbe Stunde in der Station ausgehalten hätte. Guy hat anderthalb Schachteln West-Rot täglich geraucht, ich drehte Van Nelle Halfzware Tabak und kam auf 30 bis 40 Zigaretten am Tag. Im Jahr 2006 sind fast alle der im Roman erwähnten Hauptfiguren nichtrauchend. Nikotin ist eben viel ungesünder als Alkohol.

Erst jetzt merkte ich, daß sie nach Alkohol roch. Womöglich war es mir vorher nicht aufgefallen, weil ich einfach an diesen Geruch gewöhnt bin, oder aber weil sie ständig an meinem Ohr gehangen hatte, und ich mit dem Ohr nicht so gut riechen kann, jedenfalls ließ sie nicht locker. Was mich aber weitaus mehr beunruhigte, war, daß sie jetzt zu betteln anfing. Mit Betrunkenheit hatte das nichts zu tun. Sie schien mir plötzlich krank zu sein, entsetzlich krank. Ich mein', jeder leidet ab und an unter seinem Trieb, und auch ich erinnere mich, bei Myra vor der Tür gesessen und mit schmerzhafter Erektion auf ihre Rückkehr gewartet zu haben, aber das hier ging irgendwie weiter. Ich könnte so geil sein wie 'ne vergessene Ratte auf'm Heuboden, aber ich würde niemals jemandem 'n Buch entreißen, rumschreien und drohen und dann im nächsten Moment winseln und betteln, nur um gefickt zu werden. Sie aber sagte: »Bitte, bitte tu's.«
Es war wie ein grausames Kreuz, das sie zu tragen hatte, und sie benahm sich wie ein Opfer auf der Folterbank. Mir war das gar nicht geheuer, und auch der ältere Typ schien die Welt nicht mehr zu verstehen. In einem Augenblick die reinste Furie, zornig und zwingend, und im nächsten unterwürfig und wimmernd wie ein kleines Kind. Mein Ständer war wie weggeblasen, aber mein Herz klopfte vor Aufregung bis zum Hals. Ich hatte keine Ahnung, was tun. Es war klar, daß ich sie nicht mehr anfassen würde; ich war bereits viel zu weit gegangen, aber ihr zu erklären, daß sie doch aufhören solle, schien auch keinen Sinn zu machen, denn sie stand auf, zog lächelnd ihr Kleid aus und räkelte sich nackt im Abteil. Ich dachte, wann hört der Spuk auf. Das Abteil zu verlassen und sich ein neues auszusuchen, dazu war es längst zu spät. Das hätte ich gleich am Anfang machen sollen, aber wie sieht das denn aus, 'ne Frau drückt sich an dich und du verläßt entrüstet das Abteil. Ich bin doch kein Wattefuß aus der Steinzeit. Na ja, und so baten wir sie, sich doch wieder anzu-

ziehen. Denn nicht nur, daß wir nicht wußten, wie mit der Frau fertigwerden, sondern auch die Möglichkeit, daß jemand draußen auf dem Gang vorbeigehen und uns mit der nackten Taube sehen könnte, machte uns Kopfzerbrechen. Wir beschlossen also, die Vorhänge zuzuziehen und dann selbst auf den Gang zu gehen, bis sie sich angezogen hatte. Na ja, und so standen der Typ, übrigens ein Autohändler, wie er mir erzählte, und ich auf dem Gang und rauchten. Im Abteil aber blieb es still. Als wir kurze Zeit später die Tür öffneten und nachsahen, hatte das Mädel sich wieder angezogen und lag schlafend über der Sitzbank. Wir ließen sie schlafen und gingen in den Speisewagen einen Kaffee trinken, und als ich im Mannheimer Bahnhof zufällig aus dem Fenster sah, entdeckte ich sie, wie sie aus dem Zug stieg und langsam das Gleis entlangschlenderte. Tja, das Leben ist oft unglaubwürdiger als alle Lügen der Literatur.

Zehntes Kapitel

Und dann Mitte November war es soweit. Das Gerücht, das seit einigen Wochen die Runde gemacht hatte, entpuppte sich als bitterer Ernst. Wie eine Larve hatte es sich uns unter die Zunge gelegt und klappte nun die Flügel aus, ein ausgewachsener Schmetterling, dessen Totenkopfmuster die Wände unseres Wohnzimmers in einem letzten Schrei der Agonie aufschimmern ließ. Bereits das erste Auftauchen dieses schaurig-schönen Tieres hatte uns die Ruhe genommen, und sein Flattern war wie die Totenglocke, dumpf klingend über den Gleisen des Südbahnhofs. Aber nicht für den Bahnhof nahte die letzte Stunde, nein, die Schluckbude war es, die geschlossen werden sollte. Das Russische Roulette war beendet; jemand hatte abgedrückt, und wir wurden weggefegt wie abgebrannte Kippen im Westwind.

Alles fing damit an, daß einige Anwohner sich bei den Bullen beschwerten, sie könnten nachts nicht schlafen, der Krach aus der Schluckbude sei unerträglich. Ich mein', es war ab und zu laut, klar, aber um die Lautstärke ging es in Wirklichkeit nicht. Unsere winzige Trinkhalle war ihnen einfach ein Dorn im Auge, und wir waren es auch, weil wir sie beständig daran erinnerten, wie verpfuscht ihr Leben war. Sie nannten uns Abschaum. Ja, wir waren das, was die Leute AB-SCHAUM nannten, und zwar aus dem einfachen Grund, weil diese Leute, die das sagten, im Kakao ihres elendigen Daseins langsam ersoffen, während wir – als SCHAUM obenauf schwimmend – den Mut hatten, so zu leben, wie es uns gefiel. Schließlich starteten diese Pappnasen 'ne Unterschriftenliste, und außer den Leuten aus Shylos WG unterschrieben alle, die im Umkreis von fünf Kilometern wohnten. Wir hatten einfach keine Chance. Man wollte uns weghaben, und der Riesenhippie bekam eines Tages 'nen Brief, in dem es hieß, die Bundesbahn benötige das Gelände für andere Zwecke. Schluß. Fertig. Aus.[116] Und so kam für uns der letzte Abend, die letzte Nacht rückte langsam vorwärts über die Gleise und schluckte die spärlichen Schatten, die der Spätherbst noch zuließ. Sie kam wie ein gefräßiges Tier und verleibte sich alles ein, was ihr im Weg stand. Wir hatten uns natürlich an diesem Abend in der Schluckbude versammelt, und wie durch stumme Verabredung waren nach und nach immer mehr Jungs zu uns gestoßen und tranken ihr Bier. Aber irgendwie herrschte Totenstille. Ich mein', die Musik hämmerte wie immer aus den Boxen, aber das Schweigen war nicht zu überhören. Niemand sprach, und wenn einer etwas sagte, dann klang seine Stimme von weit, weit her, so als hätte Erde sich auf seinen Hals gesenkt und drücke ihm langsam die Gurgel zu. Die Stunden bröckelten wie Lehmboden von uns ab, setzten sich fest zu unseren Füßen, und die Grube füllte sich, je näher der Feierabend rückte.

Shylo sagte unschlüssig: »Laßt uns würfeln«, und Gagi sagte: »Warum? Diesmal haben wir doch alle verloren.«

Oskar setzte ungeschickt die Flasche an seinen Hals und trank ohne medizinisches Engagement, und Myra sagte: »Laß uns hier wegziehen.«

Und je länger wir so standen, starrend auf den Minutenzeiger, der sich Zeit nahm, ehe er wie ein Fallbeil zuschlug und unsere Köpfe rollen ließ, desto aggressiver wurde die Stimmung. Nicht nur die Stille machte uns mürbe, sondern die

---

[116] Bei Niederschrift seines Romans konnte Guy von dem Ende der Station im Dezember 1992 noch nichts wissen, aber es kam genau so, wie er es vorhergesagt hatte.

Hilflosigkeit, das Wissen, daß jeder Widerstand zwecklos war. Man nahm uns alles weg, was wir hatten, und keiner von uns konnte etwas dagegen tun. Es war das erste Mal, daß ich sah, daß die besten Freunde untereinander Streit bekamen und sich anschnauzten. Shylo spielte nicht einmal mit seinem Messer, sagte aber jedesmal, wenn Marie den Mund aufmachte: »Charly, gib mir 'ne abgebrochene Flasche, ich muß Maries Gesicht verschönern.« Und mich machten seine Sprüche so nervös, daß ich ihm am liebsten selbst die Flasche in den Hals gerammt hätte. Zerbrochene Flaschen gab es übrigens genug, denn Kai ließ jedes Bier, das er ausgetrunken hatte, zu Boden fallen, so daß er schon bald in einem riesigen Haufen Scherben stand, wie 'n Fakir bei seinem letzten Auftritt, und Zimmi schlug so oft mit der Faust gegen die Wand, bis sein mürrisches Gesicht schmerzverzerrt über dem Tresen lag. An diesem beschissenen Abend im Schatten des Südbahnhofs, wo nie eine Schlammkröte gelebt hat, machte Angie das einzig Richtige. Sie ging nach Hause, noch bevor die Mitternacht die Tage teilte und alle Geister schied. Sie sagte: »Ciao« und schlenderte ohne sich umzudrehen aus der Tür. Ich weiß nicht, ob irgendjemand sie nochmal wiedergesehen hat; jedenfalls war dieser vernünftige Abgang das Letzte, was ich von ihr mitgekriegt habe. Wir aber blieben bis zum bitteren Ende, tranken ohne Leidenschaft bis zur Bewußtlosigkeit und stritten. Als Tom schließlich den Laden abschloß und wir alle vor die Tür schwankten, wußte keiner so recht, was sagen. Jeder schien damit beschäftigt, eine Entscheidung zu treffen, die nur seine eigene Person etwas anging, und so trotteten wir auseinander, torkelnd, mit schwammigem Hirn und ohne Freude. Shylo stampfte auf dem kürzesten Weg nach Hause und legte sich auf die Couch, von der er nicht mehr aufstehen sollte. In dieser Nacht dachten Marie und Tom, er lege sich schlafen wie alle anderen auch, aber am nächsten Tag sah die Sache bereits anders aus, und wir ahnten Böses. Denn am späten Nachmittag klingelte bei mir das Telephon und Marie sagte: »Shylo ißt nichts mehr.«

Ich sagte: »Wie, er ißt nichts mehr?«, und Marie begann zu heulen. Ich alarmierte Razor, und wir gingen zusammen zu Shylo. Er lag auf der Couch und blickte stumm zur Decke. Neben ihm auf dem Holztisch lagen zwei halbe Hähnchen, die Simon vorbeigebracht hatte, aber Shylo rührte sie nicht an.

Razor sagte: »Was is' denn los, Alter?«, aber Shylo antwortete nicht. Ich biß in ein Hähnchen und sagte: »Schmeckt lecker.« Keine Reaktion. Shylo lag wie aufgebahrt in seinen Kissen, und wir konnten tun, was wir wollten, er schien uns nicht einmal zu sehen oder zu hören. Marie versuchte ihn zu füttern, aber er biß die Zähne zusammen. Es war nichts zu machen.

Ich sagte: »Wenn der ordentlich Hunger kriegt, wird er schon wieder essen.« Aber ich irrte mich. Denn am anderen Tag rief Marie wieder an. Shylos Zustand war unverändert. Ich ging wieder hin und kam gerade an, als Simon zwei neue Hähnchen vorbeibrachte; aber auch die blieben unberührt, schimmelten auf dem Holztisch langsam vor sich hin.

Ich sagte: »Shylo, komm, Alter, bau keine Scheiße«, aber er rührte sich nicht. Es kam überhaupt keine Reaktion mehr von ihm, nur einmal traf mich sein entsetzlicher Blick, als ich nämlich vorschlug, einen Arzt zu alarmieren. Da wußte ich, daß es sein letzter Wille war, in Ruhe zu sterben, und auch Marie schien begriffen zu haben, denn sie sagte zu Simon und mir: »Geht.« Und wir gingen. Auch Tom verließ noch am selben Tag die Wohnung, zog zu Nora, und so hörten wir 'ne ganze Zeit lang nichts mehr von Shylo und Marie. Wir machten uns wenig Gedanken, auch wenn die Angst in uns saß. Wir hofften, bis Tom mich anrief und sagte: »Sie sind tot.« Ich schluckte. Tom war in die Wohnung gegangen, um einige seiner Hemden mit zu Nora zu nehmen, und er hatte

Marie und Shylo Arm in Arm auf der Couch gefunden. Sie waren verhungert. Es erschien mir anfangs unbegreiflich, nicht nur daß Shylo den Tod gewählt hatte, sondern daß er es auch zugelassen hatte, daß Marie seinem Beispiel folgte. Aber im nachhinein wurde mir immer klarer, daß Marie gewartet haben mußte, bis Shylo so kraftlos gewesen war, daß er sie nicht mehr an ihrem Entschluß, mit ihm die Couch zu teilen, hindern konnte, und so hatte sie sich zu ihm gelegt und war gestorben. + Wir begruben beide an einem Sonntagmorgen auf dem Melatenfriedhof in kleiner Runde und ohne viel Aufsehens.[117] Denn Shylo und Marie waren nicht die ersten, die wir seit der Schließung der Schluckbude zu Grabe trugen; und wir alle fühlten uns bereits so müde und fertig, daß wir den Tod als unumgänglichen Schicksalsschlag hinnahmen, an dem es nichts zu ändern gab. Ja, Shylo und Marie waren nicht die ersten, denn an diesem Abend, als Tom die Tür abschloß, Shylo zu seiner Couch stampfte und Myra und ich nach Hause torkelten, da drückte Oskar seiner Freundin das Fahrrad in die Hand und verabschiedete sich lautlos. Tamar schwang sich also auf das Blechgestell und fuhr nach Hause. Ich aber schrie noch Oskar hinterher: »Denk dran, Oskar, nur mit dem Fahrrad kommt man tatsächlich nach Hause. Du hast es geschworen.« Aber er winkte lächelnd ab, und während Myra und ich

[117] Shylo und Marie befinden sich auf dem Kölner Friedhof Melaten (nicht der offizielle Zentralfriedhof, aber sozusagen, quasi, also gefühlt) in bester Gesellschaft. Denn Melaten ist der Père Lachaise von Köln, und der prominenteste Tote, also der Jim Morrison von Melaten, ist zweifelsohne Willy Millowitsch. Dort liegen aber auch Gunther Philipp, Heinz-Günther Konsalik und der unvergessene Willi Ostermann. Und natürlich jeder, der in Köln etwas zählt. Also auch Shylo und Marie.

uns in Richtung Sülz entfernten, schwankte Oskar die Straße hoch zum Zülpicher Platz, tänzelte schwerfällig über die Straße zur Haltestelle und wartete auf die Bahn. Was dann geschah, kann ich nur erraten und mir im nachhinein erdichten, denn am anderen Tag weilte Oskar nicht mehr unter uns. Die Bahn kam. Oskar stand an der Haltestelle. Und dann ... Entweder er fiel, genau in dem Moment, in dem die Bahn einfuhr, auf die Gleise, oder aber er sprang freiwillig, wählte bewußt den Tod. Wie es wirklich war, weiß nur Oskar, und sein Wissen hat er mit ins Grab genommen; aber ich tippe auf die zweite Lösung, denn als die Bahn hielt, war Oskar sauber in drei Teile zerlegt worden.[118] Oben lag der Kopf, zwischen den Gleisen der Oberkörper und unten war der Oberleib abgetrennt worden. Und ich sage mir, so etwas muß Berechnung sein, so als hätte Oskar vor seinem Sprung genau ausgemessen, wie er liegen mußte, damit das Sterben kurz und schmerzlos an ihm vorüberging und er gleich den Tod begrüßen konnte. Aber wie gesagt, ich weiß es nicht, vielleicht hat sein trunkener Kopf auch eine Fehlschaltung gehabt, so daß er einfach hinfiel und zum Glück sofort tot war. Besoffene haben ja immer Glück. Als Tamar noch in derselben Nacht von seinem Tod erfuhr und morgens seinen

[118] Ein hübscher literarischer Einfall, dass Oskar von der Straßenbahn sauber dreigeteilt wird. Hat aber mit der Realität wenig zu tun. Nicht nur, dass das literarische Vorbild von Oskar putzmunter ist und sich bester Gesundheit erfreut, nein, ein Mensch, der von einer Kölner Straßenbahn dreigeteilt werden möchte, müsste ein Gardemaß von ungefähr 2 Meter 50 aufweisen. Denn die Straßenbahnen sind keine Schmalspurbahnen, sondern fahren auf der europäischen Normalspurbreite von 1,435 Meter. So, und wenn wir den Oberkörper von Oskar mit 1,435 Meter ansetzen, blieben für Beine und Kopf zusammen eine Länge von ungefähr 35 Zentimetern. Das sähe doch total blöde aus.

Kopf identifizieren mußte, knickte sie total weg, nicht körperlich, aber mental. Ihr Haar verlor innerhalb von einer Stunde die Farbe, wurde schneeweiß, und Tamar drehte völlig ab. Seit dem Tag geisterte sie nur noch ziellos durch die Stadt, nichts wahrnehmend und nicht wissend, wo sie war. Sie fand einfach den Weg zu ihrer Bude nicht mehr. Ihre Bewegungen waren so langsam geworden, daß man das Gefühl hatte, sie habe auf Zeitlupentempo umgeschaltet, und ihre Worte kamen so unzusammenhängend und stockend, daß keiner sie mehr verstand. Sie wurde in die psychiatrische Klinik eingeliefert, wo sie schon bald Besuch von Nora bekommen sollte. Denn einige Wochen nach der Schließung der Schluckbude – wir hatten eben Shylo und Marie begraben – fuhr ein riesiger Kran vor, und an diesem Kran hing eine schwere Metallkugel. Wir standen zu etwa zehn oder zwanzig Mann auf dem Bürgersteig und mußten zusehen, wie diese Scheißkugel die Mauern unseres Wohnzimmers zum Einstürzen brachte. Es war Horror. Keiner wußte, ob er schreien oder heulen sollte, und während die erste Mauer in sich zusammenfiel, rannte Käpt'n Barracuda einfach auf die Baustelle und legte sich zwischen die Trümmer. Er wollte sich begraben lassen, aber der Kranführer hielt inne, stoppte seine Maschine und einige Arbeiter schleppten den Käpt'n weg vom Tatort des Grauens und übergaben ihn der Polizei. Na ja, und dann, als die letzte Wand einstürzte, passierte es. Tom bekam plötzlich einen derartigen Lachanfall, daß sein Kopf rot anschwoll. Ich mein', es war kein normales Lachen mehr, es war eine Mischung aus hilflosem Gelächter und hysterischem Gekreisch, und er schnappte dabei nach Luft, als hätte er keine Lungen mehr. Jedenfalls wurde sein Kopf röter und röter, färbte sich irgendwann dunkelviolett und platzte. Sein Schädel zerbarst wie 'ne Bombe, und sein Gehirn spritzte gegen die Fassade, die sich siegreich über die Straße und über die Ruine der

Schluckbude erhob. Es war entsetzlich. Sein Körper zuckte noch am Boden, und Nora stürzte sich schreiend auf diesen leblosen Leib und war nicht mehr von Tom, oder besser von dem, was noch von ihm übrigblieb, zu trennen. Dann verfiel sie in eine Art Starre, die bis heute nicht aufgehört hat. Ihre Haltung ist bis zu diesem Zeitpunkt noch immer dieselbe wie die, als sie auf Toms Leichnam lag und sich festkrallte. Sie bewegte seitdem weder ihre Arme noch ihre Beine und hockt nun schon etliche Monate in der Psychiatrischen wie eine Wachsfigur in ihrem Zimmer. Nachts legen die Wärter sie aufs Bett und morgens stellen sie sie wieder in den Raum neben den kleinen, weißen Tisch, ab und zu auch in den Aufenthaltsraum. Aber keiner der anderen Patienten nimmt sie so recht wahr, nur Tamar schleicht tagein tagaus im Zeitlupentempo um diese menschliche Säule und streift dabei einmal am Tag kaum wahrnehmbar Noras Haar. Als ich übrigens Tom so auf dem Bürgersteig liegen sah, ohne Kopf und zuckend, dachte ich an Angie, wie sie am letzten Abend »Ciao« gesagt hatte und einfach abgehauen war, und ich dachte an Myra, die gesagt hatte: »Laß uns hier wegziehen«, und ich wußte plötzlich, daß die beiden recht hatten und daß ich abhauen mußte, wenn ich nicht auch noch dran glauben wollte. Und genau das schien jeder in diesem Moment zu begreifen, denn als der Krankenwagen Tom und Nora eingeladen hatte und abfuhr, gingen alle auseinander. Zimmi spuckte auf die Trümmer der Schluckbude, und wir schlenderten benommen in verschiedene Richtungen. Seitdem habe ich niemanden mehr gesehen von den Jungs. Von Razor weiß ich, daß er sich inzwischen freiwillig bei der Marine gemeldet hat. Er durchstreift die See, macht die Meere unsicher und ankert in den Herzen unzähliger Frauen auf allen Kontinenten. Simon dagegen hat 'ne Grillbude aufgemacht und verkauft jetzt die halben Hähnchen, die er Shylo nicht mehr bringen kann; und Kai ist Schlagzeuger in

’ner Metal-Punk-Band geworden. Tja, Edgar, der alte Edgar; er hat sich die Haare wegrasiert, trägt nur noch orangefarbene, lange Kleider und hat sich dem Buddhismus verschrieben. Er soll den ganzen Tag im Schneidersitz auf dem Boden in seiner Küche hocken, seine gläsernen Augen gegen die Decke richten und meditieren. Ich weiß nicht, ob ihm das was bringt, aber angeblich fühlt er sich wohl dabei. Na ja, und Myra und ich sind schließlich in ’ne andere Stadt gezogen.[119] Unsere Wohnung liegt nicht sehr weit vom Bahnhof entfernt, aber auch nicht zu nahe. Wir haben sozusagen ’ne Kompromißlösung gefunden. Wenn ich aus dem Fenster sehe, stört nirgendwo ein einem Bahnhof auch nur annähernd ähnlich sehendes Gebäude meinen Blick, und doch kann Myra auf ihren Spaziergängen die Gleise mit Leichtigkeit erreichen. Seit Oskars Tod verachte ich auch Straßenbahnen. Mein Haß hat sich ausgeweitet, und so gibt es in unserem Ort denn auch nur Busverbindungen. Nicht eine Schiene verschandelt den Asphalt. Myra ist mittlerweile ’ne abgebrühte und berühmte Soziologin geworden und hält Vorträge. Und deshalb, Jungs, tut mir den Gefallen und erzählt keinem, daß ihr sie mal kotzend auf dem Mäuerchen neben der Schluckbude gesehen habt. Es könnte ihren guten Ruf ruinieren, und das wäre schlecht, denn immerhin ist sie es, die die Kohle ranschafft. Ich würde ja auch arbeiten, aber irgendwie bin ich dafür nicht geschaffen. So schreibe ich denn Bücher, die niemand drucken will, und kümmere mich

---

[119] Wegzuziehen kam für mich natürlich überhaupt nicht in Frage, ich bin auch nach der Schließung der Station in Köln geblieben. Aber die Leere der nicht mehr existierenden Stammkneipe blieb. Ein Stück Heimatlosigkeit. Eine Kneipenheimat, die ich nicht wiedergefunden habe. Als die Station schloss, endete auch meine Jugend. Die ja ganz schön wild und aufregend war.

um unsere kleine Tochter, die den Namen Ilona trägt. Und ich kann euch sagen, Jungs, die Kleine hat 'nen Zug, wenn sie ihre Milchflasche ansetzt, die könnte ihren Alten glatt untern Tisch saufen.
Na ja, wir leben.

ENDE

III. Erläuterungen zur Entstehungsgeschichte, Entwicklungsgeschichte, Rezeptionsgeschichte und Wirkungsgeschichte

Wir danken dem Privatdozenten der vergleichenden Spätgermanistik, Dr. Claus Achim, für seine Ausführungen zur Entstehungsgeschichte, Entwicklungsgeschichte, Rezeptionsgeschichte und Wirkungsgeschichte der »Ruhe der Schlammkröte« unter Berücksichtigung der Einordnung des Frühwerks von Guy Helminger in der Tradition von Georg Büchner, Johann Wolfgang von Goethe und Thomas Mann.

Die Entstehungsgeschichte

Es scheint Ende der 80er Jahre des vergangenen Jahrhunderts zunächst eine veritable Destillations-, vulgo Schnapsidee gewesen zu sein, ein paar Geschichten aus der Station aufzuschreiben. Und der Dichter scheint am Anfang schnell vorwärts gekommen zu sein mit seiner Arbeit. Angefeuert wurde er dabei zum einen vom Alkohol, zum anderen von einem willigen und exorbitant dankbaren, um nicht zu sagen existenzialistisch bescheidenen Publikum, dem er die neuesten Geschichten an der Theke der Station vorlas. Diese »Lesungen« und frühen Entstehungsphasen können ziemlich exakt auf die Jahre 1989 und 1990 datiert werden. Kann aber auch ein bisschen früher oder auch ein wenig später gewesen sein. Um den Dreh herum also fasste ein philologisch geschulter Thekensteher die allgemeine Meinung zusammen: »Ey Guy, mach da doch nen Roman draus.«

Bei der Rekonstruktion der Entwicklungsstufen des Buchs manifestiert sich ein Haupt-Problem: Die guten Geschichten aus der Station reichten ziemlich exakt bis zur Hälfte des Buches. Helminger stand vor der schwierigen Aufgabe, einfach mal so ex cathedra 60 zusätzliche Seiten auszuschwitzen. Was dann folgte, waren monatelange qualvolle Exzerpte und Exerzitien, bis Helminger eine kongeniale Lösung fand. Er reihte einfach im zweiten Teil seines Buches Sexgeschichte an Sexgeschichte, und schon wurde ein Schuh draus. Quod erat demonstrandum.

Als dann die Station am 31.12.1992 für immer ihre portas geschlossen hatte, reifte im jungen Dichter ein Plan, den er schon 1994 umsetzte. Er übertrug sein Manuskript in eine sogenannte Datei auf einem Personal Computer (PC) und verschickte sein Manuskript an viele Verlage. Die Lektoren wollten das genialische Werk nicht drucken, weil sie (die Lektoren und auch die Verlage) einfach noch nicht so weit waren, das gesamte, komplexe dondelillohafte Weltpanaroma zu überschauen, mit dem Helminger in der »Schlammkröte« sein Publikum verzaubert, ihm aber auch intellektuell alles abverlangt hatte.

Nachdem der junge Dichter sein Buch schließlich im Selbstverlag herausgebracht hatte, begann der unaufhaltsame Siegeszug der »Schlammkröte«.

Die Vertriebsgeschichte

Die Auflage von 1.000 Büchern war schnell zu einem Drittel ausverkauft. In zwei Buchläden in Köln, die sich freundlicherweise bereit erklärt hatten, den Roman gegen kräftige Provisionen zu vertreiben, hat sich erstaunlicherweise kein einziges Buch verkauft. Aber hier griffen die durchaus modern anmutenden Marketingmittel, die der junge Autor virtuos und seiner Zeit voraus äußerst kalkuliert einsetzte: Er machte zwei Lesungen. Eine im Rahmen der legendären Station Memorial Party 1994 und eine im Durst. Zu Recht wurde Helminger 1995 bis 1999 mit dem begehrten Preis des »Prix d'innovation alternative du vertrieb de livres« des europäischen Buchhandels ausgezeichnet.

Die meisten Kisten mit über 500 Exemplaren der »Schlammkröte« waren bei Edgar gelagert gewesen. Als dieser überhastet und überraschend nach Irland auswanderte, entsorgte Edgars Onkel die wertvollen Folianten in einen Müllcontainer. Nur wenige Exemplare konnten gerettet werden, sodass die Originalausgaben der »Schlammkröte« an internationalen Sammlerbörsen Höchstpreise erzielen.

Die Wirkungsgeschichte

1994, im Erscheinungsjahr der Schlammkröte, konnte das Werk seine ganze sublim-regressive Wirkung entfalten. Die Zeit war, um ein Bonmot des letzten Jahrhunderts fallen zu lassen, reif für den Roman. Reif für den Erstling des jungen Luxemburgers aus Esch-sur-Alzette, der sich aufgemacht hatte, die unsubventionierte Buchkultur subkutan und durchaus unaffirmativ aufzumischen.

Dabei lässt sich eine einhellige Meinung zur »Schlammkröte« in den zeitgenössischen Rezensionen nicht ausmachen. Viele Rezensenten lassen sich vom Lebensgefühl der in dem Roman geschilderten Station ansprechen, können das positive Votum allerdings kaum rational begründen. Einer oder eine (in der Rezension ist nur das Kürzel RB angegeben, ob es für Ruth Brandt oder Rüdiger Behrens steht, ist nicht mehr nachzuvollziehen), einer oder eine also schreibt in einer Zeitschrift (auch hier kann man nur spekulieren, um welche es sich gehandelt haben könnte): »Die anekdotische Handlung fließt in Alkohol und Sperma dahin.« Bernd Imgrund in der Stadtrevue vom Januar 1995 verortet dagegen den Roman in diametral entsprechender Konsequenz »zwischen Whiskey, Wassereis und halben Hähnchen«.

Aber nicht nur die Kölner Presse widmete sich Guys Opus Magnum mit rasierklingenscharfen Analysen, auch die in der Weltmetropole Berlin erscheinende »Junge Welt« vom 6.3.1995 fällt eine überraschend geschmeidige Conclusio sine qua non: »Es gibt keine Geschichte, das Buch handelt vom Leben. Und das gefällt mir.« Eine schöne, dezidiert freudianisch vorgetragene Rezensentenmeinung. Da wollte RB in dieser Dingszeitschrift nicht zurückstehen, wenn er/sie euphorisiert zusammenfasst: »Dieser Reigen aus unglaublichen Geschichten [...(diese Pünktchen in den eckigen Klammern bedeuten, dass eine Menge überflüssiger Sermon an dieser Stelle getrost wegfallen kann)] kommt in einer Sprache daher, die die Herren Böll und Walser in Herzinfarktgefahr brächte.« Genau, bravo, die alten Zausel können sich nämlich mal 'ne mächtige Scheibe vom Guy abschneiden.

Die Einordnung des Frühwerks von Guy Helminger in die Tradition von Johann Wolfgang von Goethe, Georg Büchner und Thomas Mann

Guy Helminger ist zweifelsohne der talentvollste und eigentümlichste Jünger der sogenannten pränaturalistischen Phase der Kölner Schule. Umso beeindruckender erscheint die stilistische Reife und der fast seherische Vorgriff auf sein späteres Œuvre in der »Schlammkröte«. Dabei muss Helminger keinen Vergleich mit dem junggenialischen Georg Büchner scheuen. Nun gut, beati pauperes spiritu, in dem Alter, in dem Helminger die »Schlammkröte« schrieb, war Büchner schon unter der Erde. Aber jetzt mal unter uns, de mortuis nil nisi bene, die meisten Storys von Büchner, Woyzeck, Leonce und Lena als auch Lenz, sind doch arg an den Haaren herbeigezogen und verraten ein etwas überspanntes Gemüt des Dichters, dessen Ursachen gewiss auch in einer heillos verkorksten Jugend zu suchen sind.

Wie anders bei Helminger. Eine klare Sprache und natürlich ein Schlüsselroman von Weltrang. Vergleichbares hat in Deutschland mit seinem Frühwerk eigentlich nur Thomas Mann mit den Buddenbrooks hingekriegt. Danach ist dem späteren Nobelpreisträger aber auch nix Großartiges mehr eingefallen. Anders bei Helminger, aber das steht auf einer anderen Seite.

Und zwar auf dieser Seite: Für ihn ging es als Schriftsteller nach der »Schlammkröte« erst richtig los. Nicht so wie bei Geheimrat Goethe. Nun gut, de gustibus non est disputandum, aber der »Werther« war beim Wahl-Weimarer noch ein europaweiter Verkaufshit. Danach lagen seine Werke kiloschwer in den Regalen und Goethe lebte schon zu Lebzeiten nur von seinem phänomenalen Nachruhm.
Auch mit den Gebrüdern Grimm verbindet Helminger einiges. Zunächst einmal haben die Göttinger als auch der Luxemburger fast im gleichen Alter ihre Erstlingswerke veröffentlicht. Außerdem kann man auch die »Schlammkröte« durchaus als urban-fatalistische Hausmärchensammlung verstehen.
Schließlich drängt sich der Vergleich mit Schiller förmlich auf. Hat nicht auch der ewig kränkelnde Schwabe mit 21 Jahren seine »Räuber« zunächst im Selbstverlag herausgebracht? Na also! Und nachdem das Buch lange genug in den In-Kneipen von Württemberg bis Thüringen herumgelegen hatte, wurde es zum Verkaufsschlager.
Helminger fügt sich also nahtlos in die Reihe der großen deutschen Dichter ein, wenn er sie nicht gar übertrumpft.

Man kann also mit Fug und Recht behaupten, dass Guy Helminger mit der »Ruhe der Schlammkröte« schon in jungen Jahren der ganz große Wurf gelungen ist und er in der Rückschau als Begründer einer deutschen Klassik gefeiert werden darf – der Dichterfürst des 20. Jahrhunderts!

Punk-Lokal geschlossen

■ Wegen Ruhestörung mußte die „Station“, eine bekannte Kölner Punkrock-Kneipe, den Zapfhahn für immer zudrehen.

Ausriss aus dem Express vom 31.12.1992
über die Schließung der Station

IV. Die geschichtlichen Ereignisse

1. Der historische Buchumschlag

Gestaltet 1993/1994 von Barbara Thoben. Im Übrigen ihre erste Buchillustration überhaupt. Der Kreis schließt sich, weil B. Thoben auch den Umschlag des vorliegenden Kompendiums kreiert hat.

2. Karte der historischen Stätten

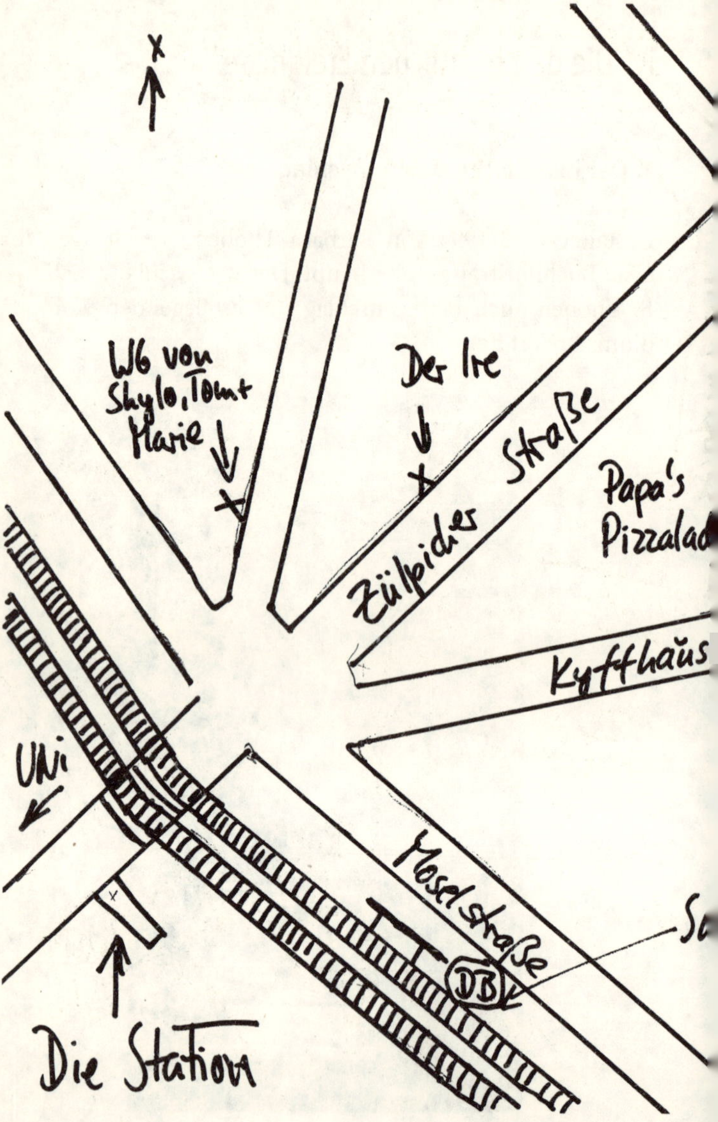

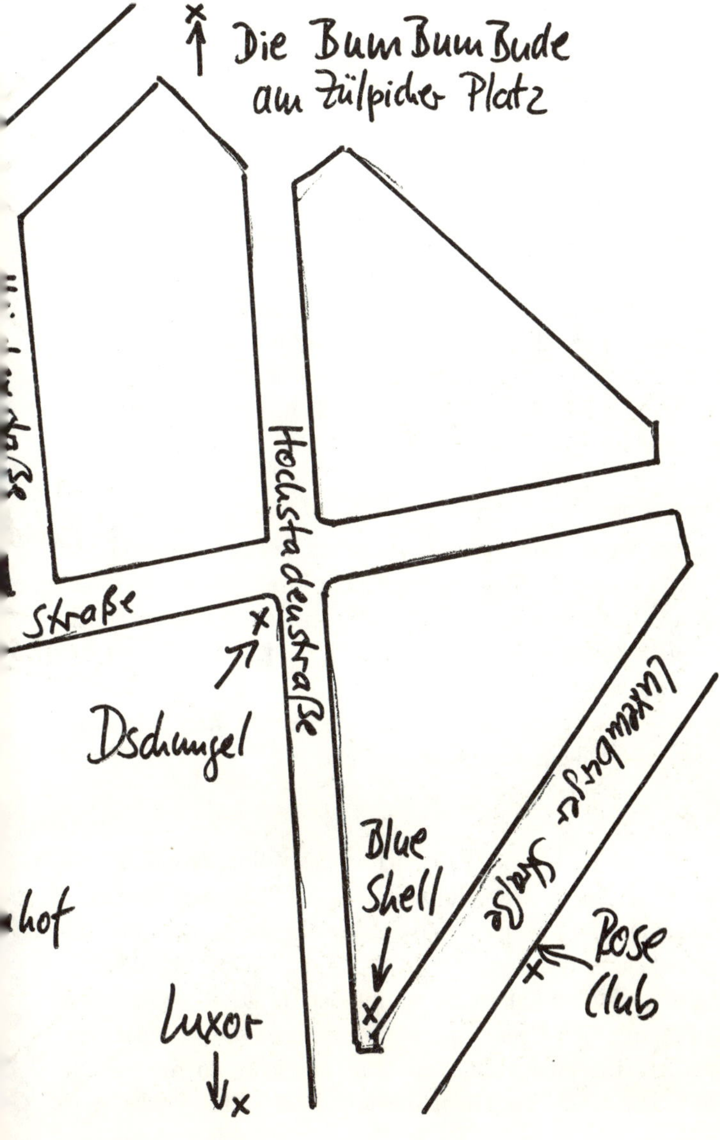
Die BumBum Bude
am Zülpicher Platz
Hochstadenstraße
Straße
Dschungel
Blue
Shell
Luxemburger Straße
Rose
Club
hof
Luxor

3. Die Geschichte der Station

Weitestgehend nach den streng subjektiven Erinnerungen von Anette S. aufgezeichnet.
Danke, Anette!

1978/1979
Die Baracke neben dem Bahndamm am Bahnhof Köln-Süd befindet sich in einem desolaten Zustand. Die ehemalige Frittenbude ist zur Straßenseite hin mit großen Pappwänden blicksicher verkleidet. Der Zwischenraum zwischen Fenster und Pappe ist mit Tausenden von Fliegen verklebt. An der Eingangstür klebt noch ein Schildchen: »Inhaberin Chrissi Witzfeld.«

1980/1981
In der Baracke hat sich das »Bistro de la Gare« eingerichtet. Dort bekommt man billige Küche. Außerdem lockt das Bistro mit dem ersten Videospiel von Köln. In einem Tisch eingelassen kann man »Pong«, das legendäre Tennisspiel mit den zwei Balken, spielen.
Die Geschichte des Bistros endet, als dem Besitzer bei einem Raubüberfall ein Auge ausgestochen wird.

1982/1983
Irgendwann in dieser Zeit pachtet der Kölner Großkneipier H. Vingst (der »Riesenhippie« aus der Schlammkröte) für ungefähr 300 DM im Monat die Baracke am Bahndamm und nennt sie Station. Wie die meisten Lokalitäten der Zülpicher Straße in dieser Zeit ist die Station der Tradition der siebziger Jahre treu geblieben: eine Hippiespelunke mit Tropfkerzen auf bauchigen Chiantiflaschen und dunkelbraunem Anstrich auf den gerippten Holzpaneelen. Hinter der Theke sitzt

Stations-Schild, alte Typo

Charly, der zumeist die Deckel der Kunden nicht abrechnen kann, da er volltrunken eingeschlafen ist.

1983/1984

In diesem Zeitraum steigt Anette S. als Thekenkraft ein. Sie macht erst einmal Tabula rasa und verpasst dem Laden einen neuen Style. Die Holzpanelen werden weißgrau gestrichen, es werden Sonnenschirme für die Außengastronomie angeschafft, und statt der eckigen Theke gibt es eine kuschelige abgerundete. Der Freund von Anette, Felix, entwirft die Stations-Schrift im Westernstil, die auf die Fensterscheibe geklebt wird, sowie die Stationssilhouette, die auf Streichholzschachteln und T-Shirts der Thekencrew erscheint. Ein ziemlich modernes Corporate Design entsteht. Das Wichtigste ist aber die Musik, die die Richtung der Station und ihres zukünftigen Publikums vorgibt: Punk statt Woodstock!

1985/1986

Die Thekencrew besteht vor allem aus Anette, Fibbes und Felix. Letzterer ist wenig begeistert von den ersten Stammgästen, einer Menge »Kinder«, wie er sagt. Es handelte sich um eine Gruppe von ein paar Jungs mit blonden Mädchen. Die Rede war von mir und meiner Clique.

Anette hatte derweil geschafft, die Station, das »Stationchen«, wie sie auch heute immer noch liebevoll sagt, ans Laufen zu bringen. Mit ein paar Tricks gelang es ihr, Leute in den Laden zu locken. Donnerstags lief es abends nicht so. Also lud sie eine paar Bekannte ein, sich auf ein Freikölsch direkt an das Fenster zur Straßenseite hin zu setzen. Kein Mensch setzt sich nun mal in eine leere Kneipe. Außerdem ging sie um 1 Uhr, wenn das Blue Shell schloss, auf Kundenfang und schleuste alle Weitertrinkwilligen die Moselstraße aufwärts in die Station.

Stations-Schrift, Western-Typo

In dieser Zeit kellnerte Hella von Sinnen in der Station, Stammgäste waren Ingolf Lück, Götz Alsmann und Alan Bangs. Die Spezialität von Anette und Felix waren ihre Cocktails, und die beiden waren es auch, die die erste Siebziger-Jahre-Party von Köln in der Station ausrichteten. Kam beim kölschen Verkleidungszwang natürlich riesig an. Die Kneipe war nun immer gerammelt voll.
Eines Abends tauchte in der Masse der Trinkenden eine wandernde Yuccapalme auf. Sie bewegte sich langsam Richtung Tür. Anette schrie: »Die klauen unsere Palme!«, denn auf ihre wenigen Deko-Elemente war sie zu Recht immer sehr stolz gewesen. Der Yucca-Palmen-Dieb konnte gestellt werden, und die Pflanze blieb an ihrem Ort.

1987/1988
In dieser Zeit war von einem auf den anderen Tag Schluss für Anette und die erste Stations-Crew. Vor allem die grauenhaften sanitären Verhältnisse, an denen der Chef H. Vingst nichts zu ändern gedachte (außer einmal ein neues Pissoir

anzubringen, das in einer absurden Höhe angebracht war, sodass selbst Zweimeterhünen Probleme hatten, hineinzuzielen), bewogen die Crew, aufzuhören. Eine Handvoll Stammgäste, allen voran Shylo, Tom und Oskar, der auch schon mit Anette zusammengearbeitet hatte, schmissen nun den Laden.

1989/1990

Bestens dokumentierte Jahre durch die »Schlammkröte«.

1991/1992

Die Station ist nicht mehr mein Lebensmittelpunkt, ich werde solide und Anfang 1992 Familienvater. Mit meiner Frau und dem Kinderwagen sitze ich im Sommer 1992 noch einmal wehmütig im Stations-Biergarten. Wir sehen, wie auf der gegenüberliegenden Straßenseite ein Häuserblock mit Luxusstudentenwohnungen hochgezogen wird. Die Studenten werden sich die allnächtliche Ruhestörung nicht gefallen lassen, das Ende der »Station« naht.

31.12.1992

Die Station schließt.

4. Anordnung der handelnden Personen hinter der Theke nach Wochentagen

Die Arbeitsschichten des Thekenteams (abends)

Montags:
Charly (Guy Helminger) + Edgar (der Mann mit dem Flippersex)
(Es lief eigentlich nur irische Musik, die Pogues vor allem, und die beiden teilten sich eine Flasche Paddy)

Dienstags:
Charly + Simon (der Taxifahrer mit dem großen Durchhaltevermögen)

Mittwochs:
Der Mittwoch war kein Ruhetag, aber wer zum Teufel hat an diesem Tag gekellnert?

Donnerstags:
Tom (der Zivi mit dem roten Kopf) + Shylo (die Schlammkröte)

Freitags:
Oskar (der werdende Arzt) + Shylo + Charly. Der Großkampftag

Samstags:
Tom + Edgar

Sonntags:
Marie + Shylo (wenn er nicht zwei Nächte durchgemacht hatte)

Der Sonntag war der schlimmste Tag mit den schlimmsten Gestalten an der Theke. Selbst um 1.30 Uhr, eigentlich die Kernzeit der Station, verloren sich oft nur 10 bis 15 Trinkwillige am Tresen.

Die Thekenteams hatten sich so organisiert, dass einer der beiden um 20 Uhr kam und der andere um 23 Uhr, an Freitagen kam ein dritter Mann um 22 Uhr. Die Jungs verdienten 10 DM in der Stunde, Trinkgeld gab es kaum. Interessant wurde es ab 450 DM Umsatz. Dann gab es für jeweils 100 DM zusätzlichen Umsatz 10 DM für das ganze Team. An guten Abenden, wie dem Freitag, waren öfter 2000 DM in der Kasse, d.h. dass jeder der Jungs 50 DM extra erhielt. Von einer Kasse zu sprechen, war allerdings falsch. Es gab eher eine Art Schuhkarton mit Geld. Bei der Geschwindigkeit der Bestell- und Zahlvorgänge wäre das auch gar nicht anders gegangen.

V. Die Stoffgeschichte des Romans

Da Helminger stofflich vor allem seinen eigenen Erinnerungen verpflichtet ist, sei hier zunächst eine kurze Zusammenstellung der sekundären Stoffquellen der Station gegeben.

A. Stoffquelle Beck's

1873 – Die Kaiserbrauerei Beck & May stellt das erste Beck's Bier her.
1876 – Beck's Bier wird erstmals in der noch heute stilbildenden grünen Flasche produziert.
1949 – wird die erste Flasche Beck's in Deutschland verkauft. Bis zu diesem Zeitpunkt hatte sich Beck's zu Deutschlands erfolgreichstem Exportbier gemausert, aber den Biertrinkern im eigenen Land war es vorenthalten worden.
1955 – Der Werbeslogan »Beck's löscht Männerdurst« erobert die Welt. Das sollte mal meiner Frau zu denken geben, die in der Station immer am liebsten Beck's getrunken hat.
1975 – Zum ersten Mal wird Beck's als Fassbier angeboten, berühmt geworden war es ausschließlich als Flaschenbier. Und dieser Tradition fühlten sich die jungen Trinkkonservativen der Station natürlich verpflichtet.
1984 – Das Schiff mit den grünen Segeln tauchte in den Beck's-Werbespots auf. Und dieser Werbespot (»Sail away«) nervte ungeheuerlich. Ich bin in den 80ern ungefähr zweimal pro Woche ins Kino gegangen, und man wünschte sich, sobald der grüne Segler auftauchte, dringend einen zielsicheren Torpedo, um die doofe Schaluppe endlich zu versenken.

Man hat das Bier definitiv TROTZ und nicht WEGEN der Werbung getrunken.

B. Stoffquelle Budweiser Budvar

14. Jahrhundert – Seit diesem Jahrhundert wird in Budweis Bier gebraut.
1930 – Die Schutzmarke Budvar als Kennzeichnung des Herkunftsorts des Biers wird registriert. Der Kampf gegen die amerikanische Biermarke Bud(weiser) ist voll entbrannt. Insgesamt sind bis heute 40 Gerichtsverfahren anhängig, dazu kommen weitere 70 Verwaltungsverfahren. Es geht in allen Verfahren darum, die Ursprünglichkeit und Originalität des tschechischen Bieres zu wahren. Ich empfehle im Übrigen eine Blindverkostung beider Biere. Es gibt einige Unterschiede.
Seit 1995 – ist die Brauerei in tschechischem Staatsbesitz. Es ist sehr interessant, in Tschechien ein Budweiser zu trinken. Dort, im Stammland des Pils, ist es nicht üblich, dem Fassbier Kohlensäure beizumischen. Der Biergenuss ist aber kein schaler, sondern hinterlässt eine sehr weiche, aromatische Blume.

C. Stoffquelle Bitburger Pils

1817 – Eröffnung der Brauerei im Eifelstädtchen Bitburg. Ich hatte vor nicht allzu langer Zeit eine freundliche Dame eines Call-Centers mit süddeutschem Dialekt am Telefon. Als ich die Stadt Bitburg erwähnte, bekam sie einen regelrechten Lachkrampf und konnte nicht glauben, dass sich tatsächlich eine ganze Stadt nach einer Biersorte benannt hat.

1871 – Theobald (Th.) Simon übernimmt die Brauerei. Der Godfather des Bitburger findet immer noch namentlich auf allen Flaschen Erwähnung.
1883 – Die Bitburger Brauerei braut ihr erstes Pilsener Bier. Angeblich war es das erste Bier in Deutschland überhaupt, das nach Pilsener Brauart gebraut wurde. Gegen die freche Übernahme ihres Braustils haben tschechische Brauereien natürlich lange aufgemuckt – vergeblich.
1929 – Als Werbemotiv wird »Der Genießer« eingeführt, dieser etwas ältliche Mann, der ein Pilsglas in der linken Hand hält und mit Zeigefinger und Daumen der anderen Hand ein »O« formt. Das soll signalisieren: Echt tipp topp tadellos, das Bierchen.
1959 – Auf der ANUGA in Köln wird der Werbespruch »Bitte ein Bit« in der geschwungenen Handschrift von Theobald Simon vorgestellt. Der etwas angestaubte Schriftzug hat erstaunlicherweise alle Mutationen des Biers vom Eifelbräu (die eigentliche Darreichungsform des Bitburgers ist in einer gedrungenen 0,33-Liter-Flasche, die in der Eifel »Stubbi« genannt wird. In der länglichen Flasche schmeckt mir das Bier nicht) zum »Premiumpils« überstanden.

VI. Verfilmungen der Schlammkröte

Die Schlammkröte ist bis jetzt noch nicht verfilmt worden.

VII. Materialien zur Aufarbeitung des Werks im historischen Kontext

1. Die Rolle des Würfelspiels »Schocken« in der Station

Die offiziellen Schocken-Regeln

Ziel des Spiels ist es, mit drei Würfeln eine möglichst gute Würfelkombination zu erzielen. Dem Kniffel-Spiel ähnlich, darf man in drei Versuchen probieren, sein Ergebnis zu optimieren.

Folgende Würfelkombinationen sind beim Schocken zugelassen, in der Reihenfolge ihres Werts:

1. Der Schock
Die höchste Wertung. Für einen Schock benötigt man immer zwei Einsen. Der niedrigste Schock wird »Schock Zwei« genannt:

Besser ist »Schock Drei«, »Schock Vier« usw. Noch besser als »Schock Sechs«, der beste Wurf überhaupt, ist Schock Aus:

Jeder Schock schlägt den

2. Pasch

Drei gleiche Würfe ergeben einen Pasch.
Ein Beispiel für einen Pasch ist

Dabei schlägt der höhere Pasch den niedrigeren Pasch, aber auch die

3. Straße

Wie beim Pokern definiert sich eine Straße durch drei aufeinander folgende Wurfaugen.

Dieser Wurf wird aber natürlich von der Straße

geschlagen. Jede Straße wird allerdings höher gewertet als das

4. Einfache Ergebnis

Diese Kraut-und-Rüben-Würfe, die weder die Schock- noch die Pasch-, noch die Straßenkriterien erfüllen, sind eigentlich immer scheiße. Gewinnen kann man mit einfachen Würfen nicht. Es geht oft nur darum, nicht zu verlieren.
Denn auch beim einfachen Ergebnis gibt es Abstufungen. Gewertet wird ab dem höchsten Augenwurf abwärts.
Wenn eine »Sechs« dabei ist, ist es gar nicht mal so schlecht. Dann kommt vielleicht so was dabei herum:

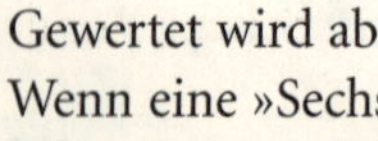

Wenn der höchste Wurf beim Einfachen Ergebnis eine »Vier« ist, wird es schon trauriger:

Kann einen schon die nächste Schnaps-Runde kosten. Demnach ist der finsterste Wurf des einfachen Ergebnisses:

Mit diesem Wurf hat man in jedem Fall verloren.

Punkteverteilung

Schocken wird natürlich nicht in einer einzigen Würfelrunde entschieden. Das ginge ja viel zu schnell. Während des Spiels wird ein Stapel von 13 Bierdeckeln verteilt, dies geschieht nach einem hochkomplizierten Punktesystem. Und zwar bekommt immer der Spieler mit dem schlechtesten Wurf genau die Anzahl von Deckeln, die dem höchsten Wurf entsprechen.
Am einfachsten ist es, wenn ein Spieler »Schock Aus« wirft. Dann bekommt der Spieler mit der niedrigsten Wurfkombination in dieser Runde ALLE Deckel.

Aber keine Sorge, das war erst der erste Satz. Dann wird noch ein zweiter Satz ausgespielt. Die Verlierer der beiden Sätze (wenn es nicht der gleiche Spieler war) spielen dann in einem Loser-Finale den endgültigen Besteller der Schnaps-Runde aus.

So einfach ist Schocken!

2. Verzeichnis der Filme, die Herr Andrack in der zweiten Hälfte der achtziger Jahre im Kino gesehen hat

Aufgeführt sind nur Filme, die sich unter den Top 100 in Deutschland befanden. Die Reihenfolge der Filme in jedem Jahr entspricht ihrer Platzierung in den Top 100.

1986
Der Name der Rose
Jenseits von Afrika
Drei Männer und ein Baby
Extremities
9 1/2 Wochen
A Chorus Line
Die Farbe Lila
Piraten
Hannah und ihre Schwestern
Highlander
Down by Law
Spione wie wir
Die Ehre der Prizzis
Die ungaubliche Entführung der Mrs. Stone
Zimmer mit Aussicht
Tod eines Handlungsreisenden
Der Kuss der Spinnenfrau
Ginger und Fred
Absolute Beginners
Silverado
Ran
Subway
E.T. – Der Außerirdische
Pretty in Pink
Mein wunderbarer Waschsalon
F/X – Tödliche Tricks

1987

Dirty Dancing
Otto – Der neue Film
Crocodile Dundee – Ein Krokodil zum Küssen
Beverly Hills Cop II
Der letzte Kaiser
Die Reise ins Ich
Platoon
Gottes vergessene Kinder
Full Metal Jacket
Zabou – Schimanski II
Stand by me – Das Geheimnis eines Sommers
Angel Heart
Die Unbestechlichen – The Untouchables
Die Fliege
Die Hexen von Eastwick
Out of Rosenheim
Der Himmel über Berlin
Soul Man
Blue Velvet
Predator
Radio Days
Peggy Sue hat geheiratet
Star Trek IV – Zurück in die Gegenwart
Auf Wiedersehen Kinder
Rendezvous unterm Nierentisch
Mission
Gnadenlos
Blind Date – Verabredung mit einer Unbekannten
She's gotta have it
Masken
Roxanne
Das grüne Leuchten

1988
Eine verhängnisvolle Affäre
Falsches Spiel mit Roger Rabbit
Crocodile Dundee II
Ich und Er
Rambo III
Man spricht deutsh
Willow
Die unerträgliche Leichtigkeit des Seins
Die Katze
Big
Stirb langsam
Frantic
Die Geister, die ich rief
Als die Liebe laufen lernte – Die Aufklärungsrolle
Die Venusfalle
Die Abenteuer des Baron Münchhausen
Midnight Run – 5 Tage bis Mitternacht
Mondsüchtig
RoboCop
Good Morning, Vietnam
Beetlejuice
Barfly
Der große Leichtsinn
Das Reich der Sonne
Die letzte Versuchung Christi
Die Braut des Prinzen
Sammy & Rosie tun es
Wolfsmilch
Verschwörung der Frauen
Suspect – Unter Verdacht
Schmeiß' die Mama aus dem Zug

1989

Rain Man
Ein Fisch namens Wanda
Zurück in die Zukunft II
Indiana Jones und der letzte Kreuzzug
Die nackte Kanone
Harry und Sally
Angeklagt
Gefährliche Liebschaften
Sex, Lügen und Video
Abyss
Erik, der Wikinger
Gorillas im Nebel
Mississippi Burning
Der Koch, der Dieb, seine Frau und ihr Liebhaber
Frauen am Rande des Nervenzusammenbruchs
Mystery Train
Die Vorleserin
Rosalie goes Shopping
Die kleine Diebin
Die Reisen des Mr. Leary
Spacecop L.A. 1991
Cinema Paradiso
Do the right thing

3. Aus dem Mailverkehr zwischen Autor und Herausgeber

Von: Manuel Andrack
Gesendet: Freitag, 6. Januar 2006 16:25
An: Guy Helminger
Betreff: Bahnhofshass

Lieber Guy,
frohes neues Jahr dir und deiner Familie! Was mich mal interessieren würde: Hasst du wirklich Bahnhöfe? Oder nur in den 80ern und jetzt bist du total happy mit den Komsumtempeln der Mehdorn-Ära? Oder hast du vielleicht auch schon früher Bahnhöfe nicht wirklich gehasst, sondern nur deine »Romanfigur« mag keine Bahnhöfe, die mit diesem direkt am Anfang herausgestellten Bahnhofshass urplötzlich so einen philipp-marlowesken Charakterzug bekommt?
In Erwartung einer Aufklärung,
Manuel

From: Guy Helminger
To: ›Manuel Andrack‹
Sent: Tuesday, January 24, 2006 9:12 PM
Subject: AW: Bahnhofshass

Hi Manuel,
hat etwas gedauert. Noch immer leben wir aus und auf Kisten, aber es geht langsam aufwärts. Es verhält sich eigentlich umgekehrt. In den 80ern habe ich meine Leidenschaft fürs Reisen entdeckt und Bahnhöfe waren für mich der Ausgangspunkt, um irgendwann irgendwo anzukommen, also recht wichtig.

Bahnhöfe, hatte ich das Gefühl, sind wie Schleusen: Der Weg vom Eingangsbereich bis zum richtigen Zugabteil und erst recht der Weg vom Zugabteil durch die Hallen nach draußen in einen fremden Ort war immer mit einem aufwühlenden Gefühl, einer glucksenden Erregung verbunden. Heute reise ich immer noch gern, aber die Leute gehen mir aufn Sack, diese ganzen Massen, von denen ich ein Teil bin. Nix Schleuse mehr, nur Gedränge und aberwitzigste Verhaltensmuster. Wie viele Menschen unfähig sind, ihren Sitzplatz zu finden, und prompt im falschen Wagen suchen und dabei lautstark auf die Deutsche Bahn schimpfen, ist schon großartig. Ich reserviere jetzt auch immer »Ruhe«. Kann man im Internet beim Kauf einer Fahrkarte ja anklicken. Und was nützt es? Die vorne redet so laut über ihr letztes Rendezvous, dass ich beschließe, nie wieder mit einer Frau auszugehen, und der hinter mir telefoniert ununterbrochen mit jemandem von der Börse, dass ich mir spontan vornehme, so reich zu werden, dass ich alle Handys aufkaufen und zerstören kann. Natürlich klingelt 30 Sekunden nach diesem erstklassigen Entschluss mein eigenes Handy, aber da ich ausm Fenster starre, sieht niemand, wie ich rot werde. Ich schweife ab. Ich mag Bahnhöfe wirklich nicht mehr. Aber damals schien mir diese Abneigung ein ordentliches Attribut für meinen Ich-Erzähler. Vielleicht habe ich es ja geahnt, vielleicht habe ich vorausgefühlt, was sich heute in mir tut, wenn ich Bahnhöfe betrete. Ich versuche mir gerade irgendeinen vorzustellen, und sofort riecht es in meinem Zimmer nach Urin. Übrigens unter einem »Konsumtempel« stelle ich mir dann doch etwas anderes vor als diese labbrigen Wurstverkaufsstellen mit zugigem Mittelgang.
Aufklärung war gestern, heute ist Helminger,
der Guy

Von: Manuel Andrack
Gesendet: Montag, 20. Februar 2006 20:04
An: Guy Helminger
Betreff: Re: Schuhe

Lieber Guy,
endlich melde ich mich auch wieder. Obwohl mir natürlich klar ist, dass Charly eine literarische Figur ist und nichts, aber auch reingarüberhauptnichts mit Guy zu tun hat, habe ich nach den Bahnhöfen eine andere War-das-wirklich-damals-so-bei-dir-Frage. Im sechsten Kapitel der Schlammkröte erwachst du aus einem Koma, komplett bekleidet inklusive Stiefel. Trugst du damals wirklich Stiefel? Und wenn, waren das Cowboystiefel? In Schwarz oder in Wildleder? Mit hohen oder eher moderaten Absätzen?
Ich zumindest habe zu Stations-Zeiten stets ultraspitze Lederschuhe mit glatter Sohle getragen. Die habe ich mir immer im Studio 59 auf der Ehrenstraße gekauft. Sah zu engen Jeans tierisch geil aus. Das waren Schuhe, die, sollten sie jemals im Arsch eines anderen landen, durchaus tödliche Wirkung haben konnten.
Herzliche Grüße,
Manuel

From: Guy Helminger
To: ›Manuel Andrack‹
Sent: Tuesday, February 21, 2006 9:46 AM
Subject: AW: Schuhe

Lieber Manuel,
ich würde sagen, hängt davon ab, wen du getroffen hättest; es gab durchaus Leute, die standen auch schon damals auf die harte Lederszene. Aber ich trug tatsächlich immer

Westernstiefel, schwarze Boots, und die waren auch verdammt spitz, spitz wie Nachbars Lumpi. Die Absätze würde ich als moderat bezeichnen. Ich bin ja Western-Fan, und bei Sergio Leone trägt Charles Bronson auch keine Pumps, oder? Übrigens trage ich die Dinger heute noch, allerdings nur zu Karneval. Sie sind mittlerweile komplett zerschlissen und ich kann sie nachts, wenn ich mein Bett gefunden habe, nur noch mit Hilfe eines Stiefelknechtes vom Fleisch schälen und ich habe sie mal im Suff silbern anlackiert. Frag nicht, was ich mir dabei gedacht habe. Ich nehme an, ich war zu der Zeit nicht von dieser Welt. In zwei Tagen is' es ja wieder so weit. Dann bin ich wieder Prinz Karneval. Ich freue mich!!!!!!!!!!! Aber zurück zu deinen Tretern. Wenn die so 'ne glatte Sohle hatten, biste da nicht immer auf den ganzen Bierlachen in der Station ausgerutscht, oder hatteste dich an die Theke gekettet und einen Karabinerhaken ins Kölschglas geklinkt? Ich habe mich gestern schon mal warmgetrunken und -gesungen, damit dat mit dem Kölschen Liedgut auch klappt.
»Mir sin alles kölsche Jungen
Wer jet will, der soll ruhig kumme
Schabau in dä Fläsch
Dä Knüppel in der Täsch
und wenn mer kenne Knüppel han
Dann schlage mer mit der Fläsch.«

Das singt mein Sohn zurzeit. Er ist fünf. Manuel, habe ich wat falsch gemacht? Besorgt und zerknirscht, dein Guy

Von: Manuel Andrack
Gesendet: Dienstag, 21. Februar 2006 19:59
An: Guy Helminger
Betreff: Re: Karneval und Skins

Lieber Guy,
ich wusste gar nicht, dass du als alter Luxemburger 'ne richtige Karnevalsjeck bist. Meine wilden Karnevalszeiten sind lange vorbei. Ich weiß aber, dass zu Stations-Zeiten, als ich wirklich bekennender Karnevalist war und die sechs Tage von Weiberfastnacht bis Aschermittwoch nicht ins Bett gekommen bin, die Station absolut karnevalsfreie Zone war. Gut, es gab später die Mottopartys, bei denen man sich als Seeräuber (was waren das denn noch für Themen?) und Ähnliches verkleidete. Die Mottopartys fanden aber außerhalb der Session statt. Aber wenn ich während des Karnevals mit Kostüm in die Station kam, erntete ich nur bedauernde Blicke. Die Station war definitiv nicht the place to be in Karneval.

Eigentlich wollte ich dich aber zu der Horde Skinheads befragen, die in der »Schlammkröte« die Station zerlegen. Gab es die wirklich? Genauso wenig wie Kostümierte zur Karnevalszeit habe ich je eine Glatze in der Station gesehen. In Köln waren sie so selten gesät, dass man nie einen sah. Köln ist doch nicht Berlin-Marzahn! Den Skinüberfall hast du dir doch ausgedacht, mitsamt der Gummiknüppel hinter der Theke, die ihr zu Selbstverteidigungszwecken hattet.
Verwirrt um Erklärung bittend
Manuel

Von: »Guy Helminger«
An: »›Manuel Andrack‹«
Betreff: AW: Karneval und Skins
Datum: Mittwoch, 22. Februar 2006 13:17

Alaaf!
Karneval über alles! Wenn es vorbei ist, beginnt die Vorfreude aufs kommende Jahr. Oder, um mich einem deiner Gebiete anzunähern und das Zitat einer Koryphäe abzuwandeln: »Nach den jecken Tagen ist vor den jecken Tagen!«
Aber du hast schon recht, damals war Karneval verpönt. Ich habe schon oft darüber nachgedacht, warum eigentlich? Aber wenn ich heute in meine neuen Stammkneipen wandere, also etwa ins Low Budget oder ins Durst, dann ist Karneval dort noch immer verpönt. Scheint so, als gäbe es eine bestimmte Kneipenart, die sich mit Kostümatmosphäre nicht verträgt. Vielleicht weil alle zu cool sind und vor lauter Eisigkeit das Gefrierfach nicht aufbekommen. Ich gehe trotzdem gerne in diese Läden, liebe sie sogar, nur Karneval kriegen mich keine zehn Pferde dorthin. Aber die Motto-Feten waren grandios, oder? Ich habe übrigens ein famoses Bild von dir auf unserer Horrorfete, auf dem ein mir unbekannter Gast dir brennende Kippen ins Gesicht drückt. Auf einem anderen Foto bist du auch noch zu sehen, allerdings ist es eher ein Brustbild, deine Nase, Augen oder so sind nicht mehr aufm Bild, weil ich es offensichtlich mehr auf die Frau abgesehen hatte, die du im Arm hälst, nämlich Lynn. Weitere Motti: Woodstock, Sperrbezirk, Hard & Heavy ...
Also, der Überfall ist genau so abgelaufen, nur waren es keine Skins. Ich sage das übrigens auch nicht in der »Schlammkröte«, ich rede von »Oberasis«, vielleicht ist das Wort »stahlhart«, das dort zu lesen ist, missverständlich, jedenfalls handelte es sich um eine Clique Bauarbeiter, die

regelmäßig im Laden waren und fast immer Zoff anfingen. Es war sowieso eine übel brutale Zeit, Oktober–November 88, dauerte nur etwa fünf Wochen, aber diese Abende waren so, dass man echt den Glauben an die eigene Profession verlieren konnte. Und die schweren Jungs, alles Hünen, haben uns den Laden zerlegt, einer hat dem Penner gegens Bein gepisst und wir haben, Shylo, Oskar und ich, die Türen um 23.00 Uhr dichtgemacht und sind in den »Stiefel« saufen gegangen, anschließend noch zum Iren. Auch die Knüppel hatten wir immer hinter der Theke, es waren irgendwelche abgesägten Kabel, Durchschnitt etwa 6 Zentimeter, mit Vollgummiummantelung. An den Enden konnte man die Metallkabel innen sehen. No Joke! Das war das Miese an dieser Zeit. Wir mussten immer wieder zwischen Schlägereien gehen, Leute vor die Tür werfen usw. Und natürlich hat man da auch mal etwas abbekommen. Übrigens, was die Skins anbelangt, die gab es auch, aber nicht bei uns im Laden, dafür hingen dort zu viele Autonome rum. Aber sie hatten einen Laden am Rathenauplatz, ist heute, glaube ich, ein Geschäft für Grufti-Klamotten drin, und ab und an, wenn sie mal wieder dachten, ihre Scheiß-Scholle ist zu klein, pflügten sie in angrenzende Läden. Sie waren am frühen Abend einmal in der Station und wollten, dass wir so ein Tape spielten, das sie uns reichten, weil sie dachten, da kriegen alle Angst oder wir weigern uns, das zu spielen, und dann können sie eine Schlägerei anfangen. Aber wir wollten einfach mal hören, was da drauf war auf dem Tape. Es war eine schlechte Aufnahme von irgendeiner Band, die wir nicht kannten und die wir auch nicht verstanden. Es war Krach. Außer drei Gästen war niemand im Laden. Ihre Musik lief, ich las und die Skins langweilten sich schon nach fünf Minuten, forderten das Tape zurück und waren weg. Trotzdem sagten wir den Autonomen Bescheid und bereits am anderen Tag

rückten sie in Hundertschaften an, gingen von der Station aus los die Zülpicher hoch und brüllten »Nazis raus!«.
Hat geholfen.
Bis demnäx, Guy

Von: Manuel Andrack
Gesendet: Freitag, 15. September 2006 13:22
An: Guy Helminger
Betreff: Pseudonyme

Lieber Guy,
haben einige Pseudonyme der Schlammkrötenprotagonisten eine doppelte Bedeutung? Wie bist du drauf gekommen? Okay, Tom, Kai, Oskar und Marie sind noch eher gewöhnliche Namen. Aber Myra, Tamar und vor allem Shylo haben ja schon eine shakespearehafte klangliche Tragweite. Und Razor, Lynn und Simon lassen auf eine extrem anglophile Tendenz der Namensfindung schließen. Und mittendrin Edgar. In Erwartung einer etymologischen Erklärung,
Manuel

Von: »Guy Helminger«
An: »»Manuel Andrack««
Betreff: AW: Pseudonyme
Datum: Montag, 18. September 2006 11:19

Lieber Manuel,
tja, die Namen. Eigentlich werfe ich bis heute einfach Buchstaben zusammen und warte darauf, dass sie gut klingen und nicht unbedingt alltäglich. Damals war das noch nicht ganz so ausgeprägt. Deshalb habe ich geklaut, wo ich konnte, und so sind einige Namen anderen Büchern entliehen oder

zweckentfremdet, verstümmelt usw. Meinem Oskar beispielsweise fehlt die Trommel, aber ich dachte, wenn jemand ungefähr das Alter von meinem Oskar hat, könnten die Eltern doch durchaus »Die Blechtrommel« gelesen haben und ihren Sohn dementsprechend getauft haben. Shylos Name kam nach einem Theaterbesuch: ganz recht: der Kaufmann von Venedig. Das ck ist halt weggefallen. Tamar ist der Bibel entnommen, ich fand den Namen schon immer super, und bei Myra habe ich immer an Myhrre gedacht, an etwas Weihevolles. Razor, die Rasierklinge, scharf wie Nachbars Lumpi! Lynn, na ja, da musste selbst mal in der Videothek nachschauen; kleiner Tip: Diese Art Filme stehen meist hinter einer Trennwand oder im Keller. Was den Namen Edgar anbelangt. Ich habe damals neben AC/DC, den Dead Kennedys und Tom Waits auch viel Edgar Varèse gehört. Der war dann der Namenspate. Hoffe, nicht zu viel erklärt zu haben. Bis die Tage,
dein Namensspecht

Von: Manuel Andrack
Gesendet: Donnerstag, 21. September 2006 15:39
An: Guy Helminger
Betreff: Nächste Frage

Lieber Guy,
es gab ja Ende der Achtziger neben den Punks und den Skins noch andere Kleingruppierungen, die sich durch Musik-, Kleidungs-, Lebensstil und Intelligenzquotient unterschieden. Die Teds, die Grufties, und natürlich die gesamte Alternative Szene, die du in der »Schlammkröte« zärtlich Müslis nennst. Ist dein Hass auf die »Müslis« inzwischen ein wenig altersmilde abgeschwächt? Pass auf, was du sagst, ich war und bin auch ein ganz schöner Öko

(keinen Führerschein machen, Fleisch von glücklich dahingeschiedenen Tieren essen, Mülltrennen).
Peace
Manuel

Von: »Guy Helminger«
An: »»Manuel Andrack««
Betreff: AW: Nächste Frage
Datum: Freitag, 22. September 2006 16:22

Lieber Hippie!
Da möchte ich doch unterscheiden! Gegen ein ökologisches Bewusstsein hatte ich schon damals nicht viel einzuwenden, auch wenn mir in der Praxis die Mülltrennung nicht immer gelang. Hinzu kommt: Tiere auf der Weide haben was mit dieser Welt zu tun, und auch ich kaufe mein Fleisch heute im Bioladen, meistens. Aber Müslis waren noch nie von dieser Welt. Müslis haben kein Hirn aus Fleisch und Blut, sondern einen Joghurtbecher mit Nüssen und einer zermatschten Birne drin. Und das hat gravierende Folgen. Zum Beispiel können sie nicht Tacheles reden, haben immer alle lieb und dadurch ein komplett verquertes Weltbild über ihrem Bett hängen. Ich gebe dir mal ein Beispiel aus der Schluckbude. Da gab es einige asoziale Typen, die klauten den Gästen das Bier, wenn diese aufs Klo gingen, oder auch mal die Brieftasche. Es waren oft die Gleichen, die die Mädels versuchten zu begrabschen oder auch mal ihren Pimmel rausholten. Unter ihnen war auch ein Afrikaner, der immer mit einer Decke auf der Schulter rumlief. Ok, wenn also so ein Arschloch erwischt wurde und wir ihn vor die Tür katapultierten, schauten die Müslis, gesetzt es hatte sich jemand in seinen Sandalen in den Laden verirrt, betroffen hinterher, hielten aber den Mund. Wenn wir das Gleiche

mit dem Afrikaner machten, weil der die gleiche Scheiße gebaut hatte wie seine weißen Kollegen, sprangen die Müslis entsetzt auf und erklärten, das könne man doch nicht tun, der mache das doch alles nur wegen seiner schweren Vergangenheit. Das waren so die Momente, wo ich dachte: Rassismus ist doch, wenn man einen Unterschied macht, oder? Wenn jemand ein Arschloch ist, spielt die Hautfarbe doch keine Rolle, oder? Aber erklär das mal einem verständnisvollen Müsli, in dessen Herz sich über all die Jahre so viel Liebe abgelagert, dort vor sich hin gedümpelt hat, dass er entsetzlich aus dem Hals stinkt, wenn er nur den Mund aufmacht. Mit einer gesunden Umwelt hat das nichts zu tun, auch nichts mit der alternativen Szene. Die hatte nur Pech, dass sich solche Blödköppe von ihr angezogen fühlten. Hinzu kommt, ich habe nie auf Kleider geachtet, auf Aussehen, aber die Müslis sahen so fade aus, dass man einschlief, noch ehe sie den kurzen Weg vom Eingang zur Theke zurückgelegt hatten. Das war der wandelnde Tod durch Langeweile. Du siehst, ich hasse Müslis nicht. Sie bringen mich zum Wahnsinn!
Komplett verärgert, um sich schlagend, fuchtelnd, Erinnerungen verscheuchend und dabei ausrufend:
Who killed Bambi?
Der Guy

Von: Manuel Andrack
Gesendet: Donnerstag, 5. Oktober 2006 7:24
An: Guy Helminger
Betreff: Stationsehen

Lieber Guy,
jetzt geht's ans Eingemachte: Um den Titel des ältesten Stations-Pärchens aller Zeiten.

Ich habe Doro Ende 1989 in der Station kennengelernt, da war ich noch mit meiner alten Freundin zusammen. Als ich mich am 21. Mai 1990 von eben dieser Freundin getrennt habe (okay, eigentlich war es umgekehrt und sie hat sich von mir getrennt), ging ich am gleichen Abend in – na klar, die Station. Dort wurde ich rührend und einfühlsam von Dipl.-Psych. Tom hinter der Theke betreut. Und siehe da, wer setzt sich auf den einzigen freien Platz neben mir an die Theke: mein Engel Doro!
Wir heirateten genau ein Jahr später (29. Mai 1991, klar, am 30. Mai ist ja Weltuntergang, wir leben nicht mehr lang), 1992 kam das erste Kind und 1993 das zweite, wir nutzten die Zeit optimal. Eigentlich alle mir bekannten in der Station als »Kneipenbekanntschaften« gestarteten Beziehungen und Ehen sind mittlerweile entzweit, aber was ist mit dir und Myra? Ihr habt ja auch geheiratet und Kinder, aber die Frage aller Fragen ist, toppt ihr unser Kennenlerndatum?
fragt
Manuel »Treuer Husar« Andrack

Von: »Guy Helminger«
An: »»Manuel Andrack««
Betreff: AW: Stationsehen
Datum: Freitag, 6. Oktober 2006 14:12

Mein lieber Herr Gesangsverein,
also bei Wettbewerben war ich noch nie zu Hause. Wer hat den Längsten, wer kann am schnellsten seinen Eisschrank auffüllen oder wer bringt in einer Minute per Strohhalm die meisten Kröten zum Platzen. Irgendjemand, der tief unten in mir hockt, Magentabletten kaut und eine Badekappe trägt, raunt mir zu, lass dich auf diesen Contest nicht ein. Also ziehe ich hiermit meine Kandidatur zurück, erkläre

feierlich, nie eine Frau namens Myra kennengelernt zu haben und auch sonst keine Kontakte in welche Richtung auch immer zu pflegen. Aber gewonnen habe ich trotzdem.
Bis zur nächsten Misswahl,
dein Django

Manuel Andrack, geboren 1965, Chefdramaturg und »Sidekick« von Harald Schmidt, erhielt 2001 und 2003 den Deutschen Fernsehpreis, war zweimal für den Grimme-Preis Spezial nominiert und wurde mit dem Grimme Online Award TV 2001 und der Goldenen Feder 2002 ausgezeichnet.

Weitere Titel bei Kiepenheuer & Witsch
»Du musst wandern. Ohne Stock und Hut im deutschen Mittelgebirge«, Köln 2005, KiWi 879, »Wandern. Das deutsche Mittelgebirge für Amateure und Profis«, Köln 2006, KiWi 961, »Meine Saison mit dem FC. Ein Bildungsroman. Ein Reiseroman. Ein Liebesroman«, Köln 2005.

Guy Helminger, geboren 1963 in Esch/Alzette (Luxemburg), lebt seit 1985 in Köln. Arbeitete als Barkeeper, Schauspieler, Regieassistent und 3-D-Grafiker. Er schreibt Prosa, Lyrik, Hörspiele und Theater.
2004 erhielt er den 3sat-Preis bei den 28. Tagen der deutschsprachigen Literatur in Klagenfurt.
Letzte Veröffentlichung: »Etwas fehlt immer« Suhrkamp Verlag 2005.
Im Juni–Juli 2006 war Helminger Stadtschreiber in Hyderabad (Indien).
2007 Aufenthalt in Teheran im Rahmen des literarischen Austauschprojektes westöstlicherdiwan.

www.guyhelminger.de

Ute Behrend, geboren 1961, lebt und arbeitet als Fotografin in Köln. Sie stellt regelmäßig aus und wurde mit zahlreichen Preisen ausgezeichnet. Zuletzt zeigte das Museum Ludwig, Köln, ihre Arbeiten.

Manuel Andrack
Du musst wandern

Ohne Stock und Hut im deutschen Mittelgebirge
KiWi 879
Originalausgabe

Manuel Andrack, bekannt als unersetzlicher Anspielpartner von Harald Schmidt, wandert seit fast zehn Jahren in der Eifel, dem Harz oder durch die Sächsische und Böhmische Schweiz. Dabei wandert er mit Freunden, seinen Kindern und seinen Eltern, aber am liebsten wandert er allein und lange. Oft ist Manuel Andrack den ganzen Tag unterwegs, geht bis zu 40 Kilometer. Er wandert nach dem Abstieg des 1. FC Köln (mit jedem Schritt wurde der Schmerz weniger) und findet Trost beim großen Wanderer Johann Wolfgang von Goethe: »Was ich nicht erlernt habe, das habe ich erwandert.« Fundiert und unterhaltsam beantwortet er in seinem ersten Buch Fragen rund ums Wandern und stellt den Lesern seine Lieblingswege vor.
Dieses Buch macht Lust auf Wandern. Ohne Stöcke, ohne Hut!

Manuel Andrack
Wandern

Kiwi 961
Originalausgabe

Was taugt das angeblich schönste Wanderland der Welt wirklich? Selbstverständlich urteilt der »deutsche Wanderpapst«, wie ihn die internationale Presse taufte, objektiv, gerecht und nach von der EU anerkannten Kriterien. Manuel Andrack prüft auf Sicherheit, Schwierigkeitsgrad und Erotik. Er besichtigt unbefestigte Basketballplätze am Rheinsteig und testet die Winterwandertauglichkeit der Affensteine. Er erkundet die Vorzüge des ausgedehnten Spaziergangs und spürt den sozialistischen Wurzeln des Wanderns nach. Zuletzt testet er auch sich selbst: bei der Wander-WM in Österreich.

»Andrack gelingt es wie gewohnt, den Leser zum Schmunzeln zu bringen. Erfrischend leicht der Schreibstil, sehr persönlich und witzig die Fotos und die Gestaltung – alle Tourenskizzen sind handgemalt!«

Wandermagazin

Paperbacks bei Kiepenheuer & Witsch KiWi PAPERBACK www.kiwi-verlag.de

Kerstin Gleba und Eckhard Schumacher (Hrsg.)
POP. Seit 1964.

KiWi 1000
Originalausgabe

Treffen Pop und Literatur aufeinander, knallt es. Wann immer sie eine Verbindung eingingen, polarisierten sie, sorgten für Verwirrungen im Literaturbetrieb und für Aha-Erlebnisse bei Lesern. Dieser Reader versammelt eine Auswahl von Texten, die seit 1964 unter dem Stichwort »Pop« diskutiert worden sind. Pop-Klassiker ebenso wie kaum bekannte Fundstücke.

Mit: H.C. Artmann, Sibylle Berg, Maxim Biller, Rolf Dieter Brinkmann, Rebecca Casati, Dietmar Dath, Diedrich Diederichsen, Clara Drechsler, Jörg Fauser, Hubert Fichte, Peter Glaser, Rainald Goetz, Kerstin Grether, Peter Handke, Alexa Hennig von Lange, Elfriede Jelinek, Kid P., Berg Lauchstaedt, Joachim Lottmann, Olaf Dante Marx, Thomas Meinecke, Elke Naters, Andreas Neumeister, Hans Nieswandt, Thomas Palzer, Das popkulturelle Quintett, Kathrin Röggla, Christopher Roth, Ralf Rainer Rygulla, Benjamin v. Stuckrad-Barre, Moritz von Uslar.

Helge Schneider
Die Memoiren des Rodriguez Faszanatas

Bekenntnisse eines Heiratsschwindlers
KiWi 968
Originalausgabe

Ausgelöst durch sein Faible für schnelle Sportwagen verwirrte Rodriguez Faszanatas die Damenwelt, brachte betuchte Witwen um ihr gesamtes Erbe, und auch junge Dinger waren vor ihm nie sicher. Schuldgefühle kannte er nicht. Sein sagenhaftes Einfühlungsvermögen in die innere Welt seiner Opfer machte ihn zu einer herausragenden Koryphäe in der Welt des amourösen Non troppo. Bestechende Zeugnisse seiner Liebeskunst sind die zahlreichen Dankschreiben früherer Opfer, die bis heute seine Geheimbriefkästen überall in der Welt füllen. Heute lebt er glücklich verheiratet in Saõ Paulo und genießt seinen Lebensabend. Aus Geldnot hat er sich entschlossen, sein Leben aufzuschreiben.

Paperbacks bei Kiepenheuer & Witsch KiWi PAPERBACK www.kiwi-verlag.de